PRESO A VOCÊ

Preso a você

SÉRIE SAINTS OF DENVER

JAY CROWNOVER

TRADUÇÃO
Lígia Azevedo

V&R
EDITORAS

TÍTULO ORIGINAL *Riveted: A Saints of Denver Novella*

EDIÇÃO Paolla Oliver
EDITORA-ASSISTENTE Sandra Rosa Tenório
TRADUÇÃO Lígia Azevedo
PREPARAÇÃO Luciana Soares
REVISÃO Juliana Bormio de Sousa
DIREÇÃO DE ARTE Ana Solt
CAPA E PROJETO GRÁFICO Pamella Destefi
DIAGRAMAÇÃO Juliana Pellegrini
IMAGEM DE CAPA QUALITY MASTER / shutterstock.com

Dados Internacionais de Catalogação na Publicação (CIP)
(Câmara Brasileira do Livro, SP, Brasil)

Crownover, Jay
Preso a você / Jay Crownover; tradução Lígia Azevedo. – São Paulo: Vergara & Riba Editoras, 2018. – (Série saints of Denver, 4)

Título original: *Riveted: A Saints of Denver Novella*
ISBN 978-85-507-0220-9

1. Ficção erótica 2. Ficção norte-americana I. Título. III. Série.

18-15686 CDD-813

Índices para catálogo sistemático:
1. Ficção: Literatura norte-americana 813

VERGARA & RIBA EDITORAS S.A.
Rua Cel. Lisboa, 989 | Vila Mariana
CEP 04020-041 | São Paulo | SP
Tel. | Fax: (+55 11) 4612-2866
vreditoras.com.br | editoras@vreditoras.com.br

Dedicado à Elma Mae Bruce.
Sou uma pessoa diferente porque nossas histórias se entrecruzaram, não importa quão breve tenha sido esse capítulo. Seu apoio como leitora foi muito importante para mim como autora, mas o impacto que causou em mim como pessoa… bom, é inesquecível, e sempre serei grata por você compartilhar os triunfos e as decepções enquanto combatia o bom combate. É verdade o que dizem, nem todos os heróis usam capa.

Todos vamos deixar um legado para trás quando formos embora. Seja ele grande ou pequeno, espero que cada um de nós reserve um momento, um minuto, uma fração de segundo, para garantir que possa se orgulhar de ter construído um legado que faça as pessoas sorrirem e se lembrarem com carinho de nós, porque é fácil esquecer a parte boa quando a ruim parece estar sempre em destaque. Deixe as vidas que tocou melhores por ter participado delas.

E VAI SE FODER, câncer… você é literalmente o pior do mundo e estamos cansados dessa merda toda.

Se você está passando por um inferno, siga em frente.

— **Winston Churchill**

INTRODUÇÃO

Tenho certeza de que não é surpresa eu me considerar foda (de vez em quando, pelo menos). Pouca coisa me perturba. Tenho bastante disposição, me adapto com facilidade e sempre fui do tipo que pega o touro pelos chifres. Dito isso, há coisas que são maiores e piores do que eu, coisas que me assustam muito, e não parei para pensar como lidava com o medo, ou melhor, como *não* lidava com ele, até que comecei a trabalhar neste livro.

Se você me segue nas redes sociais, deve saber que tenho três cachorros e sou obcecada por eles. São meus melhores amigos de quatro patas e minha família. Amo os três feroz e incondicionalmente. Meu galguinho italiano, Duce (eu sei, eu sei, não é assim que se escreve, mas mesmo antes de ser autora já fazia experimentos com nomes), está ficando velho e, em 2016, esteve doente... doente de verdade. Foi assustador. Partiu meu coração, e eu lidei supermal com isso. Desabei e me transformei em uma idiota petulante, o que não ajudou Duce ou a situação em nada. Para ser honesta, eu não sabia o que fazer para ajudá-lo, e a falta de controle, independentemente de quanto dinheiro eu investisse, me fez pirar. Fiquei morrendo de medo de perdê-lo, ainda que racionalmente soubesse que Duce não viverá para sempre.

Até que o levei a um veterinário incrível... Meus parabéns ao Northwest Animal Hospital, aqui de Colorado Springs, e ao dr. Sudduth, que cuidou dele, fez o diagnóstico e prometeu que ainda não era sua hora. Duce ainda está velho e doente, mas toma remédios e vive a vida. O ano 2016 foi uma batalha, mas passamos a maior parte dele juntos, em casa, o que significa que devo aos meus leitores e a todos que apoiam meus livros mais do que podem imaginar.

Nada disso muda o fato de que um dia precisarei dizer adeus.

Isso ainda me assusta. Fico em pedaços só de pensar. Será uma das coisas mais difíceis que vou ter que fazer... mas escrever este livro... focar em como Church lida com o amor e a perda, como um soldado durão e estoico, que foi para o inferno e voltou só para enfrentar coisas maiores e piores do que ele mesmo, das quais não consegue se livrar, abriu meus olhos. Não importa o tipo de armadura que usemos, todas têm uma abertura, um amassado que fala de uma batalha perdida.

Sei agora que, quando o momento vier, quero focar nas coisas boas, nos anos que passamos juntos, em todas as memórias maravilhosas do meu amiguinho de quatro patas. Não que não haverá nenhuma parte dessa bondade e desse amor eterno ofuscada pela dor da partida. Vou ter que ser forte quando ele não puder... sério, ele pesa uns oito quilos... pequeno demais para ser cutucado, picado e medicado como é. Mas Duce enfrenta tudo isso com propriedade. :)

Não posso mentir, dizendo que não estou assustada – aterrorizada, na verdade. Toda vez que saio de casa para um evento, passo a maior parte do tempo livre verificando como ele está. Mas gosto de pensar que agora tenho os recursos para estar lá por meu amigo de quatro patas como ele sempre esteve por mim.

Então, sim, este livro todo meio que foi inspirado por meu cachorro doente... as partes boas e as ruins... Church e Dixie representam esses dois lados... Prometo que vai fazer mais sentido depois que lerem, haha!

Bem-vindos aos meus amores e às minhas perdas.

Beijos,

Jay

PRÓLOGO

Minha mãe conheceu seu príncipe encantado no primeiro ano da faculdade. Meu pai se inclinou para ela e pediu uma caneta emprestada. Todo amarrotado e claramente de ressaca, mas com um sorriso que prometia bons momentos e um brilho nos olhos, era impossível resistir a ele. Minha mãe sempre nos disse, a mim e à minha irmã, que aconteceu rápido. Em uma fração de segundo, ela sabia que era o homem certo.

É uma história fofa. Meus pais a compartilham conosco com frequência, ainda trocando sorrisos privados e com os olhos brilhando, mas ninguém deu muita atenção a essa história até que minha irmã mais nova conheceu seu próprio príncipe encantado antes de ter idade para dirigir. Foi durante uma fase ruim na família, ruim para todos nós, mas principalmente para ela. Minha irmã sempre havia sido o bebê de casa, mimada e tratada como uma princesa. Quando a atenção foi tirada dela de um jeito bem horrível, ela ficou perdida e deixou a tragédia consumi-la. Em meio ao luto e à confusão, de alguma forma conseguiu se inscrever em mecânica, em vez de em uma optativa que fizesse sentido para alguém tão delicada e feminina. Ela passou cinco minutos naquela garagem barulhenta e suja de graxa, mas passou anos e anos se apoiando no discreto e enigmático garoto de cabelos castanho--avermelhados que conheceu lá, e o amando. Ele a salvou. Muito embora ela fosse jovem demais para saber sobre qualquer coisa, foi como na história da minha mãe… minha irmã simplesmente sabia que ele era o rapaz certo.

Acontecia rápido na minha família. A gente se apaixonava mesmo e não voltava atrás. O sentimento permanecia, e expressávamos nosso amor com toda força e profundidade. Assistindo aos meus amigos, aos homens com quem trabalho, às mulheres que considero irmãs, também aprendi que, quando era a coisa certa, acontecia rápido, e os envolvidos simplesmente *sabiam*. Sabiam que era aquilo. Sabiam que ia durar. Sabiam que era algo pelo qual valia a pena lutar. Sabiam que, encontrando a pessoa certa, podia não ser perfeito, mas era sem dúvida perfeito para eles. *Simplesmente sabiam.*

Então esperei, admito que impaciente e ansiosa, pela minha chance, pela minha vez de me apaixonar. Esperei enquanto minha família se curava, para que então surgisse um amor ainda mais forte. Esperei enquanto minha irmã estragava tudo e depois tentava recuperar sua perfeição. Esperei e vi inúmeros casamentos, inúmeros bebês que não eram meus. Esperei em meio ao perigo e ao drama. Esperei durante todos os encontros ruins e namoros fracassados. Esperei durante as noites sozinhas e as noites com alguém que eu sabia que *não* era a pessoa certa para mim. Esperei e esperei enquanto bons homens se apaixonavam por mulheres ainda melhores, sempre me perguntando quando seria minha vez.

Esperei e vi amores que eram fáceis e amores que eram difíceis, dizendo a mim mesma que estaria muito mais preparada para o momento que qualquer outra pessoa à minha volta. Queria tanto que podia até sentir o gosto... mas, quanto mais esperava, mais certa ficava de que nunca iria acontecer.

Estaria mentindo se dissesse que não vi nada de especial em Dash Churchill no segundo em que ele entrou no bar no qual eu trabalhava – todo tensão e arrogância sexy, a antipatia como uma nuvem ameaçadora sobre sua cabeça, que nublaria até o mais claro dos dias. Eu tinha olhos e tinha uma vagina. Todas as coisas que julguei especiais eram aquelas que essas partes da minha anatomia não deixavam passar. Membros compridos, com um corpo que parecia tirado da capa da *Men's Health*, pele morena, olhos inesquecíveis e uma boca que, mesmo estando o tempo todo contraída, me trazia à mente todas as coisas safadas e sexys que um par de lábios era capaz de fazer. Gostei de sua aparência, e muito. Mas não dava para dizer que gostava muito dele. O sujeito era carrancudo, distante, nada comunicativo e tinha todo um ar que deixava claro que ele era perigoso e volátil. A impressão era de alguém muito infeliz, e nem toda a descontração, todo o descanso e todos os amigos do mundo pareciam poder tirar o manto escuro do descontentamento que havia sobre ele. Seus olhos impressionantes disparavam alertas que fui esperta o bastante para perceber. Gostava de passar os dias tomando banhos de sol, não dançando na chuva.

Eu era simpática com Church porque era simpática com todo mundo. No primeiro mês, tivemos uma relação de trabalho problemática, em que eu procurava me desviar dele enquanto qualquer outra mulher solteira (ou nem tanto) que entrava no bar fazia o melhor para chamar sua atenção. Funcionou bem para mim, pareceu funcionar também para ele, e pude voltar a esperar pelo conto de fadas perfeito, com meu cavaleiro de armadura, meu herói solitário. Ele devia estar em algum lugar lá fora, e eu começava a pensar que, se não ia procurar por mim, talvez fosse hora de procurar por ele. Minha paciência estava se esgotando, e minha atitude em geral afável começava a evoluir para algo mais sombrio e cinzento, como a de Church.

Mas então aconteceu, e eu *simplesmente soube*. Com tanta clareza e de forma tão inquestionável como nunca tinha me acontecido na vida inteira. Soube com uma segurança que disparou pelo meu corpo e fez meu coração bater mais forte.

Eu tentava cobrar a conta de um grupo de jovens bêbados que estavam dificultando meu trabalho de propósito. Não era novidade para mim. Fazia tanto tempo que trabalhava em bares que sabia como lidar com clientes. Aquele grupo não era melhor ou pior do que qualquer outro com que havia lidado em meus anos servindo bebidas e limpando o chão, mas os garotos eram barulhentos e dava para ouvir o que diziam tranquilamente do bar. Alguns comentários nem eram tão ruins. Eles gostavam do meu cabelo (loiro-avermelhado cacheado – quem não gostaria?) e gostavam do jeito como minha blusa estava justa no peito. Eu tinha mesmo seios grandes, então, de novo, quem não gostaria deles? Mas os garotos também tinham muito a dizer sobre minha bunda, aparentemente grande demais para meu corpo pequeno. Tampouco gostavam das sardas. Eu era ruiva natural, então não havia muito que pudesse fazer em relação aos pontinhos que marcavam a ponta do meu nariz e a curva da minha bochecha.

Eu era bem casca-grossa, como é preciso ser quando se trabalha em um bar, uma vez que a bebida solta a língua dos caras, então estava pronta para esquecer toda a conversa e pegar o cartão de crédito na mesa, quando senti uma mão na parte inferior das minhas costas e uma tempestade não apenas se preparando ali perto, mas se armando e se concentrando, pronta para começar com o estrago.

– Tudo bem com você, Dixie?

A pergunta me fez congelar. Não por ter sido pronunciada no meu ouvido, com um sotaque lento característico do sul. Não por ele estar tão próximo que eu podia sentir cada músculo de seu corpo maciço, além do calor de sua pele e do frio de sua raiva contra meu corpo.

Não. Congelei, surpresa e atordoada como uma idiota, porque em vinte e seis anos ninguém nunca tinha se dado ao trabalho de me perguntar se eu estava bem. Só presumiam que sim.

Eu era a garota que podia cuidar de mim mesma e de todos à minha volta.

A garota que nunca pedia ajuda.

Que sempre sorria mesmo se doesse.

Era a garota que sempre tinha um ouvido a emprestar ou um ombro a oferecer a um amigo, mesmo estando sem tempo.

Aquela para quem todo mundo corria quando tinha um problema, porque eu largaria tudo para ajudar a consertar o que não tinha conserto.

Que nunca deixava nada nem ninguém a derrubar e que lutava para manter todo mundo de pé com ela.

Era a garota que todo mundo presumia estar bem… então

ninguém perguntava... mas ele perguntou, e o mundo parou no mesmo instante.

Apertei a caneta na mão e lutei para limpar a garganta.

– Tudo bem, Church.

Minha voz era pouco mais que uma expiração, e senti seu toque ainda mais firme na parte inferior das minhas costas.

– Tem certeza?

Não, eu não tinha. Me sentia muito longe de estar bem e não tinha ideia do que fazer a respeito.

Assenti bruscamente e soltei o ar. Ele deu um passo para trás. Olhei para Church por cima do ombro, e ele retribui o olhar. Não havia calor em seus olhos fantásticos. A expressão dura em seu rosto não havia mudado. Ele não parecia compreender que havia mudado minha vida com aquelas poucas palavras.

Church só estava fazendo seu trabalho, se certificando de que todo mundo no bar estava bem, inclusive os funcionários. Enquanto isso, fui impelida, contra a minha vontade, ao tipo de amor que fazia os braços e as pernas se agitarem enquanto eu gritava a plenos pulmões. É claro que fiz tudo isso mentalmente, em silêncio, enquanto ele se afastava, porque talvez eu soubesse que Church era o cara, mas evidentemente ele não tinha noção disso.

Ninguém nunca havia me dado uma ideia do que fazer quando o homem certo aparecesse, mas eu não era a garota certa para ele.

Não existe escuridão; só a incapacidade de ver.

Malcolm Muggeridge

CAPÍTULO 1

Dixie

– HUM... FOI LEGAL.

Não, não foi. Foi péssimo. Entraria para a lista dos piores primeiros encontros da história, o que significava alguma coisa, considerando que eu tinha me tornado a rainha dos primeiros encontros ruins. Mas eu não era do tipo que dizia isso. Tudo o que queria era me despedir e ficar no quarto com uma taça de vinho e minha cadela pelo resto da noite.

– Não vai convidar a gente pra tomar um drinque?

Lutei para conter um arrepio e, por cima do ombro, olhei para o rapaz muito fofo, mas dolorosamente tímido, com quem aceitei sair após semanas trocando mensagens. Eu o conheci em um dos aplicativos de relacionamento no qual me inscrevi quando cansei de esperar que minha alma gêmea se desse conta de que eu estava ali, perfeita, esperando por ela.

Meu azar no amor se manteve, e o encontro com o rapaz bonitinho teve a participação da mãe dele. Ela que perguntou sobre o drinque, uma vez que ele parecia incapaz de falar. Sim, isso só confirmava o fato de eu estar destinada a terminar sozinha. Aquela coisa linda e cega que todo mundo na minha vida parecia encontrar com facilidade por certo não estava reservada para mim. Eu queria a fantasia, mas todos os dias tinha que encarar a fria, dura e muito solitária realidade.

Suspirei e levantei a mão para afastar alguns cachos ruivos desobedientes do rosto. Estava irritada não só por ter sido enganada – de jeito nenhum era o filho quem cuidava do perfil, considerando que ele não conseguia nem pronunciar duas palavras juntas ou olhar para mim sem tremer de nervoso e ficar vermelho –, mas por ter desperdiçado um figurino totalmente fofo, com cabelo lindo e o rosto bem maquiado, com essa farsa. Eu era do tipo que, de modo geral, não me arrumava muito, e me produzir assim exigiu um tempo e um esforço que poderiam ter sido poupados se eu soubesse que era tudo por uma mulher com olhos vidrados e um interesse psicótico em encontrar uma parceira adequada para seu filho já crescido. Sinceramente, fiquei surpresa por ela não ter pedido amostras de sangue e urina antes de os aperitivos chegarem. Ela havia me encarado como se eu fosse uma prisioneira de guerra o tempo todo. Quando minhas respostas não correspondiam às expectativas, dava para sentir a decepção do outro lado da mesa.

Qualquer outra pessoa teria se levantado e ido embora no instante em que o sujeito aparecesse acompanhado por um dos pais. De imediato teria assumido o encontro como um fracasso e deletado o sujeito do aplicativo. Infelizmente, não sou assim. Tenho uma predisposição a acreditar que toda situação, não importa quão ruim seja, tem um lado bom. Achei que ele poderia se soltar e quis acreditar que talvez fosse fofo ele ser tão próximo da mãe. Achei que depois do jantar e do interrogatório talvez eu já tivesse sido examinada o suficiente para que ele decidisse dispensar a supervisão da mãe com olhos de águia e fazer alguma coisa apenas comigo. Achei que sua timidez pudesse indicar que ele era vulnerável. Pensei que ele seria ainda mais fofo pessoalmente do que na foto do perfil.

Mas aquela situação não melhorou.

Só piorou. Logo me dei conta de que não havia lado bom, e o peso da situação me arrastava para o fundo do oceano dos encontros ruins. A noite toda tentei pensar em uma maneira educada de me livrar daquilo, mas a mulher não me dava nem um minuto para respirar. Ela chegou até mesmo a me seguir para o banheiro, de modo que eu não conseguisse pedir socorro aos meus amigos e ter, assim, um modo conveniente de escapar. Foi brutal, mas sobrevivi, pensando que assim que me acompanhassem até a porta de casa, o que me parece antiquado e exagerado, estaria acabado. Eu tinha uma porção de vizinhos xeretas e uma cadela de grande porte no apartamento, então não tinha medo de o rapaz saber onde eu morava (já a mãe era outra história).

Eu estava enganada.

Segurei um suspiro, desconfortável. Deveria saber que ela iria insistir, mas cansei de me fazer de legal, porque estava claro que o filho era tão reprimido que tinha medo demais de fazer qualquer coisa ou falar por si mesmo. Ela era uma tirana, e eu não ia mais me sujeitar à sua companhia desagradável. Assim que entrasse no apartamento ia deletar todos os aplicativos de relacionamentos em meu telefone.

– Minha cadela não gosta de estranhos.

Era meio verdade. Eu tinha mesmo uma *pit bull* grande que peguei em um abrigo para animais alguns dias antes de ser sacrificada. Dolly parecia bruta, mas era uma fofa e nunca conhecera alguém de quem não quisesse carinho e muito amor. Éramos assim parecidas. Não que eu precisasse que coçassem minhas orelhas ou esfregassem minha barriga, mas sentia a mesma necessidade pungente de ser amada e aceita por todo mundo com quem tinha contato. Estava arraigado em mim o desejo de pelo menos tentar ficar amiga de todos, e caso minha bondade não fosse retribuída eu só me esforçava mais. Às vezes, odiava isso em mim mesma, e, às vezes, era a parte de minha personalidade de que eu mais gostava, porque os homens e as mulheres na minha vida não eram os mais fáceis de quebrar. Todos me amavam e haviam me deixado entrar porque eu me recusara a deixar que se fechassem para mim.

Bom, quase todos.

Eu não conseguia evitar titubear sempre que ele passava pela minha mente, porque ele me alertou sobre os aplicativos desde o começo, e eu odiava que estivesse certo. Também odiava que fosse o motivo pelo qual eu estava tão desesperada para achar um homem… alguém que não fosse ele… para começar.

A maluca balançou a cabeça e estalou a língua para mim.

– Joseph tem alergia. A cadela vai ter que ir quando as coisas progredirem entre vocês dois.

Senti meus olhos se arregalarem e o sorriso forçado que mantive no rosto a noite inteira finalmente se desfazer. Eu já sabia que ela tinha uns parafusos soltos, mas estava levando a maluquice a um nível totalmente diferente se achava que podia me dizer para me livrar da cadela ou fazer qualquer outra coisa com a minha vida.

Endireitei os ombros e levantei o queixo. Era uma postura que funcionava com os bêbados e com os universitários sem limites que eu mandava embora do bar no qual trabalhava toda noite.

– Isso não vai ser problema, porque as coisas nunca irão além da porta da frente da minha casa. Muito obrigada aos dois pelo jantar, mas, se me derem licença, vou entrar, fazer festinha para a minha cadela e apagar todos os aplicativos de relacionamento instalados no meu celular.

A mulher estreitou os olhos e foi para o lado do filho. Ele produziu um som baixo com a garganta e arregalou os olhos. Pareceu estar com medo da mãe, porém, quanto mais de perto eu olhava, mais ficava claro que ele sentia medo por mim conforme a mulher avançava. Ele esticou o braço para segurar o cotovelo dela, mas desistiu antes de fazer contato, como se soubesse que as consequências de intervir seriam severas e drásticas.

– Escuta aqui, sua…

Levantei a mão antes que ela pudesse acrescentar qualquer xingamento em que estivesse pensando. Acho que aquela mulher não estava acostumada a alguém se colocando também, porque arfou e recuou de imediato.

– Chega. Achei que estava falando com Joseph. Achei que fosse um sujeito legal, ainda que meio esquisito e recluso… Está muito claro que quem cuida do perfil não é ele e que os objetivos eram outros desde o começo. Já passei da idade em que precisava da permissão ou da aprovação dos pais para sair com o filho deles, então vou entrar no meu apartamento e encerrar este encontro antes que as coisas fiquem feias para todo mundo.

Olhei para o jovem chocado escondido atrás da mãe e murmurei "boa sorte" sem produzir som. Então dei as costas para ambos e enfiei a chave na fechadura. Dolly latiu alto e grosso lá de dentro, o que foi reconfortante e tranquilizador.

Girei a maçaneta e entrei em casa sem olhar para trás. Assim que fechei a porta e tive Dolly se esfregando feliz nas minhas pernas, sacudi a cabeça e soltei um suspiro que pareceu vir do fundo da minha alma. Eu estava muito, muito cansada.

Amava minha vida, tinha um trabalho para o qual gostava de ir todos os dias e convivia com pessoas que adorava e admirava. Nunca ia ser uma milionária daquele jeito, mas era boa naquilo e na maior parte do tempo parecia estar mais me divertindo com os amigos do que trabalhando de verdade. Eu amava profundamente minha família, que retribuía esse amor, inclusive minha irmã mais nova, que era uma idiota. Tinha um apartamento bonitinho, uma vida social ativa e um cabelo incrível. Não tinha muito do que reclamar em relação ao cotidiano, mas tinha dificuldade de explicar as coisas que me irritavam para qualquer pessoa que não havia crescido acreditando que amor à primeira vista era algo real e que quando você encontra sua outra metade a vida fica infinitamente melhor.

Só tinha vinte e seis anos, com tempo de sobra para curtir a vida e só depois sossegar, mas me sentia uma velha descuidada se comparada com minha irmã mais nova. Ela havia achado o conto de fadas que nossos pais tanto propagandeavam quando ainda estava na escola, e eu não tinha nada além de noites solitárias e uma série tão ruim de encontros que ninguém acreditava quando eu tentava contar como haviam sido.

Pulei ao ouvir uma batida na porta atrás de mim, que fez meus ouvidos zumbir, porque ainda estava com a cabeça apoiada na madeira. Dolly rosnou alto ao me perceber tensa, então coloquei a mão em sua cabeça e usei o olho-mágico para ver quem ousava interromper minha festinha de autopiedade.

A nova vizinha, uma garota que se movia como um fantasma e falava tão baixo que, às vezes, eu precisava me esforçar para ouvir o que dizia, estava do outro lado. Poppy Cruz, quieta e discreta, mas muito fofa e apegada à minha cadela. Eu adoraria estender o amor que ela tinha por Dolly a uma amizade que Poppy estava obviamente relutante em oferecer.

Fiquei sabendo uma parte de sua história por meio das conversas de amigos e familiares dela que frequentavam o bar, então tomava o cuidado de não pressionar demais, ainda que tudo o que queria fazer era abraçá-la e dizer que as nuvens eventualmente vão embora, mesmo nos dias mais escuros. Agora ela já se sentia confortável o bastante comigo a ponto de bater na minha porta bem além do horário aceitável, e de maneira alguma eu ia deixá-la parada na entrada, mesmo que isso significasse adiar o vinho e as lágrimas.

Abri a porta e Dolly foi imediatamente para a visitante do outro lado. Poppy era delicada, mas estava preparada para o impacto e parecia tão feliz em receber os beijos molhados da cadela quanto Dolly estava em dá-los.

– Ouvi você falando e queria saber como foi o encontro. Não parece ter acabado bem.

Sua voz baixa viajou até mim. Balancei a cabeça e soltei uma risadinha irônica.

– Já não *começou* bem. Ele apareceu com a mãe, dá pra acreditar? Preciso de uma taça de vinho. Quer também?

Ela franziu o nariz delicado e lutou com Dolly para entrar no apartamento e fechar a porta atrás de si.

– Não bebo, mas obrigada.

Ela não fazia muita coisa. Fruto de uma criação religiosa e estrita, Poppy era exatamente o que seria de se esperar. Tinha sofrido muito nas mãos de um homem que o pai havia escolhido para ela. Agora, cada dia era um passo no processo rumo à cura.

– Esqueci. Fico tanto no bar que esqueço que há pessoas no mundo que sobrevivem sem álcool – levantei a sobrancelha para ela e fui até a cozinha. – Não sou uma delas.

Poppy riu de leve, como eu queria, e me seguiu até o corredor que era a cozinha.

– Então... ele levou a mãe?

Seus olhos, verdes como sidra, brilharamm com a graça da situação. Era impossível não gostar dela. Se eu queria uma vida diferente para mim, queria isso ainda mais para Poppy. Odiava que sua história fosse tão horrível, mas amava que tivesse sobrevivido e estivesse determinada a superar sua experiência e viver normalmente. Era lindo e indicava que sua aparência frágil escondia muita força interior.

Ri de novo e revirei os olhos.

– Achei que não podia ser pior que o cara que foi embora no meio do encontro levando minha carteira. Mas eu estava errada. Sério.

– Não é possível, Dixie – ela balançou a cabeça, e tive vontade de esticar os braços e tocar as cortinas avermelhadas, que brilhavam como se iluminadas por dentro. Tudo em Poppy parecia feito para cintilar e reluzir diante das trevas que a cercavam. Em algum momento aquela luz interior iria se soltar, e eu esperava estar por perto para ver. – Não achei que pudesse ser pior que o cara que queria que você fizesse um *ménage* com ele e a esposa.

Tomei um grande gole de vinho e dei de ombros.

– É, quando ele me disse que não havia problema porque os filhos iam passar o fim de semana com os avós, quase cuspi toda a água na cara dele. Foi ruim, mas essa mãe era ainda pior. E é uma pena, porque o rapaz era bonitinho. Se não fosse tão reprimido talvez pudesse ser um sujeito legal – levantei o ombro e o deixei cair. – Bom, vivendo e aprendendo.

O rosto de Polly acusou alguma coisa, algo trágico e doloroso, mas apenas por um segundo. Então sua expressão serena e tranquila voltou ao lugar.

– Estar vivo já é algo a comemorar. Então chega de aplicativos?

Concordei e virei a taça de vinho.

– Chega. Parece ter uma quantidade infinita de maluquice no mundo, e eu sou alguma espécie de ímã para isso.

Eles podem ser quem quiserem na internet, Dixie. Você nunca vai saber com quem está lidando, e isso é perigoso. O aviso de Church repassando na minha mente fez com que eu quisesse bater em alguma coisa. Ele estava certo. Também pareceu estar preocupado comigo, o que seria excitante, animador e exatamente o que eu queria se o estivesse fazendo por qualquer outro motivo que não uma necessidade descabida de cuidar de mim só porque trabalhamos juntos. Se Church se preocupasse com o que acontece na minha vida porque se preocupa comigo de alguma maneira, eu iria à loucura. Mas na verdade tudo se resumia ao fato de que eu era importante para as pessoas que eram importantes para ele, então ele não queria que nada de ruim acontecesse comigo.

Eu estava prestes a me servir outra taça de vinho quando Poppy e eu nos assustamos com uma batida na porta. Perdi o ar. Ela deu um pulo e soltou um gritinho assustado direto da garganta. Alarmada com nossa reação, Dolly começou a rosnar e correu para a porta como a guardiã que naturalmente é, então soltou um latido afiado que me fez segui-la de imediato para ver quem era o causador daquela comoção toda, de modo que seus uivos grosseiros e seus latidos agudos não acordassem os vizinhos.

Olhei para Poppy e franzi a testa ao vê-la tão branca quanto o balcão, como se estivesse prestes a desmaiar. Ela havia levado a mão à garganta e seus dedos tremiam tanto que dava para ver do outro lado do cômodo. Estava morrendo de medo. Eu queria acalmá-la, mas não sabia como.

– Dixie, abra a porta. Terminei com Kallie e preciso de um lugar para ficar por uns dias.

A voz do outro lado da porta soou tão familiar quanto a minha. Suas palavras me fizeram xingar alto enquanto abria a porta sem hesitar, antes que Poppy caísse dura no carpete.

– Você terminou com Kallie?

Mal consegui dizer aquilo antes que o noivo furioso e frustrado da minha irmã adentrasse a pequena sala de estar. Fechei a porta atrás dele. Dolly procedeu com seu cumprimento feliz assim que se deu conta de que conhecia o homem alto, esguio e ruivo que caminhava freneticamente pela sala, passando as mãos tatuadas pelo cabelo bagunçado.

– Ela está me traindo... de novo. Fui um idiota de acreditar quando ela me disse que nunca mais iria acontecer. Como ela pode ter feito isso comigo depois de tudo pelo que passamos? – seus olhos azuis em chamas focaram em mim. Dava para notar que ele lutava para controlar suas emoções e que havia umidade em seus olhos. – A gente ia casar em alguns meses.

Sua voz falhou, e eu não consegui fazer outra coisa além de ir até ele e abraçá-lo.

– Ah, Wheeler. Sinto muito – minha irmã era uma idiota, mas, sendo sincera, ele também era. Kallie não sabia ser adulta sem ele, e ele não sabia como ter uma família sem ela. Eram assustadoramente dependentes um do outro, desde adolescentes. Agora Kallie mal havia completado vinte e dois e tinha tudo o que queria na palma da mão: a casa novinha que Wheeler havia comprado para que começassem a vida juntos e um anel de compromisso que fazia meu coração se comprimir de inveja. Eu valorizaria o amor e as promessas que ela tinha recebido, e parte de mim morria toda vez que eu via minha irmã ser descuidada com o que Wheeler havia lhe dado. – Pode ficar aqui por quanto tempo quiser. Quer que eu ligue para ela?

Se eu ligasse, Kallie ia ouvir umas poucas e boas. Eu amava minha irmã, mas naquele momento ficaria feliz em estrangulá-la com minhas próprias mãos.

Senti seu peito largo subir e descer enquanto o apertava. Ele deixou escapar outro suspiro profundo e se afastou para balançar a cabeça em negativa.

– Hoje não – Wheeler soltou um grunhido do fundo do peito e levou as mãos ao rosto. – Só preciso de um minuto... ou dez.

Ouvimos um pigarreio delicado e olhamos para Poppy apoiada contra a porta da frente, como se as mãos de Wheeler pudessem se transformar em garras afiadas e caninos enormes fossem descer de sua gengiva a qualquer momento. Os olhos de Poppy estavam do dobro do tamanho normal, e seus dentes estavam cravados com tanta força no lábio inferior que fiquei surpresa por ele não estar sangrando.

– Já vou indo.

A voz dela tremia, assim como suas mãos.

Senti Wheeler tenso nos meus braços, e seus olhos se estreitaram ao encarar Poppy. Seus olhos costumavam ser de um azul-claro aveludado que ficava incrível com seu cabelo avermelhado e suas covinhas. Naquela noite, brilhavam no tom de azul da base de uma chama, sem qualquer concavidade em suas bochechas.

– Desculpa. Não queria interromper. Foi uma noite de merda depois de uma semana de mais merda ainda, não estou pensando direito. Não quis invadir e fazer papel de bobo.

Era por aquele tipo de coisa que eu amava Hudson Wheeler com cada pedacinho do meu coração e da minha alma. O mundo estava ruindo à sua volta. Ele estava se afogando em um oceano de escolhas ruins (e eu chamaria Kallie de "escolhia ruim" na cara dela por causa do que fizera) e infelicidade, mas ainda assim tinha a delicadeza de baixar o tom e controlar seu temperamento para não assustar ainda mais a moça apoiada contra a única saída. Ele era um sujeito legal... não, ele era ótimo. Kallie era uma completa retardada por traí-lo... de novo.

– Tudo bem. Você... hum, tá. Dixie, a gente se vê depois.

Ela se inclinou para fazer uma última carícia em Dolly e então foi embora, fechando a porta sem fazer barulho. Poppy se movimentava como fumaça e desaparecia com muita rapidez.

Eu me afastei do homem que deveria ser meu cunhado e passei os dedos em seus cabelos bagunçados.

– É minha nova vizinha.

Com um grunhido, Wheeler se jogou em meu sofá velho. As molas protestaram com o peso e se manifestaram de novo quando Dolly se sentou ao lado dele e apoiou a cabeça em sua calça *jeans*.

– Eu a conheço. É irmã de Salem, e Rowdy cresceu com ela no Texas. Ele a levou quando ela precisou de um carro novo. Tentei vender um Bonneville 1961 que precisava de algum trabalho. Ela teria ficado ótima nele. Mas acabou levando um Toyota Camry. Um absurdo. Uma garota com essa aparência deve ter um carro que se destaque, não algo seguro e previsível.

Havia me esquecido de que Wheeler conhecia muitos dos garotos que frequentavam o bar porque eram próximos, por sangue ou algo mais importante, do meu chefe, Rome Archer. Rowdy St. James também trabalhava no estúdio de tatuagem responsável pela maior parte das que cobriam o corpo de Wheeler da cabeça aos pés. Eu deveria ter me dado conta de que ele havia se deparado com Poppy pelo menos uma ou duas vezes desde que chegara a Denver, ainda que Kallie mantivesse a rédea curta.

Eu me acomodei no único assento disponível na pequena sala e levantei os pés para descansá-los na mesa de centro.

– Poppy não é o tipo de garota que quer se destacar e ela pode desfrutar de alguma segurança agora.

O olhar de Wheeler encontrou o meu e sua boca se franziu.

– Que pena.

Eu concordava, então não disse mais nada.

Após uma hora de lamento, finalmente me levantei e levei Dolly para fora, como todas as noites. Arranjei lençóis e cobertores para que Wheeler pudesse dormir no sofá, sabendo que seria muito desconfortável, considerando suas pernas compridas, e finalmente fui para a cama.

Queria chorar por tudo. Pelo coração partido de Wheeler; pela imbecilidade e pela cegueira da minha irmã, disposta a jogar tudo fora; pelas cicatrizes emocionais bem óbvias de Poppy e pelo medo que ela tinha das pessoas; por Joseph e seu relacionamento bizarro com a mãe maluca; e por mim. Amor não correspondido era uma droga. Eu odiava aquilo.

Nenhuma lágrima caiu enquanto eu entrava debaixo das cobertas. Como sempre fazia, disse a mim mesma que devia haver uma luz no fim do túnel... tinha que haver, porque eu me recusava a viver no escuro.

Mantenha o rosto voltado para o sol e as sombras
vão se formar atrás de você.
Walt Whitman

CAPÍTULO 2

Church

– Você estava quieto hoje à noite.

O sotaque sulista era mais leve, sentimental e suave que o meu. As montanhas do Kentucky estavam impressas de maneira inconfundível no falar de Asa Cross enquanto ele me olhava do outro lado do enorme balcão de madeira que estava limpando.

– Falo quando tenho algo a dizer.

Ninguém nunca poderia me acusar de ser bom de papo. Quando escolhia falar, o delta do Mississípi se fazia presente, se agarrando às minhas palavras. Meu sotaque era muito mais lento que o do atendente do bar e muito menos usado. Asa usava a inflexão e o charme sulinos para conquistar quem quer que estivesse do outro lado do balcão, como se fossem marcas novas em uma longa contagem. Ele acentuava o sul em sua voz a fim de fazer corações pularem e levar bêbados a pensar que ele não era tão sagaz quanto de fato era. Seu tom do Kentucky não era nada mais que uma ferramenta usada para sua própria vantagem sempre que preciso, enquanto minha pronúncia cadenciada me lembrava de um lar que eu não via fazia bastante tempo. Era um dos motivos pelos quais eu nunca tinha muito a dizer. Sempre que abria a boca, o som da minha voz adoçada como melaço, tão profunda quanto o rio Mississípi, me levava de volta ao lugar que eu ativamente evitava fazia mais de uma década.

Passei pouco mais de dez anos servindo meu país em diferentes lugares enquanto estava no Exército. Vivi cercado por diferentes tipos de homens, com diferentes estilos de vida. Em todo aquele tempo, nunca conheci alguém tão difícil de decifrar quanto o sujeito à minha frente. Seus olhos eram da mesma cor do uísque envelhecido na prateleira atrás dele e me avaliavam de uma forma tão perceptiva que eu me sentia desconfortável. Eu não estava acostumado a ser transparente. Independentemente do escudo que usasse, quaisquer fossem as cortinas usadas para me esconder, Asa Cross conseguia ver através deles.

– Você é sempre quieto, mas hoje à noite não disse uma única palavra. Parece que tem alguma coisa em mente – suas sobrancelhas se levantaram, e o sorriso espertinho em seu rosto cresceu. Eu queria dar um soco nele. Ele não seria nem de perto tão bonito com um dente a menos e o nariz sangrando. – Dixie tinha um encontro esta noite. Achei que estivesse preocupado, já que ela tem passado o tempo com aqueles caras dos aplicativos nos últimos meses. O bar nunca é o mesmo sem ela aqui.

Em resposta, tranquei os dentes e deixe escapar um grunhido baixo. Minhas mãos se fecharam em punhos ao lado do corpo sem que eu me desse conta do que estava fazendo. Podia sentir a fúria subir por minha coluna.

A ideia de Dixie, a doce e animada Dixie, saindo com só Deus sabia que tipo de babaca ela encontrava nos aplicativos me dava vontade de destruir tudo. Eu queria quebrar o balcão ao meio. Queria atirar cadeiras pelas janelas. Estilhaçar todas as garrafas meticulosamente dispostas atrás de Asa. Chutar os últimos clientes, que tomavam a saideira, porta afora. Queria colocar as mãos em quem quer que estivesse com Dixie naquela noite e enforcá-lo até que ele estivesse perto de perder a vida.

De modo racional, eu sabia que havia caras normais e decentes usando os aplicativos para encontrar amor e sexo... provavelmente sexo. Havia milhões de pessoas fazendo isso e, embora eu achasse que tudo bem para eles, me recusava a aceitar que essa era uma opção para Dixie. Odiava a mera ideia de que ela tivesse encontros, mas havia algo em sair com desconhecidos, homens que ela não havia tido a oportunidade de ver pessoalmente antes, que me deixava louco.

Dixie Carmichael era a garota mais legal que eu já havia conhecido. Ela não tinha um pingo de maldade em seu corpo pequeno e perfeitamente curvilíneo. Estava sempre sorrindo, sempre rindo, e não havia um momento em sua companhia no qual o sol não parecesse brilhar diretamente sobre você. Ela era a personificação do carinho e do cuidado. Alguém do outro lado da tela nunca poderia entender isso. Nunca sentiria que sua habilidade inata de fazer parecer que tudo ia ficar bem também fizesse parecer que o mundo é algo que deva ser salvo. No dia a dia, jogavam um monte de coisa ruim em cima de nós, mas Dixie era uma espécie de filtro, e quando se estava perto dela parecia que a única coisa em que se podia focar era no bem que ela deixava passar.

Dixie precisava de alguém que valorizasse aquilo. Precisava de um homem tão brilhante quanto ela, que a mantivesse distante de toda a merda que arrastava o resto para o buraco. Eu duvidava que ela fosse encontrar alguém do tipo no Tinder ou no Bumble. Na verdade, duvidava que o cara existisse.

– Eu não controlo os horários dela – cocei a boca e observei as sobrancelhas de Asa se arquearem e seus lábios se contorcerem. Sou um belo mentiroso. Precisei mentir para mim mesmo por anos e anos sobre o tipo de homem que era com a intenção de me convencer de que estava fazendo as escolhas certas. Mas, naquele momento, tentava mentir para um mentiroso profissional, então não foi surpresa quando Asa não acreditou na bobagem que falei.

– Ah, sei. Você não está nada interessado na possibilidade de ela ter saído com um *serial killer* que quer usar seu cabelo tão lindo pra fazer um casaco para o *hamster* dele?

Olhei ameaçadoramente para ele, cruzando os braços. Sou um cara grande. Depois de anos de treinamento e tédio no deserto, eu matinha a rotina física extenuante, em parte por conta do hábito e em parte porque, quando meus músculos queimavam e eu suava, conseguia bloquear todas as outras coisas que se aglomeravam na minha cabeça. Às vezes eram só arrependimentos incômodos e mesquinhos do passado; com mais frequência, pesadelos e percepções do presente. Eu era alguns centímetros mais alto que o galanteador do Kentucky e tinha muito mais força bruta. No entanto, nada disso nem o olhar furioso que certamente estava estampado no meu rosto faziam com que Asa sentisse a necessidade de manter seus comentários idiotas para si mesmo.

– Dixie é uma boa garota, merece alguém à altura.

Deu para ver a surpresa no rosto de Asa quando finalmente lhe disse algo verdadeiro.

Ele se afastou do balcão e decretou que era hora de os últimos clientes irem para casa. Alguns reclamaram, mas todo mundo que havia sobrado era frequentador assíduo. Assim que o relógio desse uma e meia, iriam todos para a porta sem nenhuma comoção. Eu gostava de noites daquele tipo, quando não havia brigas para apartar, garotas chorando a consolar, vômito para limpar, casais idiotas indo juntos para o banheiro. Em uma noite como aquela, eu ficaria olhando para Dixie indo de um lado para o outro enquanto fechava o bar. Sem deixar que ninguém percebesse, claro. Não conseguia evitar. Meus olhos eram atraídos por ela. Quando ela ria ou apenas sorria, era como um soco no estômago. Dixie fazia coisas comigo que nenhuma outra mulher tinha feito.

Ela me fazia querer sorrir, e só isso era o bastante para que meus pés coçassem para pegar a estrada antes de fazer alguma idiotice, como me apaixonar ou aceitar um convite para a cama dela. Queria foder com ela, mas sabia que estaria fodendo nós dois no processo. Ela era boa, e eu sempre transformava o bem que aparecia em minha vida em algo ruim, então não me permitia chegar lá, nem ela. Todos os dias ela brilhava como o sol, mas eu era um homem que sabia bem demais que passar muito tempo sob o sol poderia levar a queimaduras severas.

Havia passado os meses anteriores mordendo minha própria língua até sangrar enquanto ela saía com caras que não eram eu. Ia para a cama sozinho todas as noites pensando em por que não escolhera uma das garotas que orbitavam à minha volta, à espera.

Nunca fui o tipo de homem que se envolve. Minha mãe e as mulheres que haviam me criado depois que ela morrera, Elma Mae e Caroline, me ensinaram que o coração da mulher é algo frágil, com o qual é preciso ser cuidadoso. Elas tentaram me ensinar como cuidar de algo bom quando o encontrava, como respeitar e merecer aquilo. Mantive aquelas lições na minha vida porque eram algumas das poucas coisas que me restavam das mulheres que as haviam compartilhado comigo. Nunca me aproveitei do corpo de uma mulher sem ter a certeza de que seu coração estava em segurança em algum outro lugar. Gostava de botar as mãos em peitos macios e em quadris largos e de pernas aveludadas enlaçando minha cintura como qualquer outro homem. Só não gostava de enxugar lágrimas, de me explicar, de despedidas dramáticas quando eu decidia dar no pé após ter me divertido. Eu era exigente em relação a quem levava para a cama e, antes de colocar a mão nela, me certificava de que a garota entendia todas as minhas regras duras e rápidas ligadas a não me comprometer ou ficar por perto.

– Denver é só uma parada – passando a mão pelos cabelos raspados, olhei para o chão de madeira sob minhas botas. – Com tudo o que aconteceu com Brite e Avett algumas semanas atrás, acho que já é hora de colocar algum espaço entre mim e este lugar – um amigo e a filha dele haviam entrado em conflito com algumas pessoas horríveis pouco tempo antes. Eu e meu antigo superior e atual chefe mudamos para a cidade a fim de ajudar da maneira que pudéssemos, mas a história acabou em balas, sangue e traficantes de drogas bastante irritados. Segurar uma arma e arrombar portas com um chute era natural para mim. Sentia falta do calor do combate e da adrenalina correndo pelas veias. Havia sido feito para lutar, não para desfrutar dos louros. – Já passou da hora de voltar para casa e consertar algumas cercas.

Aquele era o motivo pelo qual Asa era tão bom em seu trabalho. Ele conseguia fazer com que as pessoas contassem sua história querendo ou não. E ele me ouvia como se estivesse se importando, apesar de minha narrativa conter menos palavras do que ele estava acostumado.

Asa assentiu e me empurrou um copo com um líquido âmbar. Em geral bebia uísque no fim da noite, mas eu era um sujeito do *bourbon*.

– Sou mestre em consertar as coisas. Não passa um dia sem que eu tenha um buraco a cavar para um poste ou um arame para prender – ele deu um golc do próprio copo e voltou a exibir aquele sorriso arrogante. – Além do mais, é melhor correr antes que a garota em quem você fica de olho quando ela não está de olho em você se apaixone por outro homem.

Queria dar um soco nele. Minha intenção deve ter ficado clara, porque ele apoiou o copo no balcão e levantou os braços em um gesto de rendição.

– Minha garota tem uma arma e gosto do meu rosto exatamente como ele é. Não se esqueça disso, soldado.

Virei o resto do *bourbon* e deixei que a bebida queimasse minha garganta enquanto descia.

– Vai se foder, cara.

Ele deu uma risadinha e se virou para fechar o caixa atrás de si.

– A verdade dói, Church.

Antes de Church, eu era Dash. E antes de Dash era Dashel. Já era difícil o bastante não ter a pele branca e ser filho de um casal inter-racial, mas ter um nome tão incomum como o meu no extremo sul do país era ainda mais combustível em um fogo que já estava queimando. Odiei meu nome enquanto crescia e, mesmo o encurtando para Dash, ainda tive dificuldade em aceitá-lo. Mas agora respondo por Church há um bom tempo, e Church é um sujeito que está pouco se fodendo para o que os outros pensam. Ganhei o apelido com meu sangue e meus serviços. Ninguém me deu. Eu o peguei e o tornei meu. Elma Mae odiaria e continuaria me chamando de Dashel mesmo que eu implorasse para ela não fazer isso, mas uma parte de mim mal podia esperar para ouvir a senhora teimosa me dizer: "Vou te chamar pelo nome que sua mãe te deu, filho. É o nome que ela queria, e você deveria respeitar isso". Deveria, mas havia uma série de outras coisas que eu deveria fazer para deixar minha mãe orgulhosa e eu não fazia.

A verdade que Asa estava revelando doía, porque eu não tinha como esconder dele que parte da razão pela qual eu estava prestes a ir embora era não conseguir aguentar a ideia de ver outra pessoa roubar o coração de Dixie.

– Não pedi a verdade.

Enfiei a cabeça para fora da porta de saída e vi os dois últimos clientes entrando no Uber. Tranquei a porta e apaguei a maior parte das luzes antes de retornar ao balcão.

Eu gostava do lugar que Rome havia montado. Gostava das

pessoas, tanto dos funcionários quanto dos clientes, e gostava que a atmosfera fosse festiva, mas bem tranquila. Nos dias em que eu precisava agir e controlar alguns temperamentos, gostava do exercício, da parte física da coisa. Mas não havia sido feito para aquilo. Tinha treinamento demais, experiência demais e, francamente, demônios demais dentro de mim para ser babá de bêbados e garotas festeiras a longo prazo. O tempo de ficar à deriva já havia passado.

Asa terminou de fechar o caixa e lançou um olhar para o próprio telefone. Pelo sorriso genuíno que passou por seu rosto e pela maneira como seus olhos brilhavam, deduzi que sua namorada maravilhosa e ruiva havia mandado uma mensagem. Royal Hastings era uma bela policial que havia acabado de ir morar com aquele sulista insuportável. Eu não ficaria surpreso se tivesse um anel em seu dedo antes do fim do ano. A policial e o vigarista tinham algo especial rolando, ainda que eu acreditasse de verdade que esse algo estava destinado ao fracasso.

– A maioria dos caras não pede a verdade, mas isso não me impede de dizê-la.

Ele olhou de um jeito que dizia que, se eu fosse homem, aceitaria aquela verdade a que Dash era tão apegado e faria algo de inteligente a respeito. Não me dei ao trabalho de responder ou dizer que discordava. Fomos para a porta dos fundos depois de uma parada rápida no escritório para guardar o dinheiro no cofre. Asa deixou um recado para Rome e verificou rapidamente as câmeras de segurança, então mandou uma mensagem pelo celular. Quando chegamos ao estacionamento nos fundos, um Toyota 4Runner novinho estava estacionando, com uma ruiva sorridente atrás do volante.

Asa deu um tapinha no meu ombro e me lançou um olhar

cheio de compreensão e seriedade. Senti que falava diretamente com minha alma quando disse:

– A verdade é que deixei algo bom escapar, então sei como é. Mas consegui de volta e moveria montanhas para manter isso perto de mim, então sei exatamente do que você está se afastando, soldado. Seja mais esperto do que eu e não deixe que esse algo bom escorra pelos seus dedos – ele deu alguns passos de costas para continuar me olhando enquanto falava, ainda com o sorrisinho cretino no rosto. – É sempre melhor se sentir aquecido do que sofrer com o frio, Church.

Ele se dirigiu à SUV e eu desviei o rosto quando ele se inclinou para beijar a namorada no banco do motorista. Havia tanta intimidade, tanta paixão, que fazia tudo o que eu jurava saber sobre o amor e a proximidade se rebelar contra as rédeas que eu segurava com firmeza.

Acenei distraído para Royal quando ela buzinou para mim e saiu do estacionamento, então fui até minha Harley. O tempo ainda estava bom o bastante para andar de moto, mas logo haveria outro motivo para eu me mexer e ir para o sul. Em algumas semanas, ficaria frio demais para pegar a estrada de moto, e eu não estava interessado em colocar a belezura dentro de um *trailer* e levá-la como se fosse parte da bagagem até o Mississípi.

Eu estava passando a perna pela máquina de aço e couro quando meu celular vibrou no bolso de trás. Já passava das duas da manhã, então não podia ser coisa boa. Considerando que eu havia acabado de atirar no braço direito do principal fornecedor de drogas de Denver e tirado outro de seus capangas da frente, temia o que poderia ver na tela.

E era tão ruim quanto eu esperava. Eu vinha ignorando aquele número desde que chegara a Denver, meses antes. Pertencia a um homem a quem eu devia mais que uma simples conversa ou algumas poucas palavras. Era uma ligação que eu continuaria a ignorar se não tivesse sido feita no meio da noite, depois de outras três tentativas que eu ignorara durante o dia.

Era hora de parar de fugir do passado.

Hora de virar homem.

De ser alguém melhor, a pessoa que quem estava ligando havia se esforçado ao máximo para criar.

– Oi, Julian.

Abaixei o estribo da moto e passei a mão pelo rosto. Podia quase sentir o choque do outro lado da linha. Ele não esperava que eu atendesse, o que faz de mim um tipo todo especial de babaca.

– Dash – sua voz era ainda mais profunda e áspera que a minha. As pessoas com frequência diziam que eu soava como Johnny Cash, mas Julian Churchill de fato tinha o rugido grosseiro do Homem de Preto impresso em seu tom. – Não achei que fosse atender.

Suspirei, me sentindo o menino de cinco anos que ele havia repreendido tantas vezes.

– Ando ocupado. Levei um tempo pra me acomodar. E pra conseguir dormir sem as bombas explodindo.

Ele não disse nada por um longo minuto. Quando falou, dava para notar que tentava muito reprimir a censura e a dor em sua voz.

– Tem uma cama perfeitamente aceitável te esperando aqui. E da última vez que conferi não havia bombas em Lowry – Lowry era a cidadezinha onde eu havia nascido e sido criado, perto de Tupelo, Mississípi. Não havia bombas lá, só um baú cheio de memórias cujos estilhaços emocionais doíam mais do que os estilhaços reais que haviam sido removidos cirurgicamente da minha pele.

– Eu precisava de um tempo, Jules.

– E teve tempo de sobra, filho. Agora precisa voltar para casa.

Meus pelos se eriçaram, como sempre acontecia quando ele tentava me dizer o que fazer. Achei que tivesse esmagado aquela sensação quando ficamos lado a lado e enterramos minha mãe, mas havia algo quando ele falava comigo como se eu não estivesse entendendo que sempre me fazia parecer uma criança desobediente.

– Está nos meus planos. Mas tenho que resolver algumas coisas por aqui e garantir que não deixarei um amigo que me ajudou na mão.

Rome ia me mandar embora com um tapinha nas costas e um chute na bunda se soubesse o verdadeiro motivo pelo qual eu vinha me escondendo no Colorado, em vez de voltar para casa. Ele era compreensivo, mas adepto do lema "família primeiro" e não aprovaria o modo como eu evitei a minha na última década. Eu era um covarde e não queria que um homem com quem estivera nas trincheiras, um homem por quem eu morreria e que morreria por mim, soubesse até onde ia aquela fraqueza.

– Dash – Julian suspirou e limpou a garganta, e eu soube que ele estava lutando para controlar suas emoções. – Elma Mae sofreu um acidente.

Quase derrubei o celular ao me endireitar na moto.

– Como assim, acidente?

Meus dedos apertaram o celular com tanta força que as juntas doeram. A pulsação frenética nos meus ouvidos dificultava entender o que ele dizia.

– Ela estava carregando a roupa lavada e tropeçou na escada. Caiu para trás e quebrou o osso da bacia. Um vizinho ouviu e correu para ajudar. Tiveram que levar Elma Mae de helicóptero para o hospital em Tupelo. Ela também deslocou o ombro e torceu o pulso. Agora está no hospital de Lowry, se recuperando. Deve ir para casa no fim da semana.

– Minha nossa – Elma Mae devia estar beirando os oitenta. Ninguém sabia ao certo sua idade, e ela se recusava a contar. Só sorria e pedia que a deixássemos ser jovem. Aquele tipo de ferimento já era sério para alguém na flor da idade. Para alguém como Elma então... – Ela vai ficar bem?

– Elma é uma mulher durona. Precisaria de mais do que isso para se entregar. Mas tem perguntado sobre você.

Aquilo era um belo chute no saco. Também era um tapa na cara. A realidade de tudo o que eu vinha ignorando e negando por tempo demais me atingia de uma só vez.

– Comprei uma Harley. Vou para casa com ela, devo chegar em alguns dias.

Meu retorno ia acontecer antes do esperado, mas de jeito nenhum eu não estaria lá para a mulher que sempre havia sido meu norte. Quando nada mais na minha vida fazia sentido, ela me fez companhia. Ela era o único porto seguro que eu havia conhecido e, se precisava de mim, eu tinha que estar lá para retribuir o favor. Devia tudo a ela, e o fato de eu ter demorado tanto para vê-la depois de anos de serviço era um sinal bastante claro e assustador dos motivos pelos quais eu estava certo de me manter bem distante de Dixie.

Ela vivia sob a luz, e eu ficava muito mais confortável me escondendo na escuridão.

– Vou avisar. Ela vai ficar contente – ele fez uma pausa de um segundo, durante a qual me preparei para o que viria a seguir. – Elma mencionou uma garota. Disse que era o motivo pelo qual não tinha pressa de voltar de Denver. É verdade?

Merda. A verdade podia doer, mas as mentiras que eu havia contado, e não eram leves, iam me matar.

– Tem uma garota.

E tinha mesmo, mas não era exatamente o motivo pelo qual eu não estava pronto para encarar Julian ou qualquer outra pessoa em Lowry. Esse podia ter sido um dos motivos pelos quais eu havia ficado em Denver por mais tempo que o planejado. Era uma desculpa que me garantiu tempo sem ser totalmente mentirosa.

– Veja se consegue fazer com que ela venha também. Elma ia amar ver você feliz, saber que está finalmente sossegando e superando tudo o que aconteceu com sua mãe e Caroline. Traga essa garota para casa e dê um pouco de descanso a todos nós. Faça uma velha feliz, Dash. Você deve a Elma alguns anos sem a preocupação de você tomar uma bala ou terminar sozinho.

Merda. Esfreguei as têmporas e chutei o cascalho solto sob a sola das minhas botas.

– Vou ver o que posso fazer.

Era mentira. Dixie largaria tudo e iria comigo se eu explicasse a situação. Ela era legal demais, boa demais para dizer não. Elma Mae ia amá-la depois de um interrogatório para saber se era a garota certa para seu menino.

– Se a garota realmente gostar de você, vai dar um jeito de vir. Se não der, não vale o seu tempo. Volte para casa, filho. Estamos com saudades.

Eu também sentia saudades, mas podia passar sem as lembranças que haviam me mantido afastado desde o dia em que me alistei para servir meu país.

Foi minha vez de suspirar.

– Nos vemos logo, Jules.

Ele desligou. Queria chutar a mim mesmo, porque, depois de todos esses anos, depois de todo o esforço que ele dedicou para me criar, eu ainda não conseguia chamá-lo de pai. Ele merecia o título, afinal era o sobrenome dele que eu usava, e não o do homem que havia engravidado minha mãe e fugido. Ele merecia tanto quanto eu merecia meu próprio nome, mas, sempre que tentava, a palavra ficava entalada e eu me voltava a algo menos importante. Era como se eu fosse enganar Deus e todos os mortais sobre a importância de Julian se me recusasse a chamá-lo daquilo que ele sempre havia sido para mim. Como se estivesse tentando enganar o destino para que ele não terminasse como tantas outras pessoas que eu havia amado.

Eu não apenas iria para casa, mas colocaria um pouco de luz do sol no bolso para levá-la comigo.

CAPÍTULO 3

Dixie

FAZIA TANTO TEMPO QUE EU TRABALHAVA EM BARES QUE ERAM NECESsários certa comoção ou algum tumulto para me tirar da cama antes do almoço. Até Dolly estava acostumada às caminhadas no meio da noite e a tomar café da manhã ao meio-dia, uma vez que eu me tornava uma bolha inútil e rabugenta de indignação quando era forçada a abandonar o conforto da cama enquanto o sol matinal ainda brilhava. Era o único período do dia em que eu me permitia ser mal-humorada e odiar tudo, o que significava que qualquer pessoa que me conhecia bem se mantinha afastada nesse horário. Troco a noite pelo dia desde que me lembro, então, quando vozes altas me tiraram do sono profundo certa manhã, bem antes do horário que *qualquer* pessoa acordava, fiquei lívida. Não havia dormido bem, parecia que havia acabado de fechar os olhos, ainda que algumas horas tivessem se passado. Resumindo, eu não estava nada a fim de acordar no susto e ainda ter que bancar a árbitra.

Ouvi o tom cortante de Wheeler enquanto saía da cama, quase derrubando Dolly no processo. Fiquei assustada ao ouvir outra voz masculina, profunda e claramente irritada, como resposta, e não a da minha irmã. Havia imaginado que Kallie apareceria com o rabo entre as pernas a qualquer minuto, implorando que o noivo a aceitasse de volta. Foi o que ela fez da última vez em que ele a pegou com outro cara. Minha irmã não perdia tempo quando se tratava de tentar convencê-lo a esquecer e perdoar.

Ela sabia exatamente em que ponto o sapato apertava e de jeito nenhum ia deixar o homem que havia cuidado dela, a protegido e dado tudo o que ela havia pedido escapar. E de jeito nenhum minha irmã vaidosa e mimada teria a coragem e a força moral para suportar o constrangimento de cancelar um casamento tão esperado tão perto da data. Se a notícia de que Wheeler havia dado um fim a seu relacionamento disfuncional se espalhasse, Kallie morreria de vergonha. Ela podia fazer das suas e se safar, mas, se alguém apontasse suas falhas de caráter, não saberia o que fazer. Minha irmã não aguentaria uma crítica nem que sua vida dependesse disso, e era esse o motivo pelo qual tinha ficado tanto tempo com Wheeler. Ele a amava e amava tudo nela... pelo menos até que ela partisse seu coração de novo.

Reconheci a voz áspera e gutural e o sotaque sulista de imediato. Não tinha ideia do motivo pelo qual Church estaria no meu apartamento cedo assim, muito menos por que ele e Wheeler latiam um com o outro, como cachorros demarcando território na minha sala. Achei que talvez ainda estivesse sonhando, então bati o dedão no pé do sofá enquanto corria para ver o que estava acontecendo.

Xinguei alto e comecei a pular em um pé só, chamando a atenção dos dois homens que rosnavam para mim. Dolly, curiosa em relação ao visitante matinal, me lançou um olhar compreensivo e então trotou feliz até Church, que estava de pé, com os braços cruzados diante do peitoral enorme, enquanto me observava com seus olhos maravilhosos. Poderiam ser considerados cor de avelã por falta de um termo melhor, mas não era bem isso. Avelã parecia ordinário demais para uma cor tão extraordinária. Seus olhos eram outra coisa, e ele todo era feito para fazer as vaginas se entregarem sem nenhum tipo de resistência. Alguns homens eram bonitinhos como Asa, outros eram de tirar o fôlego com sua beleza masculina, como Rome Archer. E havia homens que tinham o melhor desses dois mundos, como Dash Churchill.

– O que você está fazendo aqui antes mesmo do horário de abertura da Starbucks, Church?

Esfreguei os olhos sonolentos e senti meu corpo ficar tenso enquanto seu olhar passava do meu cabelo bagunçado, que certamente dava a ideia de eu ter enfiado o dedo na tomada, à camiseta larga com um desenho gigante de um taco carrancudo com os dizeres "Taco algum problema?" embaixo. Claro que não usaria isso para dormir se soubesse que acordaria com um alarme de mais de um metro e noventa movido a testosterona, mas não havia nada que pudesse ser feito em relação à camiseta ridícula ou ao meu cabelo fora de controle naquele momento. Tampouco havia algo que pudesse ser feito em relação ao fato de eu estar sem calça e, ainda que a parte de cima do pijama fosse enorme, não fazia milagre, mal cobrindo (e mal mesmo) tudo o que pudesse ser coberto para que meu recato fosse preservado.

Limpei a garganta enquanto seus olhos pareciam hipnotizados ao passear pelas minhas pernas compridas e voltar ao meu rosto vermelho. Fui para trás do sofá e cruzei os braços, imitando sua postura antipática. Na verdade, queria mesmo era esconder que estava sem sutiã e que, ainda que ele estivesse puto e claramente irritado, sua mera presença bastava para fazer todas as minhas partes femininas esquecerem o sono e despertarem de imediato.

– Preciso falar com você. Não achei que fosse estar acompanhada.

Ele não disse isso de um jeito muito simpático.

Fiquei tensa e olhei para Wheeler, de pé diante da porta, impedindo a entrada de Church e de sua raiva muito palpável em meu apartamento. Dolly estava sentada entre os dois, observando-os como se disputassem uma partida de tênis. Provavelmente só esperava para ver quem lhe daria atenção primeiro, mas a imagem ainda fazia meus lábios se contorcerem enquanto a cabeça dela ia de um lado para o outro.

– Pode deixar Church entrar, Wheeler. Se tenho que estar acordada a esta hora da manhã, preciso de um café. E não quero que nenhum dos machões assuste Poppy.

Deixei a proteção do sofá e fui para a cozinha apertada, enquanto meu "futuro cunhado ou não" dava um passo para o lado. Só quando Wheeler abriu passagem me dei conta de que ele usava apenas uma calça *jeans* de cintura baixa. Seu torso cheio de tatuagens estava totalmente exposto, e seu cabelo castanho parecia todo bagunçado e desarranjado depois de ele provavelmente ter passado a noite inteira puxando os fios em desespero. Se eu estivesse do outro lado da porta e não conseguisse ver os lençóis revirados no sofá, chegaria à mesma conclusão a que Church havia chegado.

Queria garantir que não era o que ele estava pensando, que Wheeler era parte da família, mas fiquei apenas observando aquele homem grande e mal-humorado entrar na minha sala a passos firmes enquanto Wheeler bufava e murmurava:

– Entra, *Church*.

Church deu uma olhada em volta e apertou o maxilar. Por um momento, achei que eu iria precisar pegar a mangueira e molhar os dois para que parassem.

– Valeu pela hospitalidade, *Wheeler*.

Revirei os olhos. Dolly choramingou conforme a tensão crescia e não havia mais graça em ficar entre aqueles dois homens.

– Tá bom, já chega. O nome dos dois é foda, e estou certa de que ambos são superbem dotados – parecia que eu precisava dar uma régua a eles para que a hostilidade acabasse. – Agora podemos relaxar e esquecer o concurso de mijo até que eu tenha cafeína nas veias? Por favor?

Olhei para Wheeler, porque sabia que ele seria mais fácil de convencer apenas com meus olhos cansados e meu sorriso fraco. Ele pareceu irritado com meu comentário sobre o que tinha ou não tinha dentro da braguilha do *jeans*.

Mas estreitou os olhos e foi até o sofá vestir a camisa.

– Vou levar Dolly para dar uma volta enquanto vocês dois conversam – ele lançou um olhar cortante para Church enquanto se dirigia à porta, com a cadela trotando feliz logo atrás. – Só por alguns minutos – a implicação era clara: Church deveria dizer o que queria e cair fora. Wheeler tampouco era fã de acordar cedo ou de julgamentos. Seus olhos passaram por mim e seus lábios se contorceram. – Vejo que continua a mesma quando acorda.

Revirei os olhos para suas costas antes que a porta se fechasse. Coloquei um sachê na máquina de café e olhei para Church por cima do balcão que nos separava enquanto ia de um lado para o outro do espaço minúsculo que deveria ser a sala de jantar. Eu o vi parar no meio de um passo assim que identificou o emaranhado de lençóis no sofá. Então se virou para me olhar, e notei um músculo em sua bochecha se contorcer enquanto ele me avaliava em silêncio por um bom tempo.

– Não foi com ele que você saiu ontem à noite, foi?

Church se aproximou do balcão e se apoiou na ponta. Se não o conhecesse um pouco, diria que havia procurado algo para se segurar.

– Não. Wheeler supostamente vai casar com minha irmã mais nova em alguns meses. Mas terminou com ela ontem à noite, quando a pegou de novo com outro cara – tamborilei no balcão e virei a cabeça de lado. – E, mesmo que fosse, você não teria o direito de aparecer do nada antes do amanhecer e gritar com ele.

Esperei que hesitasse ou parecesse arrependido, mas em vão.

Ele levou a mão ao rosto e a desceu de novo. Notei que parecia muito cansado.

– Você tem razão, sinto muito.

Church não soava muito verdadeiro, mas decidi que estava grogue demais pra discutir por causa daquilo.

– Então... por que está aqui?

Talvez ele me respondesse, sabendo agora que eu não havia chutado Wheeler da cama para que atendesse a porta.

Church suspirou, deixando as sobrancelhas caírem sobre seus olhos maravilhosos.

– Porque preciso de um favor.

Não consegui evitar e dei um passo para trás. Eu havia me jogado em cima dele por meses, então me resignara ao fato de que só teríamos uma amizade desconfortável, porque ele não retribuía meu interesse. Não conseguia imaginar que tipo de favor faria com que passasse na minha casa antes do amanhecer.

Soltei o ar e fiquei olhando um cacho solto dançar à minha frente.

– Somos amigos, Church. Me importo com você, claro que posso te fazer um favor.

Eu sentia que podia fazer qualquer coisa por ele, não só porque faria qualquer coisa para qualquer pessoa com quem me importasse. Church era especial, e eu faria o que pudesse para afastar algumas das nuvens de tempestade que viviam em cima de sua cabeça.

Ele riu alto, mas não havia nenhum humor ali. Sua voz profunda ficou ainda mais grave, e seus olhos fugiram dos meus.

– Acho melhor ouvir o que estou prestes a pedir antes de aceitar.

Senti minhas sobrancelhas se levantarem diante de seu tom sombrio.

– Parece preocupante. Fala logo.

Era cedo demais para meu cérebro funcionar.

Ele se afastou do balcão e voltou a andar. Levou uma mão à nuca, e notei que os dedos se flexionaram e apertaram a região.

– Não volto pra casa desde que me alistei. Faz mais de uma década, Dixie. É bastante tempo para ficar afastado – ele balançou a cabeça de leve e soltou mais uma daquelas risadas doloridas. – Conheci Rome quando ainda estava no Colorado, então pedi a ele que me arranjasse alguma coisa até que estivesse mais adaptado à vida fora do Exército. Sabia que ele entenderia – Church limpou a garganta. – Mas agora é hora de ir pra casa.

Assenti, distraída, e peguei minha caneca de café. Sentia como se fosse precisar misturar um pouco de bebida nele, para sobreviver àquela conversa. Perguntei a Church se queria café também, mas ele recusou. Estava com dificuldade de chegar ao ponto e não queria nenhuma distração.

– Denver sempre foi temporário.

Ele parou e virou para me olhar. Eu tentava desesperadamente não surtar com o fato de Church estar basicamente se despedindo de mim. Ele nunca seria meu, mas não estava nada preparada para deixá-lo ir.

– Quando você vai?

Minha voz falhou, mas nem me preocupei em esconder quanto suas palavras me afetavam. Sabia que eventualmente ele iria embora, mas não tinha ideia de como ia doer.

Ele parou de novo e levou as mãos aos quadris. Foi sua vez de inclinar a cabeça enquanto me observava inabalável.

– Hoje à tarde.

Soltei a caneca de café. A cerâmica pesada escapou dos meus dedos que de repente ficaram dormentes e atingiu o chão da cozinha, quebrando com o impacto. Nem ouvi Church me chamar enquanto o líquido quente molhava minhas pernas nuas. Estava congelada, sem conseguir me mexer, enquanto tudo o que havia fantasiado com o homem que corria na minha direção querendo saber se eu estava bem implodia. A morte dos meus sonhos partiu meu coração, o qual eu sentia bater nas orelhas, enquanto pensava em como poderia ter sido. Se ele soubesse como eu sabia...

Arfei com tanta força que meus pulmões doeram, então mãos fortes repousaram nos meus ombros para me sacudir de leve. Antes que eu pudesse dizer que estava bem, me peguei sendo levada por um único movimento fluido. Fui apertada contra um peitoral duro como pedra enquanto braços igualmente fortes me levantavam. Suas botas esmagavam os cacos de porcelana no chão enquanto Church me pedia instruções para chegar ao banheiro, ele precisava se certificar de que a parte de baixo e nua do meu corpo estava bem.

Eu sonhava com suas mãos no meu corpo pelo que parecia uma eternidade. Ao finalmente conseguir, sabia que logo ele iria tirá-las de mim para sempre. Aquele toque não era o bastante. Não era nem de perto o modo como eu queria ser segurada por aquele homem, mas, se ele estava indo embora, então eu absorveria tudo como uma esponja, desfrutando de cada momento fugaz.

Church não me colocou no chão até encontrar o banheiro sozinho, uma vez que eu me mantinha muda e imóvel. Então me sentou na privada e se ajoelhou diante de mim. Eu havia tido uma série de fantasias proibidas para menores com ele naquela posição. Em nenhuma delas eu usava uma camiseta com um taco desenhado, sem ter escovado os dentes e com meus cabelos parecendo um ninho de ratos. Nas fantasias, eu usava lingerie muito mais sexy do que o shortinho branco de algodão que ele não tinha como não ter visto, mas nada daquilo importava, porque ele estava usando a ponta da toalha que havia pego do suporte às suas costas para limpar com toda a delicadeza as partes da minha pele que de repente haviam ficado vermelhas.

– Talvez forme bolha.

O sotaque sulista era forte em sua voz enquanto ele me olhava. Até então nunca havia mudado: era sempre lânguido e arrastado. Mas, ajoelhado diante de mim, com os olhos semicerrados e a preocupação pelo meu bem-estar expressa em seu belo rosto, parecia mais forte, mais pronunciado. Church estava presente para se certificar de que eu estava bem, mas pelos motivos errados. Não queria ser uma obrigação para ele. Meu coração doía enquanto eu lutava para me recompor.

– Está tudo bem. Sou muito clara, então sempre parece pior do que realmente é. Preciso limpar a bagunça antes que Wheeler volte com Dolly. A comida e a água dela ficam na cozinha, e não quero que ela entre até que seja seguro.

Nunca havíamos ficado tão perto. Em geral, sentia o desejo por ele pinicar sob a pele, irritante, mas administrável. Tão perto, com seus dedos percorrendo minha pele macia, o desejo queimava meus nervos e fazia meu sangue ganhar vida e latejar forte em todas as partes femininas do meu corpo.

Church grunhiu ao se levantar, o que imediatamente fez o banheiro parecer pequeno demais para nós dois. Ele esticou o braço para alcançar o chuveiro e abriu a torneira. Depois de molhar a toalha na água fria e devolvê-la às minhas pernas, ele se recostou contra a parede e retornou à sua pose favorita, com os braços cruzados.

Tentei não encarar a maneira como o tecido da camiseta preta se agarrava ao formato do seu bíceps, mas fracassei. Ele nem precisava se esforçar para ser tão atraente, e não dava pra negar que eu havia sido fisgada.

– Vou limpar a cozinha, mas tenho que perguntar... Você iria comigo para o Mississípi por uns dias?

Ele perguntou com tanta casualidade que podia jurar que tinha entendido errado.

– Como? – levei os dedos aos ouvidos e cutuquei. – Devo ter entendido errado. Achei que estava me convidando para ir ao Mississípi com você.

Ele levantou uma sobrancelha e contorceu os cantos da boca. Não se tratava de um sorriso, mas era a coisa mais próxima de um que eu já tinha visto em seu lindo rosto.

– Eu te convidei pra ir ao Mississípi comigo. É uma longa história. Se concordar, prometo contar todas as partes interessantes.

Encarei Church em um silêncio pasmo por um longo momento, me sentindo em uma realidade alternativa. Não havia muito que nos ligasse além da amizade a que eu o obrigava, então aquilo pareceu um favor completamente fora dos limites que ele havia estabelecido e estranho para o homem que deixara claro que só cabia um em sua Harley.

– Preciso de mais do que isso, Church. Não pode me fazer uma pergunta dessas e esperar que eu responda sem mais explicações.

Tudo dentro de mim vinha à tona e se apressava, tentando acompanhar os acontecimentos pouco prováveis.

Ele suspirou, fazendo seu peito musculoso subir e descer.

– Quando minha família pediu que eu voltasse pra casa, em vez de dizer que eu precisava de tempo, que não estava pronto para encarar o mundo real, disse que ia ficar mais em Denver porque havia conhecido uma garota. Achei que fosse tirar todo mundo do meu pé, e funcionou... mas só mais ou menos.

Respirei fundo e movi as pernas debaixo da toalha fria e úmida.

– Você mentiu pra sua família?

Aquilo não me agradou nadinha.

– Minto pra eles há anos. Quando queriam saber onde eu estava, o que estava fazendo... sempre menti. Sempre que perguntavam se eu estava seguro e eu dizia que estava tudo bem era mentira. Essa é só mais uma mentira que contei para que não se preocupassem comigo. Eu não estava pronto pra ir pra casa, mas agora estou, só que preciso que vá comigo. Tem uma mulher de oitenta anos contando que eu esteja lá pra ela, e preciso que faça isso acontecer.

Church disse aquilo tudo de forma tão categórica e natural que me convenci de que talvez estivesse sonhando o tempo todo. Talvez ainda estivesse encolhida na cama com Dolly roncando ao meu lado. Talvez meu último encontro tivesse sido tão ruim que eu havia pirado de vez.

Estiquei o braço e, acima do *jeans* dele, agarrei sua pele contraída. Não havia nenhuma gordura ali que eu pudesse beliscar, mas de alguma forma consegui. Church afastou minha mão e deu um passo na direção da porta.

– Por que isso?

Ele esfregou o lugar por cima da camiseta, com os olhos em mim.

– Bom, claramente estou em uma comédia romântica péssima e Hugh Grant vai entrar pela porta a qualquer momento. Ou então você tem lido romances demais e está usando a trama da maioria deles pra mexer com a minha cabeça. Não pode estar me pedindo pra fingir ser sua namorada. Esse tipo de coisa não acontece – chutei a toalha úmida das pernas e me levantei, apontando um dedo trêmulo para ele. – É melhor que não esteja me pedindo para mentir pra sua família, Church, porque isso é algo que não posso fazer e não perdoaria você por me pedir.

Ele xingou alto e levantou as mãos em um gesto de rendição.

– Não estou pedindo que minta. Você vive me dizendo que somos amigos, e é exatamente disso que preciso agora: que seja minha amiga na frente da minha família.

Dei uma risada irônica.

– Isso é ridículo.

Ele se aproximou e colocou uma mão em meu ombro, usando os nós dos dedos da outra mão para levantar meu queixo de modo que eu não tivesse escolha a não ser olhar para ele.

– Estou te pedindo isso porque é a única pessoa que pode me ajudar. Estou pedindo porque sei que fala sério quando diz que se importa comigo.

A ponta de seu dedão se moveu por meu maxilar, e eu me esqueci de como respirar.

– Isso não é justo, Church.

Não gostei que estivesse usando contra mim meu desejo de ver as pessoas de quem eu gostava felizes e completas.

– Eu nunca disse que jogava limpo, linda.

Linda.

Foi como uma facada no meu coração já sangrando.

– Não sei se posso fazer isso.

Queria fazer, porque queria que Church encontrasse a paz que obviamente lhe faltava, mas também queria poder me olhar no espelho todos os dias e não odiar a mulher me encarando do outro lado. Queria o conto de fadas de que minha mãe falava, o homem dos sonhos como minha irmã havia conquistado, mas não queria precisar ser patética ou desesperada para conseguir tudo aquilo. O amor deveria nos fazer sentir melhor, não odiar a pessoa que precisamos nos tornar para consegui-lo.

Sua voz áspera chegou de algum lugar acima da minha cabeça, porque eu não conseguia me forçar a olhá-lo enquanto minha mente girava e meu coração batia forte e dolorosamente no peito.

– Sei que estou pedindo demais, mas não tenho escolha.

Provavelmente era verdade. Ele era um homem que lidava com as coisas em seus próprios termos, do seu próprio jeito. Ele solucionava problemas de forma criativa, o que era comprovado pelo fato de ele estar diante de mim, apesar de todo o horror que havia visto e do terror que havia testemunhado em primeira mão.

– Você deveria ter sido honesto com sua família desde o começo. Nenhum de nós estaria nessa posição se fosse o caso.

Eu não queria dar uma bronca nele, mas me sentia encurralada enquanto continuava a passar o dedo no meu rosto, embaçando meus pensamentos e enfraquecendo minha resolução.

– Esse barco já partiu faz tempo.

Church pareceu bravo com aquilo, mas toda a raiva era dirigida a si mesmo, para aquele buraco negro que havia dentro dele.

– Não quero que minta, Church.

Não era por aquele tipo de homem que eu havia me apaixonado tão rápido e com tanta intensidade.

– Prometo pela minha mãe que nunca vou mentir pra você, Dixie.

Ele pareceu tão sincero, tão honesto, que meu coração finalmente superou o controle do meu cérebro tirano sobre meu bom senso. Church precisava de mim, e me parecia que nós dois sabíamos que, desde o início, de jeito nenhum, eu lhe negaria ajuda. Não era da minha natureza me recusar a ajudar alguém com quem me importava, e de jeito nenhum diria "não" à pessoa por quem estava caidinha.

Soltei o ar com força, fazendo os cachos na frente do rosto dançarem. Levantei as mãos para poder pegar seus pulsos. Aquilo me fez tremer, constatar que eram tão largos que meus dedos não se tocavam ao enlaçá-los. Senti sua pulsação forte nas pontas dos dedos.

– Preciso ver com Rome se não tem problema eu ir. E preciso de alguém que cuide de Dolly por alguns dias. Se conseguir resolver essas coisas, posso ir com você.

Eu estava convencida de que qualquer tipo de "felizes para sempre" pra mim o envolvia, mas começava a me perguntar se era um tipo diferente de felizes para sempre, que não tinha nada a ver com Church se dar conta de que eu era sua alma gêmea. Parecia mais que aquele felizes para sempre tinha mais a ver com fechar buracos e encontrar brechas que se estendiam larga e amplamente.

Ele precisava de mim de um jeito totalmente diferente do que eu precisava dele. O reconhecimento daquilo doeu, mas não podia negar o fato de que eu queria ser aquela a quem Church recorria quando precisava de ajuda. Também queria ser a pessoa que o ajudava mesmo que meu coração saísse machucado.

Ele me encarou sem dizer nada por um longo tempo, depois assentiu devagar. Então soltou meu rosto e recuou.

– Já conferi com Rome. Tivemos uma longa conversa hoje de manhã, quando eu disse que precisava ir embora. Ele pediu a Avett que cobrisse você por uma semana ou pouco mais. Eu disse que não tinha certeza de quando te colocaria em um avião de volta.

Franzi a testa, seguindo-o para fora do banheiro.

– Você sabia que eu ia concordar com seu pedido absurdo?

Aquilo era irritante.

Church me olhou por cima do ombro, e seus lábios se contorceram de novo, como se estivesse tentando sorrir, mas não lembrasse como era.

– Sabia. Você sempre ajuda seus amigos e, mesmo que nunca tenha te dado motivos para tal, sei que me considera um desde o início. Vou limpar a bagunça na cozinha. Talvez seja bom colocar uma calça antes que seu convidado volte com a cadela.

Voltei o olhar para minhas pernas úmidas e depois para suas costas em retirada. Ao me ouvir bufar, ele me olhou por cima do ombro, com a sobrancelha levantada.

– É uma graça essa sua versão toda ranzinza e raivosa pela manhã. É tipo um gatinho furioso procurando alguma coisa em que enfiar as garras.

Fiquei ali sentada, de queixo caído, olhando para o espaço que Church havia acabado de deixar vago. Ninguém achava que eu era fofa pela manhã. A não ser ele, aparentemente. Gemi e levei a cabeça às mãos.

Devia ter ficado na cama. Nada de bom acontece antes do meio-dia.

CAPÍTULO 4
Church

Eu deveria estar animado por ela ter concordado em ir comigo. Me pouparia do trabalho de tentar explicar por que menti à minha família. Mas tudo o que eu sentia era um enorme alívio porque o ruivo bonitão que atendera a porta era da família dela, e não alguém que tivera o prazer de passar a noite em sua cama.

Quando o sujeito abriu a porta, compreensivelmente irritado com minha visita tão cedo, eu só quis arrancar seus braços tatuados e usá-los para bater nele mesmo até ele quase perder a vida. Ele parecia confortável demais na casa de Dixie, e não tive como impedir a onda de ciúmes e as faíscas de raiva que percorreram meu sangue quando ele me olhou como se eu estivesse interrompendo. Eu havia me segurado só porque não queria magoá-la nem magoar a mim mesmo, mas ver outro homem naquele lugar que eu sabia ser meu por direito fizera todas as minhas boas intenções queimarem como ácido no fundo do estômago. Sempre que eu tentava fazer a coisa certa, de alguma forma tudo dava terrivelmente errado.

Dixie chegou em ótima hora. Ela apagou o fogo do ciúme e

deu início a outro tipo de queimação sob minha pele, sem precisar fazer nada além de ficar ali, toda amarrotada e muito linda. Seu cabelo sempre era meio rebelde e despenteado, mas, ao sair da cama, parecia ter vida própria e almejar a dominação mundial. Seus olhos castanhos e tranquilos pareciam ainda mais escuros com o que sobrara de sono, e suas sardas se destacavam mais graças à falta de maquiagem. Se Dixie parecia tão desalinhada e amarrotada depois de uma noite sozinha na cama, eu imaginava como ficaria depois de horas de mãos vorazes e uma boca sedenta se aproveitando de sua pele macia e de seu sorriso doce. Havia sido uma luta manter meus olhos longe das longas pernas que saiam da camiseta ridícula que ela usava. Só fiz aquilo porque sabia que o outro sujeito estava de olho em mim e não gostava do jeito como eu a olhava. Ele era protetor, e deveria ser mesmo. Nenhum dos pensamentos que tive enquanto tentava não ficar secando Dixie o teriam agradado.

O alívio ao saber que ela não estava com alguém que não era eu teve que ficar de lado enquanto eu aprontava tudo o que nós dois precisaríamos para pegar a estrada. Eu não tinha certeza de como estaria o tempo, então precisava me preparar, carregando um pouquinho de tudo para fazer a longa jornada rumo ao sul. Seriam quase vinte horas de estrada, a grande maioria atravessando as planícies do Kansas e partes do Missouri e do Arkansas. As condições variariam de acordo com o clima, e cabia a mim me certificar de que minha passageira teria tudo de que precisasse para tornar a viagem tão confortável quanto possível. Agora que Dixie havia concordado em ir comigo, eu queria garantir que não houvesse nenhuma razão para ela voltar atrás. Eu mesmo nunca havia passado tantas horas na

Harley, mas imaginei que, depois de tanto tempo andando em tanques e outros veículos armados e sendo levado e tirado de pontos de conflito em aviões de carga, minha bunda estaria preparada.

Rome até me emprestou um capacete que era do tamanho certo para Dixie. Ele me disse que era de sua futura esposa, mas ela quase não usava agora que eles tinham dois filhos menores de cinco anos. As horas livres que tinham para andar de moto juntos eram poucas e espaçadas e, com o inverno à vista, ele provavelmente deixaria a moto estacionada por alguns meses. Aceitei o capacete com prazer, mas entrara sem a menor vontade na conversa que veio antes sobre por que eu precisava pegá-lo emprestado.

Rome conhecia um pouco da minha história. Era impossível que não soubesse, considerando que havia sido meu comandante na maior parte da minha carreira militar. As notícias de casa que chegavam, boas ou ruins, sempre passavam por ele primeiro. Como esperado, ele ouviu minha lista de pecados sem dizer uma palavra. Quando terminei, Rome apenas assentiu, disse que sentiria minha falta no bar, garantiu que eu sempre teria um lugar para ir em Denver e alguém disposto a escutar quando quisesse falar e concordou comigo que era mais do que hora de voltar ao Mississípi. Como eu sabia que faria, Rome me disse que a família era a coisa mais importante que havia e que se eu fosse o homem que ele sabia que eu era iria imediatamente para casa.

Depois que eu disse que ia pedir a Dixie para ir comigo, seu comportamento mudou. Suas sobrancelhas escuras desceram, a cicatriz que passava por uma delas se contraiu. Ele parecia um homem que poderia fazer com que eu me arrependesse de qualquer decisão ruim envolvendo a ruiva animada. Eu havia estado na guerra com Rome Archer, então sabia exatamente do que ele era capaz e tinha a noção de que as coisas não acabariam bem para mim se eu desse mancada com alguém que ele considerava parte da família.

– Se aquela garota voltar para cá com o coração partido, vamos ter problemas, Church.

Os problemas seriam mais meus, pois eu provavelmente acabaria indo para o hospital com alguns ossos quebrados.

– Não pretendo envolver nenhum tipo ou nenhuma forma de coração nessa história, chefe. Preciso de um favor, e ela é a única que pode me ajudar. Somos amigos.

Eu não achava que fôssemos, mas estávamos próximos, e eu sabia que de jeito nenhum a personalidade afável e desesperada para agradar de Dixie permitiria que ela me dissesse não. Eu precisava dela, e ela tinha aquele jeito que deixava claro que, caso você fosse alguém com quem ela se importasse, alguém por quem tivesse carinho, nunca ia deixá-lo na mão. Dixie também tinha necessidade de consertar as coisas e era muito sensível, então eu sabia que, quando explicasse que precisava aparar umas arestas em casa, seu desejo de interferir e remendar a vida das pessoas que amava entraria em cena automaticamente. Funcionava para mim, embora tivesse sérias dúvidas de que funcionaria para ela.

Rome balançou a cabeça. Um sorriso sabichão se insinuou em seu rosto. Eu odiava quando ele me olhava como se soubesse que alguma coisa estava prestes a me dar um chute na bunda antes que eu entendesse do que se tratava.

– É engraçado você pensar que adianta planejar quando se trata do coração, soldado. Mas vai lá e me diz como as coisas se desenrolam – Rome apontou para mim e abaixou o tom. – Mas toma cuidado com a minha garota, como se fosse um dos seus homens no fogo cruzado. Fica de olho nela e garanto que ela vai fazer o mesmo. Pode acreditar em mim quando digo que essa será a maior batalha que já lutou, e vai ser a primeira vez que você ficará feliz com a derrota e a rendição.

Revirei os olhos. Rome não tinha ideia do que estava falando. Só seria uma batalha se eu tivesse algo de que desistir. Como não acreditava em amor, almas gêmeas ou o tipo de "para sempre" que brilhava nos olhos escuros de Dixie, não corria o risco de perder nada.

Depois do discurso de Rome, de conseguir que Dixie concordasse em me acompanhar e de receber alguns olhares mortais de seu convidado, passei pela loja mais próxima que vendia artigos de moto e peguei tudo de que ela poderia precisar para a viagem. As calças com zíper lateral que o vendedor me mostrou fez com que minha mente se inundasse de imediato de pensamentos inapropriados. Deviam ser usadas por cima do *jeans*, e os zíperes que iam de cima a baixo facilitavam a rápida retirada. Mas eu só conseguia pensar em como ficariam em seu corpo estreito, sem nada por baixo. Sua pele branca era linda, impecável, cremosa, com algumas sardas adoráveis nos ombros e no nariz. A ideia do couro preto envolvendo toda aquela doçura era o bastante para que de repente eu sentisse minha calça apertada no cavalo. A imagem de Dixie comigo, coberta por nada além de couro, não era algo que deveria estar passando pela minha cabeça se eu pretendia me esforçar para manter as coisas no nível da amizade, mas eu não conseguia evitar. Nunca quis sua amizade, mas agora que a tinha e precisava dela para meus próprios objetivos sabia que não podia estragar tudo deixando que meu pau tomasse decisões por mim.

Ela não era o tipo de mulher que em geral me atraía. Era suave demais, tanto em espírito quanto em experiência de vida. Eu tendia a me aproximar de mulheres tão vividas e tão desgastadas pelo mundo quanto eu mesmo. Já vira bastante coisa, tanto em casa quanto nos lugares distantes a que minha antiga carreira me levara, então era difícil olhar para o mundo com qualquer coisa além de cinismo. Quando conheci Dixie, fiquei convencido de que seu papo de "nunca conheci um estranho, porque todos são amigos para mim" tinha que ser falso. Não conseguia aceitar o fato de que havia alguém no mundo cujo espírito não havia sido esmagado pelo fato de as coisas serem simplesmente horríveis. Imaginei que ela estivesse querendo alguma coisa, que toda aquela animação não era nada mais do que uma fachada para os clientes, de modo a conseguir mais gorjetas. Mas, com o tempo, conforme os dias se transformavam em semanas e as semanas em meses sem a menor alteração ou falha em seu brilho incrivelmente forte, me dei conta de que Dixie de fato era pra cima, serena, sempre positiva.

Como o cínico que eu era, disse a mim mesmo que ela só poderia ser tão feliz, tão animada todos os dias, porque nunca tivera que testemunhar como o destino pode ser filho da puta. Imaginei que nunca tivesse convivido com a perda ou lutado contra tudo o que viera depois. Me convenci de que nunca acompanhara uma batalha ou tivera que enfrentar dificuldades. Então, uma noite, depois de fechar o bar, tendo tomado alguns copos a mais, falei sobre minha teoria para Asa. Ele me interrompeu antes que eu terminasse as acusações amargas.

Asa disse que era muito mais fácil deixar a vida te derrubar, erguer um escudo e se esconder atrás de um muro quando se tinha problemas, do que continuar sorrindo. Aquela verdade me machucou tanto quanto ele pretendia.

Eu tendia a pensar que tudo o que havia suportado durante o período em que estivera em serviço pelo país e toda a tragédia que ocorrera antes daquilo me tornava invencível, inquebrável. Havia recebido o pior que a porra do destino reservara para mim e sobrevivera. Dizia a mim mesmo que eu era estoico e sabia que as poucas coisas na vida que eu podia controlar eram eu mesmo e minha reação ao que acontecia à minha volta. Mas, depois da dura verdade por trás dos bastidores que Asa jogou na minha cara aquele dia, fiquei me perguntando se não havia levado o bloqueio emocional um passo além, simplesmente me impedindo de reagir ou sentir qualquer coisa. O entorpecimento era útil em meio a um território hostil, mas agora eu estava em casa, e a frieza e a dormência não iam me conseguir nada além de uma cama vazia e uma família distante por cujo perdão ainda precisava implorar. Eu não era estoico. Só estava assustado, e aquilo fazia eu me sentir patético e fraco.

Eu não era o único membro da minha família que tivera o coração estilhaçado e o estômago esfaqueado pela tragédia, mas fora o único a decidir que era mais fácil estar em uma zona de guerra que em casa. Enfiei o rabo entre as pernas e fugi. Procurei o perigo e o desastre de propósito, porque tinha a certeza de que, se fizesse questão de estar no coração do conflito e do perigo, quem quer que estivesse comandando o *show* lá em cima finalmente deixaria as pessoas que eu amava em paz. Não fazia sentido, mas, para um garoto de dezoito anos sem muitas opções e com coisas o bastante a perder na vida, pareceu um plano brilhante. Eu já estava cercado pela morte, então poderia muito bem ir para um lugar onde ela fazia sentido, onde parecia haver algum tipo de harmonia, de razão para a perda e a decepção. Por mais idiota que meu pensamento parecesse, funcionara. Pelo menos até Elma Mae cair da escada.

Enquanto eu parava a moto cromada diante do prédio de tijolinhos, precisei admitir que eu parecia estar cutucando o destino com vara curta ao ir para o sul. As coisas não ficaram exatamente cor-de-rosa depois que fui embora, mas ninguém mais fora levado da terra cedo demais enquanto eu estava no Exército. Jules não precisou enterrar outra mulher que amava, e meu irmão mais novo não teve que chorar a morte de outra mãe enquanto eu estive fora. As coisas correram bem para eles, então tudo mudou. Racionalmente, não podia estar ligado ao meu retorno do deserto, mas, com certeza, parecia que alguém lá em cima me tinha na mira, assim como aqueles com quem eu mais me importava. Seis meses depois de minhas botas tocarem o solo americano, nossa matriarca, a luz que nos guiava, a mulher que criou todos os homens da família quando não tínhamos vontade ou capacidade de cuidar de nós mesmos, havia caído, mesmo que nada mais tivesse conseguido derrubá-la. Eu não diria que sou um homem supersticioso, mas era inevitável pensar se se tratava de algum tipo de lembrança cósmica de como eu havia conseguido foder com as coisas. As coisas melhoravam e eu as destruía de novo sem nem me esforçar. Meio que parecia que o universo estava avisando minha família sobre como o amor podia ser destrutivo quando eu estava por perto. O que tampouco era bom para a ruiva desenvolta que me esperava na calçada e batia os saltos da bota no chão enquanto conversava com uma jovem que eu reconhecia vagamente das noites no bar.

De forma objetiva, a garota hispânica devia ser a mulher mais bonita em que eu já tinha posto os olhos. Tudo nela parecia ter sido escolhido a dedo pelos guardiões da beleza e da graciosidade. As longas ondas do seu cabelo caramelo pertenciam a um comercial de xampu, e sua pele era perfeitamente dourada e tão impecável que ela quase parecia irreal. Era magra demais e frágil demais para meu gosto. Parecia pronta pra correr de volta para o prédio no instante em que desliguei o motor e inclinei a moto para apoiá-la no chão. Ela devia saber que eu não ia machucá-la, uma vez que eu passara os meses anteriores me certificando de que qualquer mulher que entrasse no bar soubesse que aquele era um espaço seguro para elas, mas mesmo assim seus olhos se arregalaram e suas mãos se agitavam como pássaros nervosos. Aquele tom dourado pareceu um pouco mais pálido, e dava para ver que era uma luta para ela se manter ali, ao lado de Dixie, conforme eu me aproximava.

Dixie me deu um sorriso de lado e entregou a coleira que segurava para a garota hispânica. Então se agachou diante do *pit bull* e deu um beijo no centro de sua cabeça peluda. A cadela a encarou com tristeza, como se soubesse que estava sendo deixada para trás, e senti sua dor. Eu sabia que quando Dixie pegasse o avião de volta para Denver seria a última vez que veria seu rosto, sempre sorridente, sempre risonho, sempre me olhando como se eu fosse mais do que realmente era. Doía. Todas as coisas boas na minha vida doíam.

– Bom, Wheeler vai ficar aqui por uns dias, até se decidir em relação à minha irmã. Por enquanto ele a está deixando ficar na casa dele, porque não quer brigar. Se seu chefe não quiser que leve Dolly com você no seu turno, ela pode ficar com ele. Se precisar de qualquer coisa, é só bater na minha porta e Wheeler vai te ajudar.

Dixie levantou e esticou a mão para apoiá-la no ombro da garota. Notei quando a moça se contorceu com o toque. Cerrei os dentes. Ninguém, por mais suave e delicada que fosse, deveria ter aquele tipo de reação a um simples toque. O que fazia com que eu quisesse acabar com a raça de quem a havia deixado com tanto medo.

A morena bonita se soltou e botou a mão na cabeça da cadela.

– Outros técnicos levam os bichinhos de estimação o tempo todo. Desde que Dolly não implique com os outros animais ou com os funcionários, não tem problema – ela pareceu nervosa e pôs a língua para fora para umedecer o lábio inferior. Era tão bo nita que parecia impossível não a encarar, mas ficava claro que toda a atenção a deixava ainda mais ansiosa do que ela já se sentia, então peguei a mala aos pés de Dixie e dei as costas para me dirigir à moto sem dizer nada. – Não vou precisar incomodar... Wheeler.

Sua voz já baixa ficou ainda mais suave ao mencionar o nome do convidado de Dixie.

Dixie soltou um suspiro leve e deu de ombros.

– Bom, se for preciso, ele não vai morder. Na verdade, é um dos melhores sujeitos que já conheci, e minha irmã é uma completa idiota por estragar tudo com ele. Falando nisso, não se surpreenda se uma loira alta aparecer criando confusão. Sei que você odeia o drama alheio, mas, se Wheeler desistir do casamento, Kallie vai pirar. Liga se ela der chilique, ou, melhor ainda, chama a polícia. Talvez uma noite na prisão finalmente a force a crescer – Dixie suspirou de novo e se inclinou para fazer carinho na cadela uma última vez. – Obrigada de novo por se oferecer pra cuidar de Dolly. Te mando uma mensagem quando estiver voltando.

A garota de fala mansa colocou uma mecha do cabelo cor de mel atrás da orelha e forçou um sorriso. Era óbvio que queria que fosse sincero, mas ainda não estava pronta. Eu queria mesmo causar danos físicos à pessoa responsável por pisotear um terreno tão maravilhoso.

Dixie fez menção de abraçá-la, mas voltou atrás quando viu a garota puxar a coleira de modo a colocar Dolly entre as duas. Com um tchauzinho contido e um último aviso para ligar se precisasse de alguma coisa, minha companhia de viagem finalmente se virou para mim, com seus olhos cor de chocolate cheios de tristeza pela amiga.

Apontei com o queixo na direção para a qual a garota e a cadela tinham ido.

– Quem fez com que ela ficasse assim ainda está por perto?

Dixie suspirou mais uma vez e pegou sua mala da minha mão.

– Não, ele morreu. Se matou na frente dela depois de ter sequestrado e torturado Poppy por dois dias – as palavras a deixaram tensa. – E a pior parte é que nem acho que tenha sido a primeira pessoa a mexer com ela. Talvez só tenha sido o único a fazer com que ficasse realmente determinada a manter todo mundo a distância. Se ninguém consegue chegar perto o bastante para tocar, com certeza não está perto o bastante para machucar. É um jeito bem solitário de levar a vida.

Era mesmo. E eu sabia bem, porque vivia mais ou menos do mesmo jeito. Limpei a garganta e balancei a cabeça de leve a fim de afastar aquele tipo de pensamento, voltando aos que envolviam Dixie usando couro e com os braços em mim meio que o tempo todo nos próximos dias.

– Já andou de moto?

Pelas suas roupas, eu diria que sim. O *jeans* justo estava enfiado dentro do cano das botas pretas de solas grossas, amarradas até abaixo dos joelhos. A camisa xadrez acinturada estava por cima de uma regata branca e por baixo de uma jaqueta *jeans* leve com gola de pelo de ovelha. A confusão de cachos brilhantes estava presa em um rabo de cavalo bem fofo, que meus dedos coçavam para desfazer. Eu gostava do seu cabelo selvagem e incontrolável. Fazia com que ela parecesse uma leoa com sua atitude e a promessa de tudo o que eu não merecia em um simples olhar. Manter os cachos presos para pegar a estrada fazia sentido, mas eu tinha a certeza de que, antes do fim do dia, ela iria soltá-los do elástico repressor. Não era um pensamento muito amistoso, mas surgira em minha mente mesmo assim.

Dixie revirou os olhos escuros diante do capacete que lhe ofereci.

– Claro que já andei de moto. Acha que Brite teria me contratado se eu não conseguisse conversar sobre motos com os clientes? O bar costumava ser um dos maiores pontos de encontro dos motoqueiros da cidade. Acho que foi a primeira pergunta da entrevista. Darcy fez ele dar um tapa no visual do lugar quando Avett já tinha idade para ficar na cozinha com ela – Dixie sorriu para mim e enfiou o capacete emprestado na cabeça. Eu conhecia a história do lugar que agora era de Rome, mas acho que nunca havia parado para pensar no papel que aquela mulher irascível tinha desempenhado nele até então. – Além do mais, meu pai tinha uma moto antes do acidente. Não uma Harley, mas uma moto mesmo assim. Eu vivia na garupa quando era nova.

Ela afivelou a cinta do queixo e colocou nas costas a mochila cheia do que quer que estivesse carregando para a semana. Era tão linda que me fazia sentir um aperto no peito e ter uma série de pensamentos safados sobre o que aconteceria quando fôssemos só nós dois com a estrada à nossa frente. Também fazia meu sangue esquentar e meu pau se contrair de um jeito que daria para notar caso olhassem naquela direção.

Limpei a garganta e coloquei meu próprio capacete.

– Seu pai sofreu um acidente?

Aquele era o problema de me manter distante das pessoas à minha volta: elas não me conheciam, tampouco eu sabia qualquer coisa importante a respeito delas. Em geral, eu achava que distância e indiferença eram a melhor opção, mas, enquanto passava a perna por cima da moto e me acomodava, esperando que Dixie subisse atrás de mim, comecei a me ressentir por não saber de nada sobre ela além do superficial.

O couro gemeu quando Dixie se acomodou no assento, com as pernas contra a lateral das minhas e seus peitos pressionando de leve minhas costas. Suas mãos deslizaram por minha cintura como se já o tivessem feito milhares de vezes, quando na verdade era a primeira vez que ela me tocava daquele jeito. Da minha parte, eu sabia por que queria manter distância. Assim que suas mãos se abriram no meu abdome, por baixo da minha jaqueta de couro aberta, e o vento suave produzido por sua expiração atingiu minha nuca, eu soube que não seria capaz de subir naquela moto de novo e não sentir sua presença atrás de mim. Ia se transformar em uma memória que eu não teria como apagar.

– Sim – ela respirava devagar e pesado, o peito pressionado contra minhas costas subindo e descendo. Precisei reprimir um gemido quando seus dedos se cravaram nos músculos tensos do meu abdome. – No verão, antes que eu começasse o ensino médio, ele sofreu um acidente de moto. Um caminhão mudando de faixa não o viu. Ele derrapou por uns cem metros. Teve que ser levado de helicóptero para o hospital. Ainda bem que estava com o capacete, ou teria morrido.

Senti um tremor percorrer seu corpo estreito enquanto ela revivia a história. Virei para olhá-la por cima do ombro e notei que os cantos de sua boca estavam contraídos.

– Ele teve sorte – ela levantou os ombros e os deixou caírem. – Sobreviveu, ainda que agora precise ficar na cadeira de rodas. Mas ele teve sorte, e a gente também. Porque ele é um ótimo pai, já era antes e continuou sendo depois do acidente. Mas as coisas mudaram para sempre.

Ficamos nos encarando em silêncio por um longo tempo. Às vezes parecia mais fácil me comunicar com ela por meio de um olhar, e não de palavras. Não deixei de notar que ela havia sobrevivido a algo horrível causado pela mesma máquina na qual estava montada. A confiança e a fé que deveria ter em mim para concordar em fazer uma viagem tão longa na garupa de um veículo que quase havia tirado a vida de seu pai me assustava e, ao mesmo tempo, me colocava em meu lugar. Eu não tinha feito nada para merecer aquele tipo de convicção de sua parte, mas agora que sabia daquilo teria que fazer todo o possível para cumprir suas expectativas.

– Não vou deixar que nada aconteça com você nesta viagem, Dixie. Prometo que vai estar segura comigo.

Eu estava sendo sincero. Ia mantê-la a salvo de tudo, incluindo de mim mesmo, ainda que fosse impossível ignorar o calor dela às minhas costas.

– Não teria concordado em vir se não acreditasse que seria cuidadoso, Church.

A voz dela saiu baixa, mas a verdade nas palavras era alta e clara.

Coloquei a chave na ignição e deixei o ronco do motor V2 sufocar o som da voz provocativa que entoava a palavra "amigos" repetidamente no fundo da minha mente. Talvez devesse tatuar o maldito lembrete na minha testa antes que cruzássemos a fronteira do estado.

Ela era linda. Era cheia de curvas. Era fofa e positiva... Mas não era uma garota que eu pudesse levar para a cama e ir embora sem causar dano ou sem me sentir culpado, e eu precisava manter aquilo em mente mesmo enquanto me lançava um sorrisinho nervoso por um dos espelhinhos. Tudo em Dixie Carmichael gritava "para sempre", e eu provavelmente sabia melhor que qualquer um no planeta que para sempre não era algo real, não importava quão bom fosse. Para sempre era uma ilusão construída por corações moles e olhos castanhos calorosos. Não era algo em que um homem que sabia que tudo podia ser tirado dele e estilhaçado em um piscar de olhos apostava suas fichas.

Mas me surpreendeu que Dixie tivesse passado por algo que facilmente derrubaria outras pessoas e ainda visse a vida em cor-de-rosa. Eu, por outro lado, havia deixado que os infortúnios inesperados me transformassem em um homem que eu mal conseguia encarar na maior parte dos dias.

Eu a queria porque ela era Dixie, e havia algo nela que iluminava todos os recantos escuros em que eu estava vivendo havia tempo demais. Mas eu sabia com toda a minha fibra que não a merecia e que, se quisesse o melhor para ela, não deixaria que nenhum de nós acreditasse por um único segundo que eu poderia ajudá-la.

CAPÍTULO 5

Dixie

PEGAMOS A ESTRADA NO FIM DA TARDE. O CÉU DE OUTONO ESCURECIA cedo enquanto nos encaminhávamos para fora da cidade e entrávamos na paisagem plana infinita a leste das montanhas. Quando o sol sumiu de vez, Church parou em um posto a algumas centenas de quilômetros da fronteira do Kansas e me mandou colocar uma proteção de couro para as pernas com zíperes que iam de alto a baixo nas laterais e prendiam na minha cintura. Não estava tão frio, mas definitivamente sentíamos uma alfinetada quando o vento passava por nós na estrada. Não achei que precisasse do couro, mas havia algo em seu olhar ao me oferecer a proteção que me fez engolir qualquer argumento que pretendesse expor. O azul em seus olhos queimava, e havia um calor ali que não era causado pela batida do vento em seu rosto severo. Nunca havia me considerado uma garota do tipo que usa couro, mas aparentemente Church pensava diferente.

Peguei a proteção de sua mão, e ele se virou para completar o tanque. O lugar estava cheio, de modo que levei alguns minutos para atravessar o estacionamento e contornar o prédio até onde deveria estar o banheiro. Apertei o passo quando um grupo de caminhoneiros apoiados contra a parede do lugar me encarou por baixo dos bonés descoloridos. Não gostei do jeito como me olharam e certamente não gostei do jeito como olharam para Church.

Eu poderia ter colocado a proteção no estacionamento mesmo, mas, com toda a vibração e o movimento embaixo de mim, Church ia ter que se conformar em parar a cada poucas horas para que eu pudesse usar o banheiro. Assim como eu ia ter que me conformar com os olhos questionadores e nada amistosos que lançavam para ele. Se ele fosse o tipo focado em fazer o melhor tempo do ponto A ao ponto B, com o menor número de paradas possível, iria se deparar com uma dura realidade. Talvez de propósito eu não tenha comentado quanto tempo fazia que não montava em uma moto.

No ensino médio, eu havia namorado um pretenso rebelde sem causa, que dirigia uma Victory toda estourada, a qual ele garantia que valeria uma fortuna quando a consertasse. Quase nunca funcionava e, nos poucos momentos em que isso acontecia, mais se arrastava que rugia, mas fora aquilo eu evitava subir em qualquer coisa com duas rodas. Eu aceitava uma carona de Brite para casa de vez em quando, se meu carro estivesse no mecânico, e havia andado com Rome uma ou duas vezes, quando ele quis que eu o acompanhasse em alguma coisa relacionada ao bar. Não é que o acidente do meu pai tenha me traumatizado, mas eu era bem cautelosa e cuidadosa quando se tratava de subir em uma moto, e minha disposição para tal estava diretamente relacionada a quem ia dirigir. Nunca havia feito uma viagem longa na garupa. Até então estava adorando, mas talvez aquilo tivesse mais a ver com o fato de passar horas agarradinha a Church, como se minha vida dependesse daquilo, porque meio que dependia.

Eu queria botar as mãos naquele homem de forma muito mais inapropriada desde a primeira vez em que pus os olhos nele, então de maneira nenhuma ia deixar passar a oportunidade de tocá-lo em todos os lugares em que podia me agarrar para minha própria segurança. Ele era tão rígido, tão quente e tão divino como eu sempre imaginara, e eu já começava a me ressentir do algodão da camiseta que ele usava por manter toda aquela pele dourada afastada da ponta dos meus dedos. Queria arranhar minhas iniciais em seu abdome e esfregar as mãos em todos os cumes esculpidos que se flexionavam e se acumulavam sob minhas mãos toda vez que ele mudava de faixa ou olhava por cima do ombro para verificar como eu estava. Eu já sabia que Church era esculpido como uma divindade mítica, mas confirmar aquilo horas a fio conforme cada músculo se movia contra mim me deixava contraída e molhada em lugares que não ficavam exatamente confortáveis contra o *jeans*.

O banheiro não era o pior em que eu já havia estado, mas muito distante do melhor. Ficou evidente que o conforto feminino estava longe de ser uma prioridade quando olhei para o espelho rachado e a porta quebrada de uma das cabines. Pisei com todo o cuidado no piso laminado sujo, evitando as poças de líquido não identificado em meu caminho, e entrei na cabine cuja porta fechava.

Enquanto fazia o que tinha que fazer, li a quantidade sem fim de pichações na parede – aparentemente havia muitas mulheres disponíveis para diversão com um único telefonema –, depois dei a descarga com o pé, porque de jeito nenhum ia tocar qualquer coisa naquele banheiro se pudesse evitar. Achei um lugar relativamente limpo na frente do espelho para enfiar a proteção de couro e não me surpreendi quando fui lavar as mãos e não encontrei sabão ou mais que um fiozinho de água saindo da torneira. Por sorte, eu nunca ia a lugar nenhum sem álcool gel. Dei uma última olhada no espelho, decidi que eu poderia dar conta do visual motoqueira gatinha e fui para a porta.

Puxei a maçaneta e gemi ao notar que havia encostado em algo grudento. Balancei a cabeça quando a porta não abriu, pensando que bastaria empurrá-la para sair daquela imundície. Franzi a testa quando a mudança de tática não resultou em nada. Puxei com mais força, depois recorri ao ombro ao jogar toda a força do meu corpo contra ela, que mesmo assim continuou fechada. Sacudi a mão e a limpei na perna.

– Deve estar emperrada.

Ninguém respondeu, visto que eu era a única corajosa o bastante para entrar naquele buraco. Minha voz ecoou pelos azulejos quebrados que me cercavam. Soltei um suspiro e tentei abrir a porta de novo, daquela vez apoiando o pé na parede e puxando com toda a minha força. Não houve sequer um estalo ou um rangido para indicar qualquer progresso.

Aos xingos, revirei os bolsos inutilmente, procurando pelo celular, o qual eu sabia muito bem que estava no compartimento da frente da mochila que eu deixara na moto, para não correr o risco de ele cair na estrada e se estilhaçar. Agora, presa e cada vez mais em pânico, queria ter ignorado a questão da segurança e ter mantido aquela porcaria comigo.

Depois de mais alguns minutos puxando e empurrando a porta sem nenhum sucesso, comecei a procurar por outra saída. Concluí que era minha única opção, a não ser que outra pessoa sentisse uma necessidade incontrolável de usar o banheiro e conseguisse que o Hulk abrisse a porta. Church provavelmente notaria minha demora e, em algum momento, iria atrás de mim, mas, caso aquilo não acontecesse rápido o bastante para meu coração acelerado e minhas mãos suadas, preferi continuar procurando por outra saída. Havia uma janela pequena na parede da cabine que tinha a porta quebrada, mas eu não tinha certeza de conseguir passar por ela. Eu podia ser pequena, mas minha bunda não era. Eu tinha todas as curvas que esperavam de uma mulher, então, ainda que minha cabeça e meus ombros passassem pelo buraco, duvidava que meus peitos e minha bunda conseguiriam. Mas não importava: se ninguém aparecesse em um minuto, eu ia tentar forçar passagem pela janelinha estreita mesmo que acabasse presa nela. Alguém acabaria vendo minha cabeça do outro lado da parede.

– Ei! A porta está emperrada! – gritei, com as mãos curvadas em volta da boca, em uma última tentativa. – Preciso de ajuda!

Usei a lateral do pulso para bater na porta e fiz uma careta quando o barulho voltou em minha direção e reverberou pelas paredes.

Chutei a porta e xinguei de novo. Era o modo perfeito para encerrar um dia que havia começado cedo demais e totalmente amalucado.

Soltei o cabelo para ficar puxando os cachos. Eu sempre fazia aquilo quando estava nervosa. Havia algo de tranquilizador em ver as mechas ficarem lisas e imediatamente voltarem a se enrolar, assim que eu as soltava. Comecei a andar de um lado a outro, ansiosa, olhando para a janela como uma viciada que precisa de uma dose. Disse a mim mesma que esperaria mais um minuto antes de tentar sair por ela, independentemente de caber ou não ali.

Gritei por ajuda mais uma vez e deixei os ombros caírem derrotados quando não houve resposta. Estava começando a pirar de verdade e irritada com Church por não ter estranhado que eu tinha sumido já fazia uns bons quinze minutos. Queria acreditar que havia uma parte dele que se importava comigo, pelo menos um pouquinho, mas agora, com a óbvia falta de interesse em saber onde eu estava, ficava bem óbvio que eu procurava por afeto e sentimentos que simplesmente não existiam. Ele ficava de olho em mim no trabalho, quando minha segurança estava em suas mãos, mas quando eu sumia de sua vista parecia que também ficava bem distante de sua cabeça.

– Foda-se.

Joguei as mãos para o alto e fui até a cabine com a porta quebrada, sem tomar tanto cuidado com a sujeirada no chão quanto antes. Ia precisar de um banho bem longo para chegar perto de me limpar depois do tempo que havia passado naquele buraco. Estava com um pé no vaso e uma mão apoiada na caixa-d'água quando ouvi alguém chamar meu nome do outro lado da porta.

Não dava para confundir o sotaque sulista de Church ou a irritação em seu tom de voz impaciente.

Fiquei aliviada ao saber que não precisaria tentar escapar pela janela e corri até a porta.

– A porta está emperrada. Faz um século que estou presa aqui.

Meu tom saiu tão irritado quanto o dele. Church deveria ter vindo me procurar muito antes. Cruzei os braços e franzi a testa quando a porta não abriu de imediato.

– Não está emperrada. Enfiaram um cano na maçaneta – ouvi o som do metal raspando na porta, e então ela finalmente se abriu. Church estava carrancudo e segurava o tal cano. Passei por ele e saí logo dali. – Por que alguém faria isso?

Church bateu com o cano de leve na perna e me olhou como se eu tivesse a resposta.

Coloquei as mãos na cintura e estreitei os olhos.

– Por que demorou tanto pra vir me procurar?

Suas sobrancelhas baixaram e sua boca se contorceu em uma careta. Ele parecia ter assumido sua postura de sempre, mas então seus olhos passearam por mim, dos cachos que agora estavam uma confusão por causa dos puxões às minhas pernas envoltas em couro preto. O que quer que ele fosse dizer morreu, e o dourado de seus olhos brilhou com algo que me fez ficar vermelha e desconfortável. Eu sabia que era mais ou menos bonita e, no passado, havia me esforçado para ser mais do que aquilo, mas ninguém nunca tinha me olhado como se eu fosse a melhor coisa que já existira, muito menos alguém que de fato *era* a melhor coisa que já existira. Isso fez meu coração se agitar, e todos aqueles sonhos que ele havia esmagado de propósito ganharem nova vida.

Church sacudiu a cabeça com força e limpou a garganta. Ele jogou o cano na lateral do prédio e indicou que voltássemos à moto.

– Eu estava vindo procurar você quando um cara me parou para perguntar se eu podia ajudar com o carro dele. Estava saindo fumaça do capô, então eu não tinha muita opção – ele levou a mão ao rosto para esfregar o maxilar com os nós dos dedos. – Eu disse que a mangueira do radiador havia sido cortada, então voltei a te procurar.

Bufei e o segui, deixando parte da raiva se dissipar, uma vez que ele tinha uma desculpa razoável para não ter corrido ao meu resgate e parecia mesmo arrependido.

– Provavelmente algum moleque achou que seria engraçado. Não teria sido tão ruim se alguém se desse ao trabalho de limpar o banheiro pelo menos uma vez a cada milênio.

Não queria pensar nos caminhoneiros que haviam me encarado com a boca contorcida ao me ver me afastando de Church. De repente, apenas ficar trancada no banheiro dos infernos não parecia tão ruim quanto poderia ter sido.

Ele grunhiu e virou para olhar por cima do ombro.

– Eu deveria estar mais atento. Prometi ao Rome que ia ficar na sua cola, mas até agora estou fazendo um péssimo trabalho. Você não devia ficar andando sozinha à noite em uma parada de caminhoneiros. Alguma coisa pode acontecer, e ficar trancada no banheiro é a menos pior delas.

Suas palavras espelhavam meus pensamentos.

Franzi o nariz enquanto voltava a prender o cabelo, de modo que o capacete coubesse na minha cabeça. Parte do pânico se esvaía, substituído por uma dose saudável de autorrecriminação.

– Trabalho em um bar, Church. Meu turno não termina antes

das três da manhã. Sei como ficar atenta aos arredores e como tomar conta de mim mesma. Deveria ter prestado mais atenção ou esperado que me acompanhasse.

Eu poderia jurar que sabia quando Church estava por perto. O ar ficava diferente, mais pesado, mais denso. Minha pele formigava e meu coração acelerava. Se tivesse sumido, eu notaria sem nem precisar olhar. Simplesmente saberia, de tão ligada que estava nele.

Church parou ao lado da moto e se virou para me encarar. Um músculo pulsava furiosamente em seu maxilar, e suas mãos se fechavam em punhos ao lado do corpo como se ele não conseguisse controlá-las.

– Eu disse que ia tomar conta de você, que não deixaria nada de ruim acontecer nesta viagem. Sei que sabe se virar sozinha, linda, mas pelos próximos dias esse é meu trabalho. Não me deixa nada feliz ter pisado na bola na primeira oportunidade.

Ele estava bravo.

Dava para ver na posição dos ombros largos e na maneira como sua boca se contraía. Seu olhar raivoso e furioso se perdeu em uma revolta de cores conflitantes conforme ele deu um passo na minha direção, agigantando-se e olhando ameaçadoramente para mim.

Fiquei paralisada. Consegui apenas piscar devagar, porque era exatamente como da vez em que ele perguntou se eu estava bem. Eu estava tão acostumada a me virar sozinha que me esqueci de respirar e senti os joelhos fracos só de pensar que poderia me apoiar em seus ombros largos e deixar que ele carregasse o fardo que tanto me exauria.

– Ah.

Deixei escapar aquilo alto demais, fino demais. Não queria a esperança de que poderia haver mais, porque ele descartava a opção em toda oportunidade que tinha, mas suas palavras, suas lindas palavras, faziam todas as fantasias centradas em nós dois pulsar forte no meu sangue.

Ele esticou a mão e com a ponta dos dedos prendeu um cacho solto do meu cabelo atrás da orelha.

– Vou me esforçar mais para manter os olhos em você enquanto estiver em minhas mãos.

Queria virar meu rosto para sua mão e deixar que acariciasse minha bochecha, mas seria demais para meu frágil coração. A única coisa que eu queria desde que me apaixonara era estar em suas mãos, que ele encontrasse um lugar para mim em seu coração. Quando pensava que havia um futuro possível para nós, eu queria todas as coisas que ele dizia esperar para mim. Mas Church ia voltar para uma vida que não me incluía, e eu retornaria a Denver e a uma vida que não seria nem de perto tão satisfatória sem ele. Ele dizer tudo aquilo parecia desgastado e trivial. Church podia dizer belas palavras e expressar sentimentos, porque sabia que logo seguiríamos caminhos separados e que ele não precisaria prová-los por muito tempo.

Recuei um passo e fechei o casaco, para não ceder à tentação.

– Foi só uma brincadeirinha sem graça. Tenho certeza de que daqui pra frente vai ser mais tranquilo. Mas é melhor a gente ir se quiser chegar ao Kansas esta noite. Você disse que planejava mais algumas horas de viagem, se o tempo permitisse.

Church pareceu querer dizer mais alguma coisa, mas ele só assentiu bruscamente e foi colocar o capacete. Então passou sua perna comprida por cima da moto e esperou que eu me acomodasse atrás dele antes de ligar o motor. Não o segurei com tanta força quanto até então e não cheguei tão perto quanto poderia. Meu corpo queria o contato, mas o resto de mim não aguentaria. Church me sobrecarregava de emoções e fazia meus hormônios lutarem contra o bom senso. Parecia que aquele favor ia ser o meu fim, e eu ainda nem havia saído do estado.

Minhas mãos estavam nas costelas inferiores de Church, e minhas pernas estavam coladas nas dele. Não parecia tão íntimo quanto abraçá-lo pelas costas. Embora a distância fosse mínima, era como se estivéssemos a quilômetros um do outro. Seu enorme corpo permanecia tão tenso quanto o meu enquanto Church conduzia a moto pelo trânsito que ficava cada vez mais pesado conforme nos aproximávamos do Kansas. O barulho da passagem de caminhão atrás de caminhão voando me deixava ainda mais alerta e tensa do que em geral eu ficava quando andava de moto. Se andar de moto já era perigoso, andar de moto cercada por caminhões de vinte toneladas parecia uma loucura ainda maior. Se Church perdesse a concentração, as coisas não terminariam bem para nenhum de nós. Por sorte, ele dirigia do mesmo modo que fazia todo o resto: com uma determinação focada e uma intensidade inabalável. Não havia nada de casual ou relaxado nele enquanto se movia rapidamente por entre os veículos maiores. Eu não tinha certeza se era daquele jeito mesmo que ele dirigia a moto ou se estava sendo especialmente cuidadoso por causa do meu histórico, mas de qualquer maneira eu ficava agradecida, fosse por sua concentração palpável ou por sua consideração.

Demoramos mais uma hora para chegar ao Kansas, cuja paisagem, mesmo no escuro, era entediante, com suas longas planícies. Íamos percorrer o estado inteiro no dia seguinte, e eu sabia, por causa de uma viagem anterior que havia feito com minha família quando era mais jovem, que veríamos muito milho e muita vaca. Estava pronta para encerrar o dia. Minhas costas começavam a adormecer, e minha coluna doía por eu ter ficado ereta de modo a manter alguma distância da jaqueta de couro de Church. Estava com fome e precisando de um longo banho para me livrar da sujeira do banheiro da parada de caminhões. Sem contar que havia levantado da cama mais cedo do que estava acostumada, então lutava para manter os olhos abertos e permanecer alerta ao que acontecia ao nosso redor.

Me inclinei com a intenção de gritar no ouvido de Church que devíamos parar na primeira cidade com um hotel decente para passar a noite. Estava desfrutando do conforto da posição quando um veículo acelerou, pneus cantaram e faróis brilharam sobre o asfalto escuro, perto demais para que nos sentíssemos confortáveis.

Não pude impedir o gritinho estridente de medo que escapou da minha garganta quando a enorme moto na qual estava montada com tanta precariedade de repente guinou para a direita. Senti uma oscilação e ouvi o motor protestar abaixo de mim.

Deixei o orgulho para trás. Me joguei sobre as costas de Church e o envolvi com os braços usando tanta força que eu não ficaria surpresa se tivesse ficado difícil para ele respirar. Fechei os olhos e fiz uma prece em silêncio caso alguma divindade estivesse a fim de me dar um sossego naquele dia. Em vez de minha vida passar diante dos meus olhos, vi tudo o que poderia acontecer.

A família que eu nunca teria.

O casamento perfeito com que havia sonhado desde que era pequena, enquanto observava as fotos do dia mágico que meus pais compartilharam emolduradas pela casa.

O homem… que não era perfeito… mas ainda assim fazia meu coração palpitar e meus joelhos fraquejarem. Aquele que eu queria mais do que já tinha querido qualquer outra coisa… aquele que parecia frio e se recusava a deixar que eu o esquentasse.

E o sexo… minha nossa, o sexo. De derreter o cérebro, acalmar a alma, curar o coração e o corpo. O sexo que faria todos os outros até então parecer sem sentido, esquecíveis. Que renovaria tudo o que era antigo. Que seria inesquecível e extraordinário. O sexo que eu nunca faria, porque o homem que eu queria não sabia o que eu sabia.

Sentia vontade de chorar pelo como poderia ser e pelo como deveria ser. Eu sentia a dor por nós dois, porque, ainda que meu coração estivesse em jogo e o dele não, eu sabia que Church merecia mais que uma vida solitária, cambaleando no escuro.

Por um milagre, a moto se manteve em pé e nenhum de nós dois saiu voando do assento para os campos de milho. Church parou a moto no acostamento e desceu o apoio, para que ambos pudéssemos descer do veículo e recuperar o fôlego. Caminhões enormes continuavam a passar rapidamente, alheios à experiência de quase morte que nos deixara abalados e tremendo.

Church tirou o capacete e olhou para a estrada como se sua fúria fosse o bastante para impedir o motorista descuidado de seguir em frente, como se pudesse se vingar na porrada. Então voltou o olhar enraivecido para mim, colocando o capacete no assento da moto para me segurar quando meu corpo começou a vacilar. Minhas pernas não me sustentavam, e minha coluna parecia gelatina conforme eu me dobrava na direção do chão.

Eu tremia tanto que Church teve dificuldades em segurar meu braço para me manter de pé.

– Está tudo bem, Dixie. Eu disse que não ia deixar que nada acontecesse com você.

Eu não aguentava mais. O espaço entre nós era excessivo. Precisava de sua força e de sua confiança silenciosa para não me descontrolar no meio da estrada.

Enlacei sua cintura e apoiei o rosto no centro de seu peito. Dava para sentir seu coração batendo, tão acelerado quanto o meu. Mas, enquanto eu tremia, lutando para segurar as lágrimas, ele se mantinha firme e forte, inabalável, calmo e tranquilo como sempre. Church era como uma árvore alta que continuava de pé depois de uma terrível tempestade. Eu sentia um reconforto tão grande naquela estabilidade e naquela segurança que minhas pernas pararam de tremer e meus pulmões se lembraram de como fazer seu trabalho.

Inspirei ar e exalei terror e pânico. Achei que Church fosse ficar lá, imóvel e imutável, mas ele levou um braço aos meus ombros, me puxando para si com quase tanta força quanto eu segurava sua cintura, enquanto com a outra mão segurava minha nuca, apesar do capacete. Me segurando contra ele, Church me deixava saber que, se eu de fato me despedaçasse, ele estaria lá para recolher os cacos e colocá-los de volta no lugar. Foi o abraço mais importante e de maior impacto de toda a minha vida.

Depois de alguns minutos de faróis passando e respirando fumaça de escapamento, apertei Church uma última vez e me afastei o bastante para olhá-lo, mal conseguindo identificar suas feições na escuridão.

– Acredito piamente que é do seu interesse me manter viva, mas tenho dúvidas se os outros motoristas se importam com isso. Aquele cara chegou perto demais.

Minha voz vacilava um pouco, e minha tentativa de aliviar o clima foi um tanto forçada.

Ele concordou.

– Perto demais. Se eu não estivesse prestando atenção poderia ter terminado mal… bem mal.

Gostei que não tivesse tentado minimizar o que havia acontecido. Por outro lado, não me agradava que se sentisse responsável pela maneira como outro motorista dirigia, o que ficou claro quando disse:

– Eu não deveria ter pedido que viesse comigo. Deveria ter te comprado uma passagem de avião e te encontrado no aeroporto. Estou acostumado com os riscos e, como sempre, acho que fui egoísta e inconsequente.

Levei uma mão de sua cintura a seu rosto. Sua bochecha estava quente, apesar do ar frio da noite. Uma barbicha dourada começava a crescer, o que o deixava ainda mais bonito… se isso fosse possível. Seu maxilar parecia aço ao toque dos meus dedos, mas a curva de seu lábio inferior estava macia quando passei o dedão nela. Aquilo deve tê-lo assustado, porque seus lábios se abriram em um suspiro sem som e ele soltou o ar.

– Já disse que conheço muito bem os perigos associados a andar de moto. Sei por experiência própria de todas as coisas que podem dar errado. Meu pai era um ótimo motorista, mas mesmo assim se machucou. Às vezes coisas ruins acontecem, e a única coisa que podemos fazer é nos adaptar e trabalhar com o que temos. Eu sabia dos riscos envolvidos, mas aceitei vir mesmo assim.

Eu não estava falando apenas dos riscos que envolviam passar horas sem fim em um veículo mortífero de duas rodas, e Church sabia disso.

Ficamos nos encarando em silêncio por um longo tempo antes que ele concordasse. Meus dedos ainda traçavam o contorno luxurioso da boca que eu queria beijar.

– Acho que já é o bastante por hoje. Vamos pegar a próxima saída e achar um hotel.

– Ótimo – concordei. Mas eu tinha que saber uma coisa antes que desafiássemos o destino subindo na moto mais uma vez. – Ei, Church.

Minha voz saiu rouca e brusca em meio à escuridão que nos cercava.

– Oi, Dixie.

Como sempre, sua voz pareceu uma lixa áspera contra minha pele sensível demais.

Levei a mão à sua bochecha e deixei a outra sobre seu ombro

musculoso a fim de conseguir o apoio necessário para subir na ponta dos pés e alcançar aqueles lábios deliciosos que chamavam meu nome desde o primeiro dia. Ele soltou um grunhido enquanto eu me inclinava em sua direção e ficávamos peito a peito, quase lábio a lábio.

Se eu ia arriscar o pescoço na traseira de sua moto, com todo tipo de maluco na estrada e todo tipo de coisa que poderia acontecer conosco de uma hora para outra, queria pelo menos fazer aquilo sabendo como era beijá-lo. Queria conhecer o gosto de sua boca na minha e de sua língua. Queria decorar cada nuance e cada sonzinho, porque, de volta a Denver, aquele beijo e a lembrança daquela sensação teriam que durar pelo resto da minha vida.

CAPÍTULO 6

Church

Ela me beijou.

Seus lábios tocaram os meus e me destruíram. O raiozinho de luz que parecia determinado a afastar a escuridão dentro de mim me desenredou com nada além do roçar de sua boca macia na minha.

Eu deveria ter recuado. Ou então ido com tudo. A atração entre nós só podia acabar de um jeito: comigo dentro dela, com ambos nos consumindo, de modo que um beijo de verdade, com línguas, dentes e mãos agarrando, era inevitável, principalmente se ela segurasse a porta aberta e me convidasse para entrar. Eu já estava tendo dificuldade com a coisa da amizade, e aquilo não ia melhorar nada. Fiquei lá, ainda a segurando, sentindo enquanto ela esfregava sua boca na minha, com a mais leve pressão enquanto me provava, pondo os lábios contra os meus e tentando memorizar a forma, a sensação, o sabor. Foi o toque mais sutil que já experimentei e, mesmo assim, ela conseguiu enfraquecer meus joelhos e fazer o sangue pulsar com um desejo tão agudo que parecia poder perfurar minha pele.

Dixie segurava meu maxilar, e seus dedos tremiam ao sentir

as mesmas coisas que eu sentia. Aquilo que vivia entre nós estava com fome e cansado de ser ignorado. Zumbia à nossa volta, elétrico, quente, se recusando a se deixar esfriar pelo ar gelado da noite. Se não fôssemos cuidadosos, a paixão sedenta e desesperada entre nós ia nos consumir, nos devorar, nos transformando em pouco mais que uma casca oca de satisfação passageira e desencanto, porque, independentemente de quão bem ficássemos juntos, não podia e não ia durar. Não queria que nenhuma parte de mim fosse responsável por queimar Dixie. Gostava de sua luz afastando minhas sombras, o que significava que não queria participar de modo algum de qualquer coisa que reduzisse seu brilho.

Seus seios pressionaram meu peito quando ela se inclinou mais. Senti os mamilos durinhos roçarem minha pele. Aquilo fez meu pau se contrair dentro da calça e todo o sangue disponível acima da minha cintura descer depressa. Eu sempre gostei da estrutura de Dixie. Ela era mais para pequena, mas cada partezinha de seu corpo era cheia de curvas e luxuriosas. Ela parecia uma mulher que se podia agarrar todinha. Era delicada, mas de modo algum frágil. Dava a impressão de poder suportar tudo o que eu tinha para lhe dar, todo o desejo reprimido, todas as noites de frustração que havia passado, duro e sozinho, toda a sede negada que só fazia com que quisesse devorá-la com ainda mais voracidade e repetir uma, duas, três vezes, porque de jeito nenhum ia me cansar de seus lábios de mel e de sua pele de veludo.

Havia muito dela a experimentar, e eu queria saber como era a sensação, o gosto, o som. Queria vê-la gozar em todas as posições possíveis e então descobrir mais algumas, em que nenhum outro homem a colocara, e vê-la gozar nessas posições também. Porque eu sabia que, assim que a conseguisse, Dixie iria me deixar tê-la de maneiras que nunca permitira a ninguém. Seus olhos escuros, tão lindos, me faziam todo tipo de promessa, e eu queria fazer com que ela cumprisse cada uma. Mas não podia prometer nada em troca, o que sempre me impedira de cruzar aquela linha invisível.

Dixie traçou o contorno do meu maxilar com a ponta do nariz, uma provocação que fez meu corpo inteiro tremer. Ela tinha a habilidade de derrubar todos os muros que eu havia construído à minha volta, com tanto cuidado, para nos manter seguros. Dixie não fazia ideia do tipo de dano que eu poderia causar se ignorasse os alertas que disparavam alto no fundo da minha mente. Eu sabia como podia destruir as mulheres com quem me importava e, por tudo o que era mais sagrado, não ia fazer aquilo com ela. Quase não havia sobrevivido à perda da última mulher que amara e tinha certeza de que, se deixasse Dixie encontrar o caminho do meu coração e algo lhe acontecesse, não restaria nada de mim. Não haveria nenhum lugar para onde correr.

Me irritava que Dixie ainda estivesse com o capacete. Queria enfiar meus dedos em seu cabelo rebelde. Queria segurá-la perto e absorver aquela sensação tão boa de tê-la nos braços depois de ter me perguntado como seria por tanto tempo. A resposta era: maravilhoso. Dixie era pequena, mas potente. Não tinha dificuldade de se colocar onde queria, com o efeito positivo de que, com todo o estica e agarra, cada parte doce e macia de seu corpo era pressionada com força contra cada parte quente e dura do meu. Seu corpo se rendia ao meu de tal forma que me fazia saber que eu não sobreviveria caso aquilo se repetisse quando ela estivesse deitada e sem roupa embaixo de mim. Era melhor do que qualquer outra coisa que eu já havia experimentado, mesmo que estivéssemos de pé, vestidos e no acostamento da estrada. De jeito nenhum meus sentidos famintos e minha alma dolorida e solitária conseguiriam suportar a sobrecarga de sensações quando eu tirasse sua roupa e pusesse minhas mãos e minha boca em todas as partes de seu corpo sardento e cremoso.

Com a ponta da língua, Dixie deu uma lambidinha em meu lábio inferior. Era o melhor beijo da minha vida e, ao mesmo tempo, mal era um beijo. Ela desceu da ponta dos pés e empurrou meus ombros de leve para que a soltasse. Dei um passo para trás e usei minha própria língua para sentir o gostinho dela que restara em meus lábios. Doce. Tudo nela era doce. Seu gosto ia ficar impresso em todas as partes da minha memória até bem depois de ela ir embora, assim como eu podia sentir um calor na pele e concluir que ela havia estado no mesmo lugar pouco antes. Dixie achava que eu não a notava. Mas ela era a única coisa que eu notava desde que deixara o Exército.

Ela sacudiu a cabeça de leve e piscou para mim como se estivesse tendo dificuldade de enxergar. Um caminhão passou voando e buzinou, o que a fez pular. Olhei feio para o veículo enquanto ele desaparecia.

– É melhor a gente ir. Ficarmos parados no acostamento, no escuro, não é muito mais seguro do que andar de moto.

Dixie assentiu distraída e esperou que eu subisse na moto. Achei que, quando se sentasse também, ia manter a postura rígida da maior parte da noite. Fiquei um pouco surpreso quando ela se inclinou contra minhas costas e ainda mais surpreso quando senti a pressão de sua bochecha entre as omoplatas. Era gostoso ter uma garota por quem eu tinha tesão tão perto, agarrada em mim como se não fosse soltar nunca.

A primeira saída ficava uns trinta quilômetros à frente. Logo encontramos um hotel que não tinha jeito de local de cena de crime ou produção de metanfetamina, então encostei e descemos. Não sabia se teríamos uma conversa desconfortável sobre dividir ou não um quarto. Sinceramente, para mim era indiferente. Estava acostumado a dormir em barracas ou sob o céu do deserto, então qualquer coisa que lembrasse remotamente uma cama era o bastante para mim. Mas nem tive a oportunidade de perguntar, porque Dixie me ofereceu seu cartão de crédito e pediu que cobrasse seu quarto nele enquanto colocava a mochila nas costas. Em seguida, avisou que esperaria por mim na lanchonete do outro lado da rua.

Não dava para saber se estava mesmo com fome ou se só queria me ajudar, tirando a escolha e a conversa das minhas mãos. Ao chegar à recepção, me senti aliviado ao constatar que o atendente não parecia um figurante de *O massacre da serra elétrica*. Ele separou quartos lado a lado para nós, e eu paguei por ambos. Meu retorno para casa, tão adiado e tão dramatizado, não tinha nada a ver com ela, então não podia deixar que pagasse por nada no caminho. Já lhe devia muito mais do que o dinheiro poderia comprar.

Deixei a moto na frente dos nossos quartos, guardei minhas coisas naquele que decidi que seria o meu e fui para a lanchonete. Dixie já tinha um *milkshake* de chocolate à sua frente. Ela conversava com uma garçonete que parecia cansada, mas sorria, porque ninguém podia evitar fazê-lo quando aquela ruiva lhe voltava seu sorriso contagiante e seus olhos grandes e ávidos. Sentei diante dela, e a garçonete levantou a sobrancelha para mim. Seu olhar penetrante me percorreu de cima a baixo, então ela deu uma piscadinha para Dixie, o que me fez franzir a testa. Pedi um *cheeseburger* sem nem olhar o cardápio e estreitei os olhos para Dixie, que voltava a tomar seu *milkshake* de canudo.

O modo como sua boca formava um bico e suas bochechas se esvaziavam me fez imediatamente pensar em como ela chuparia outra coisa. Me mexi desconfortável no assento, enquanto tentava ajustar o *jeans* discretamente.

– Por que ela piscou pra você antes de ir embora?

Dixie limpou com a língua uma gota de chantili que restara em seu lábio. Tive que conter um gemido.

– Eu disse que estava esperando pelo sujeito mais gato que ela ia atender a semana toda. Ela está fazendo turno dobrado, porque a garota com quem se reveza está doente, o que significa precisar deixar os filhos com o pai, que mora com a namorada que mal chega aos dezoito. Quando você se sentou, provou que eu estava certa. Ela precisava de alguma coisa para animar o dia.

A garçonete voltou e me serviu uma xícara de café sem nem perguntar se eu queria. Eu não era do tipo sorridente, mas consegui contorcer os lábios duros quando ela deixou os olhos se demorarem em mim. Havia um brilho em seus olhos cansados que eu sabia ser culpa de Dixie. Ela tinha aquele efeito sobre todo mundo que cruzava seu caminho.

– Já te falei que você me lembra alguém que eu conhecia?

Alguém que também achava que era seu trabalho fazer todo mundo em seu caminho sorrir.

Peguei a xícara e tomei um gole do café. Era surpreendentemente bom.

Dixie enfiou o dedo no chantili no topo do *milkshake* e levou à boca. Não me dei ao trabalho de esconder minha reação à sua sedução inocente. Podia sentir o calor em meu olhar enquanto a encarava e notei que suas bochechas ficaram vermelhas. Ela era bonita, mas quando corava ficava tão maravilhosa que parecia injusto.

– Você não me disse quase nada, Church – suas palavras me machucaram, porque eram verdadeiras. Ela levantou um ombro e o deixou cair. – Depois que sofreu o acidente, meu pai não podia mais trabalhar, e minha mãe precisou assumir o fardo. Ela tinha que cuidar dele, de mim e da minha irmã. Precisava de um emprego, mas passara tantos anos com a gente em casa que não estava qualificada para fazer nada além de trabalhar com atendimento. Tivemos que mudar de casa, de escola e de nível de vida. As coisas ficaram difíceis, e todo mundo sofreu. Achei que o mínimo que podia fazer era procurar ser aquela que mantinha a positividade. Sempre achei que o que vai volta, e minha família andava tão negativa que o carma ruim não parecia ser o bastante. Às vezes é muito mais fácil focar em tudo o que deu errado em vez de no que deu certo – ela deu de ombros de novo. – Deve ter funcionado. Meu pai se acomodou à nova normalidade, e acabamos descobrindo que ele ficava melhor em casa com a gente do que minha mãe. Ela foi promovida no hotel em que trabalhava, passando de garçonete ao planejamento de conferências, então começou a ganhar bem mais do que meu pai antes.

Alguns anos depois, minha irmã conheceu Wheeler, e ele conseguiu amenizar algumas de suas piores características de menina mimada. Ter uma visão da vida e uma atitude otimista não me custou nada, e era do que minha família precisava de mim. Acho que continuei sendo a *cheerleader* de todo mundo à minha volta – seus olhos cor de chocolate se estreitaram um pouco. – Mas quem eu te lembro?

Fiquei olhando-a enquanto refletia por um minuto, até que a chegada da comida roubou sua atenção. Ela parecia mesmo uma animadora de torcida. O tipo de pessoa que nunca deixaria outra acreditar que ia fracassar. Tudo em Dixie inspirava a crença de que as coisas iam de fato ser como deveriam ser. Assim como a mulher que havia se apresentado para cuidar de mim, Jules e meu irmão depois que fomos forçados a nos despedir de minha mãe. Caroline não era minha madrasta. Era como uma segunda mãe, e sua personalidade vívida e positiva era muito similar à de Dixie, o que era loucura, considerando que ela também havia precisado lidar com circunstâncias de merda, mesmo que sempre mantivesse o sorriso no rosto.

Enchi o sanduíche de *ketchup* e apertei a metade superior do pão. Dixie fez o mesmo com o dela e deu uma mordida, então soltou um gemido que eu sabia que soltaria se eu entrasse nela. Aquilo fez com que meu *jeans* ficasse ainda mais desconfortável do que ao vê-la tomar *milkshake* de canudo.

– Meu pai se casou quando eu era adolescente. Você me lembra muito dela. Via o melhor em todo mundo e em toda situação. Sorria e perdoava com facilidade.

Ela também era a razão pela qual eu sabia que nunca ia ter algo bom e puro na minha vida.

Eu me reclinei contra o banco de vinil sabendo que havia aberto a porta para uma série de perguntas que não poderia evitar para sempre. Falar de Caroline implicava falar de minha mãe e de como as coisas haviam terminado em tragédia para ambas.

Dixie arqueou as sobrancelhas de leve e voltou para o *milkshake*.

– Quem exatamente a gente vai ver, além da mulher que caiu e se machucou? Você já disse que jurava pela sua mãe e agora mencionou uma segunda esposa do seu pai... Estou assumindo que vamos pelo menos cruzar com membros da sua família na semana que vem – qualquer outra pessoa ficaria intimidada com aquilo, mas todo mundo gostava de Dixie, e ela gostava de todo mundo, então eu sabia que ia se dar bem com quem restava da minha família. – Como eles são?

Era uma pergunta simples e que sempre fazia eu me sentir pisando em ovos. Em geral, desconhecidos se interessavam pelo assunto, porque queriam saber o que explicava o tom incomum da minha pele. Esperavam que eu expusesse toda a minha ascendência e justificasse minha carga genética. Dixie não se importava com o tom de pele ou a cor dos olhos dos meus familiares, por isso eu não tinha nenhum problema em ajudá-la a subir em minha árvore genealógica um tanto complicada.

– Minha mãe era maravilhosa. Uma loira de olhos azuis que queria ser a próxima Miss Estados Unidos. Engravidou quando estava no primeiro ano da faculdade e foi deserdada pelos pais – os cantos da minha boca se contorceram, e não pude evitar a onda de ultraje que sempre sentia em nome da minha mãe ao pensar que meus avós eram tão ignorantes e frios. – Ela nunca me disse se o motivo pelo qual ficaram tão putos foi por ela ter jogado pela janela a faculdade e os concursos de beleza ou o fato de ter engravidado de um homem que não era branco. Foi como se tivesse desafiado duplamente a visão racista e antiquada deles, porque, além de negro, meu pai tinha o pé fincado no Oriente Médio. Ele era do time de futebol da faculdade, mas se mandou assim que minha mãe disse que ia seguir em frente com a gravidez – nunca conheci o sujeito, mas ela sempre dizia que eu me parecia com ele. – Minha mãe ainda era nova, e as coisas ficaram bem complicadas.

Dixie puxou o ar de maneira audível, e pude ver que minhas palavras a atingiam profundamente. Ela sofria por mim, e eu nem havia chegado às partes que deixaram cicatrizes e ainda doíam. As rugas em minha testa se aprofundaram. Segurei com firmeza a xícara à minha frente.

– Meus avós nunca entraram em contato. Nem uma vez que fosse. Nem quando eu tinha treze anos e minha mãe morreu.

Eu sabia que estava jogando uma bomba, que eu deveria ter mencionado aquilo com mais cuidado, mas as palavras simplesmente saíram. Eu as havia trancado dentro de mim, sem nunca compartilhar com ninguém, então aproveitaram a oportunidade de escapar e ficaram pairando com todo o seu peso entre nós.

– Ah, Church...

Ela parecia querer chorar por mim.

Levantei a mão para segurar a onda de compaixão.

– Quando eu estava com cinco anos, minha mãe conheceu um homem chamado Julian Churchill. Agora ele é xerife de

Lowry, mas na época era um policial de patrulha que a parou por excesso de velocidade. Ele disse que esqueceria o ocorrido se ela topasse sair com ele.

Era totalmente ilegal e nada ético, mas minha mãe se lembrava dele da época da escola, achava que tinha uma cara boa e concordou. Eles sempre contavam aquela história em meio a sorrisos e risadas. Eu mesmo quase sorri com a recordação, mas sabia como tudo terminava, então continuei com um desejo de quebrar alguma coisa. Eu nunca havia falado sobre, a princípio, odiar Jules. Odiava ter que dividir minha mãe com ele. Odiava que ele tivesse aparecido para tomar conta dela quando aquele trabalho era meu. Também me ressentia por minha mãe ter se apaixonado por outro homem negro. Queria que a vida dela, e a minha por associação, fosse mais fácil, não estivesse tão sujeita ao julgamento e à especulação. Em minha mente imatura, parecia que minha mãe estava se esforçando para dificultar as coisas, se apaixonando por alguém que não parecia muito com nenhum de nós dois. Eu era pequeno demais para entender por que meu raciocínio estava equivocado e que quem minha mãe amava estava completamente fora do meu controle, mas durante muitos anos fui terrível com Jules. Como adulto, gostaria de poder retirar minhas ações e muitas das coisas que disse a ele.

– Jules é um sujeito legal. Ele me aceitou como parte do pacote sem nem piscar os olhos. Os dois se casaram um ano depois, e ele me perguntou se aceitava ser adotado antes que a tinta na certidão de casamento secasse.

Eu me lembrava de ter segurado o choro quando ele entrou

naquele assunto. Minha mãe era ótima, mas minha mãe e Jules juntos eram melhor ainda. Ninguém além dela nunca havia me querido, e eu havia passado grande parte da infância me sentindo indesejado. Mas lá estava Jules, um sujeito grande e durão, dizendo que queria que eu fosse seu filho, apesar do meu comportamento, da raiva que direcionava propositalmente a ele. Aquilo ficaria para sempre marcado como um dos momentos mais importantes da minha vida.

– O casamento deles era perfeito, e eu achei que fôssemos uma família perfeita, mas minha mãe queria mais filhos. Ela teve dificuldade de engravidar de novo. Jules só queria que ela fosse feliz, então a consolava durante os inúmeros abortos e o tratamento de fertilização. Quando afinal se resignou ao fato de que não era para ser, ela engravidou. Disse que era um milagre.

Mas, na verdade, era uma maldição.

Esfreguei o rosto diante da lembrança de como ela ficara feliz, da animação que viera com o fato de que em breve uma nova vida iria se juntar à família.

– Ela passou a maior parte do tempo de repouso, com a gravidez sempre em risco.

Eu me lembrava do seu medo de que estivesse fraca demais, mas a verdade era que não tinha ficado com medo o bastante.

Os olhos de Dixie estavam com o dobro do tamanho normal, e ela cobria a boca com a mão trêmula. Já conseguia ver para onde a história se encaminhava. Eu mesmo adoraria ter outro final para ela, mas não tinha.

– Ela entrou em trabalho de parto cedo demais. Ficou óbvio que havia algo de errado logo no início. Havia sangue demais.

Minha mãe não queria que eu me preocupasse, mas dava para ver que sentia muita dor. Chamei a ambulância, e Jules nos encontrou no hospital, mas era tarde demais.

Tanto sangue. Eu me lembrava de como cobria tudo. Me lembrava de como tinha visto uma luz piscar nos olhos de minha mãe quando ela disse que me amava. Ela também pediu para que eu fosse um bom garoto e ajudasse Jules a cuidar do meu irmão. Disse que ficaria muito decepcionada se descobrisse que não fiz nenhuma dessas coisas.

– A placenta se descolou, causando todo o sangramento. Mal conseguiram salvar meu irmão. Ele ficou na UTI por quase dois meses. Quando saiu, Jules se deu conta de que era um pai solteiro de duas crianças que não necessariamente havia desejado e para as quais definitivamente não estava preparado.

Dixie arfou, sem se dar ao trabalho de enxugar a lágrima solitária que escapara de seu olho. Parecia tão triste quanto eu me sentia. Mesmo depois de todos aqueles anos, as memórias me cortavam fundo e dilaceravam minha alma.

– Você tem um irmão?

A voz dela saiu áspera. Eu sabia que estava segurando as emoções porque estávamos em um lugar público.

Assenti e passei a mão no rosto de novo.

– Dalen. Está no ensino médio, joga futebol americano, tira notas boas… Jules não poderia ter mais orgulho dele.

O garoto venerava tudo o que eu fazia quando estava por perto, mas tinha mais de dois anos que não entrava em contato. E não podia culpá-lo.

– Você não o vê desde que tinha cinco anos?

O modo como ela perguntou aquilo fez com que me sentisse péssimo a respeito, mas eu merecia. Tinha um irmão mais novo que já era quase um homem e nunca estivera por perto.

– Não vejo nenhum dos dois desde que me levaram para o treinamento básico do Exército.

E aquilo era algo com que eu teria que viver pelo resto da minha vida. Fiquei esperando pelas perguntas sobre por que fui embora e por que tinha me mantido afastado, mas elas não vieram. Aquela era Dixie, sempre oferecendo o benefício da dúvida.

Ela afastou o hambúrguer pela metade e apoiou as mãos à sua frente na mesa.

– Então seu pai e seu irmão estão lá. E quem é a mulher que você mencionou? Caroline?

Grunhi, sentindo as memórias e a dor descerem geladas por minha coluna. Falar sobre minha mãe era difícil, mas falar sobre Caroline era ainda pior, porque eu era mais velho e tinha total consciência de que a maneira como me comportava quando ela estava viva era inaceitável. Sentia falta da minha mãe, mas guardava com carinho cada minuto que havia passado com ela. Também sentia falta de Caroline, mas tudo o que conseguia sentir quando se tratava dela era arrependimento.

– Caroline era uma das enfermeiras da UTI. Ela tomou conta de Dalen. Ficou com ele enquanto eu e Jules enterrávamos minha mãe.

Sem conseguir levantar os olhos, eu a ouvi arfar.

– Jules passou bastante tempo com Caroline enquanto

esperavam que Dalen estivesse forte o bastante para ir pra casa. Nenhum de nós sabia o que fazer com um recém-nascido, e Caroline nos ensinou o básico – mantive os olhos no meu prato. – Levou cerca de um ano. Dalen estava começando a andar quando Jules se deu conta de que sentia mais do que apenas gratidão por ela, então a chamou para sair. Acho que Caroline se apaixonou por ele no instante em que o viu segurar o bebê, então é claro que aceitou. Eles se casaram alguns anos depois. Ela era uma boa mulher, que amava todos nós. Havia ficado muito doente quando mais nova, então não podia ter filhos, mas sempre dizia que isso não importava, porque a gente bastava. Foi uma boa mãe para Dalen, e eu a adorava, porque, ainda que me amasse, nunca tentara substituir minha mãe. Tive muita sorte em ser criado por duas mulheres muito especiais.

Eu a amava, mas, quando me dei conta, já era tarde demais. Passara muito tempo me ressentindo dela e a mantendo longe porque tinha medo de me preocupar muito com alguém depois de perder minha mãe. Também me causara certa amargura o fato de Jules ter seguido em frente, ainda que tivesse todo o direito de ser feliz. Parecia traição, até que Caroline não me deixou nenhuma escolha a não ser amá-la também. Havia muitos minutos e momentos perdidos que eu queria recuperar.

A mãozinha de Dixie cobriu as minhas, que estavam unidas sobre a mesa. Os nós dos meus dedos estavam brancos de tanto que as apertava.

– Você não precisa me contar o resto se não quiser, Church.

Dixie queria um final feliz, mas eu não podia dar isso a ela, porque nunca tinha vivenciado um.

– Eu havia acabado de fazer dezesseis quando o câncer de mama foi diagnosticado. Foi a segunda vez em que vi Jules chorar. Caroline ficou em remissão por anos e anos, mas, assim que se tornou parte da família, assim que me permiti amá-la, ela adoeceu outra vez – segurei uma risada torturada e joguei a cabeça para trás, de modo a ficar olhando para o teto. – Ela lutou. Lutou mais do que já vi alguém lutar por qualquer coisa, e olha que estive cara a cara com a guerra. Não queria deixar a gente, mas não tinha jeito. Eu a vi perder o cabelo quando começou a quimioterapia. Eu a vi ficar mais e mais magra enquanto tentava cuidar de todos nós e da casa. Caroline estava determinada a assistir à minha formatura. Queria me ver de beca e capelo.

As mãos de Dixie se apertaram sobre as minhas. Não dava para saber se estava tentando reconfortar a mim ou a si mesma.

– Ela conseguiu?

Sua voz saiu tão baixa que eu mal pude ouvi-la.

Balancei a cabeça negativamente e limpei a garganta para não sufocar de emoção. Ela não conseguiria, porque, quando algo de bom entrava na minha vida, saía dela antes que eu pudesse desfrutar.

– Não. Nem eu consegui, aliás. Me alistei e fui para o treinamento um dia depois do enterro dela. Não fiquei até a formatura.

E não fiquei por Jules e Dalen, porque eles ainda tinham a chance de conseguir algo bom, e eu não queria estragar tudo.

Ela soltou minhas mãos e se recostou no banco. Seus olhos estavam arregalados e seu peito subia e descia com a respiração curta.

– Nossa. Isso é tudo?

Dixie parecia aturdida e um tanto desconcertada. Eu não podia culpá-la. Era muita coisa, e nada particularmente agradável.

– Não. Ainda tem Elma Mae.

Se havia alguém no mundo capaz de me fazer sorrir, era Elma Mae. Eu não conseguia impedir meus lábios de se contorcerem ao pensar na determinada senhora que morava em frente à minha casa desde que conseguia me lembrar.

– Ela era nossa vizinha e não hesitou em ocupar o espaço deixado por meus avós, os quais estavam fora de cena. Tomava conta de mim depois da escola enquanto minha mãe trabalhava. Ajudava Jules e minha mãe com tudo o que precisassem. Esteve sempre presente quando Dalen era recém-nascido e Jules tinha muito mais nas mãos do que conseguia dar conta. Sempre havia *cookies* caseiros e chá gelado adoçado prontos. É exatamente como se espera que uma senhora sulista seja. Ela me ensinou mais sobre família e perdão do que qualquer outra pessoa.

Dixie inclinou a cabeça para o lado e me avaliou com todo cuidado.

– Por que não contou a verdade a eles, Church? Por que não disse que simplesmente não estava pronto para voltar para casa? Com certeza eles entenderiam.

Era uma pergunta razoável, ao contrário dos meus motivos para não fazer exatamente aquilo.

– Nunca contei que fui promovido a Operações Especiais. Deixei que pensassem que ainda estava na infantaria ou que fazia a guarda. Comecei como policial militar, então deixei que todo mundo em casa continuasse pensando que não fazia nada além de vigiar os portões da base e disciplinar soldados desobedientes. Não queria que se preocupassem. Todos já haviam perdido o bastante, e eu não queria que ninguém perdesse o sono se preocupando com onde eu estava e o que andava fazendo. Então ninguém em casa sabe como eu precisava de um tempo para mim, desesperadamente. Não fazem ideia de que voltei outro homem.

Eu carregava umas merdas bem pesadas dentro de mim, e não tinha como as pessoas que me amavam não notarem. Pisquei para Dixie, me dando conta de que nos cerca de vinte minutos em que estávamos conversando havia compartilhado mais com ela do que com qualquer outra pessoa desde que saíra de casa. Nem mesmo Rome sabia que a razão pela qual eu mantinha a comunicação com minha família no nível mínimo era pensando neles, e não em mim.

Ela fez uma careta.

– Você devia ser honesto com eles. Certamente vão entender.

Entenderiam mesmo. Mas, considerando o jeito como eu havia ido embora, o jeito como havia me fechado para eles, considerando que deveríamos ter sofrido e superado juntos, eu sabia que ia ser difícil simplesmente compreenderem e perdoarem.

– Está pronta? Quero pegar a estrada bem cedo amanhã e sei que você não é do tipo matutino.

Havia um limite de quanto do meu coração e da minha alma eu estava disposto a revelar a ela de uma só vez. Parecia que eu tinha muito a dizer quando falava com alguém que me olhava daquele jeito.

Eu odiava me sentir tão exposto e vulnerável. Sabia que o

sol podia causar uma queimadura se eu deixasse minha pele desprotegida sob sua luz por muito tempo. E era daquele modo que me sentia depois de fornecer tantas informações e Dixie ainda me olhar como se eu fosse especial.

Ela assentiu e fez menção de pegar a carteira, mas dispensei sua contribuição e joguei algumas notas sobre a mesa, me certificando de deixar gorjeta o suficiente para aliviar um pouco o fato de a garçonete estar fazendo turno duplo. Me levantei do banco e quase caí de volta nele quando, do nada, Dixie se jogou em cima de mim.

Eu não estava acostumado a abraços. Não é algo que acontece com frequência quando você mantém todo mundo a distância e a testa sempre franzida. Seus braços envolveram minha cintura e me apertaram com força, enquanto sua bochecha descansava sobre meu coração. Pus um braço sobre seu ombro e com a mão livre brinquei com os cachos sem fim que desciam por suas costas. Pareciam seda enquanto se enrolavam nos nós dos meus dedos e faziam cócegas nas palmas.

– De onde veio isso?

Não me espantava que ela fosse do tipo que abraçava, mas me surpreendia que tivesse me abraçado sem motivo aparente. Não tínhamos aquele tipo de relação, ou pelo menos não até que ela me beijasse, deixando a sensação e o gosto impressos em meus lábios.

– É pro garotinho que perdeu as duas mães e para o homem que não vê a família há uma década. Ninguém deveria passar pelo que você passou sem um abraço, Church. Todo mundo precisa de um de vez em quando, até ex-militares grandalhões e linha dura.

Eu nem conseguia lembrar a última vez em que alguém havia me abraçado. Talvez tivesse sido quando Jules e Elma Mae me deixaram no campo de treinamento, porque eu não era do tipo que abraçava as mulheres que levava para a cama ou os homens com quem ficava nas trincheiras.

Eu a abracei de volta, mas de forma desajeitada e dura. Queria meus braços à sua volta para algo além de conforto.

Nós nos afastamos e nos dirigimos à porta. A garçonete deu um tchauzinho de onde estava, do outro lado do balcão.

– Você estava certa. Ele é bonito, mas precisa sorrir mais. Boa noite pra vocês.

Dixie riu e abriu a porta. Como ficou de costas para mim, não pôde ver, mas tenho quase certeza de que cheguei perto de sorrir. Porque era impossível não o fazer com ela por perto.

CAPÍTULO 7

Dixie

A BATIDA NA MINHA PORTA NA MANHÃ SEGUINTE VEIO CEDO DEMAIS. Tentei ir para a cama quase que imediatamente depois de tomar meu tão esperado banho, mas meu corpo estava acostumado a ficar desperto até tarde da noite e dormir quando o sol já se encontrava no céu. Sem contar que não conseguia parar de pensar em contos de fadas com base no tantinho do gosto de Church que eu havia provado à beira da estrada. Havia sido idiota pensar que um simples beijo seria o bastante para satisfazer o desejo que eu sentia por ele desde o princípio. Eu queria mais. Queria tudo. E, do jeito que seu corpo enorme se contraiu e tremeu contra o meu, ele estava tentado a me dar o que eu desejava, mas seus olhos me avisavam que era apenas físico de sua parte. Church me daria tudo o que eu quisesse, exceto um caminho para seu coração, o qual ele guardava atrás de barras de ferro e de uma armadura à prova de balas.

Eu tampouco conseguia parar de pensar no que estaria nos esperando quando chegássemos ao Mississípi. Havia sido difícil ouvir sua história. Odiava a ideia de Church se sentindo indesejado e não podia acreditar que alguém poderia olhar em seus lindos olhos e considerar um erro a escolha de sua mãe de tê-lo e de criá-lo. E sabia que havia mais motivos para ele ficar tantos anos sem aparecer em casa além da necessidade de um tempo ao sair do Exército.

Já tinha observado Church interagir com Rome e com Asa. Eu o vira com os outros homens que entravam e saíam do bar, constituindo a família bastante próxima que havia cercado e apoiado Rome enquanto este passava por seu próprio período de adaptação ao voltar do deserto. Church podia pensar que era um lobo solitário, mas estava evidente para mim que, na verdade, ele era um macho alfa à procura de sua própria matilha. Ele sentia falta da camaradagem dos companheiros de serviço, sentia falta de fazer parte de um grupo de pessoas que pensavam mais ou menos igual e que cuidariam um do outro independentemente do que viesse. Church ainda tinha um laço com Rome, mas, por razões que eu ainda não compreendia e estava mais determinada do que nunca a descobrir, mantinha sua indiferença e o afastamento de qualquer pessoa disposta a recebê-lo, inclusive sua própria família.

Joguei as cobertas da cama para o lado e, toda amarrotada e com a visão embaçada, abri caminho até a porta. Ao abri-la, vi Church do outro lado, e ele parecia estar desperto há umas boas quatro horas. Tinha até um copo de café para viagem na mão e algo em um saco de papel que exalava um cheiro delicioso.

– Mandei uma mensagem quando acordei, mas está claro que você não viu.

Ele parecia achar aquilo divertido. Percebi que seu olhar

não repousava no meu cabelo emaranhado ou em minha metade inferior praticamente nua. Não. Church mantinha o foco nas palavras "A culpa é da tequila", que se esticavam sobre meu peito na regata comprida com a qual eu tinha ido para a cama na noite anterior.

Levantei as mãos, sem pensar que o gesto levantaria a barra da blusa bem acima da cintura, dando a ele uma visão sem obstáculos da minha calcinha. Fiquei vermelha, mas me reconfortei no fato de, pelo menos, ela ser bonita e com renda. Puxei a barra da regata para baixo a fim de me cobrir minimamente e dei um passo atrás.

– Preciso me trocar e fazer alguma coisa com esse cabelo. Me dá meia hora. Minha irmã me ligou mais de vinte vezes a noite passada, então tive que tirar o som do celular e não vi sua mensagem.

Juntei todo o meu cabelo em uma mão e tirei aquela massa disforme do pescoço. Não deveria ter ido para a cama logo depois de o lavar. As chances de conseguir ordenar os cachos de alguma maneira eram mínimas. Achei que Church fosse seguir minha dica e voltar para o próprio quarto, mas ele só entrou no meu e colocou o café e a embalagem de papel no móvel da TV, então se acomodou na beirada da cama desarrumada e cruzou as pernas enquanto me observava, parecendo achar graça.

– Tudo bem em casa?

A preocupação genuína em sua voz seca só fez com que o calor subisse ainda mais por meu corpo. Virei de costas, recolhi o *jeans* do dia anterior, peguei o sutiã pendurado na maçaneta e entrei no banheiro, para que houvesse alguma barreira entre mim e a sedução ambulante que era Dash Churchill.

– Wheeler disse que o casamento está cancelado e que minha irmã tem até eu voltar para encontrar um lugar onde morar. Kallie nunca teve um trabalho de verdade e nunca precisou se sustentar, então está surtando. Meus pais investiram muito tempo e dinheiro no casamento, e ela está morrendo de medo de que Wheeler acabe contando sobre a traição. Minha irmã sempre foi o bebê da casa e objeto de todo o seu mimo, mas Wheeler também é como um filho para eles, então seria desastroso se ficassem sabendo de tudo.

Enfiei o restante das roupas e penteei o cabelo com os dedos, inutilmente. Os cachos assumiram o controle da minha cabeça e não pareciam disposto a negociar.

Com a escova de dente na boca, olhei para o reflexo de Church no espelho. Ele me observava com os olhos semicerrados e uma tensão nos ombros e nos braços que não existia quando ele chegou. Church parecia ter sido moldado em bronze por um grande artista que queria capturar a verdadeira beleza masculina. Era todo forte e duro, mas não havia como negar que também era maravilhoso de todos os ângulos e simplesmente arrasador.

– Por que acha que sua irmã o traiu?

Passei a língua pelos dentes agora limpos sem me surpreender nadinha que, em vez do frescor de hortelã, ainda podia sentir o gostinho de Church. Tinha certeza de que ia sentir seu sabor para sempre e de que ficaria louca com o passar do tempo.

Fiz duas marias-chiquinhas para prender o cabelo, o que me deixou parecida com uma menina de doze anos. Bom, uma menina de doze anos com seios fartos. Me encarei no espelho e passei *BB cream* e brilho labial. Lembrei que ia passar o dia com o vento batendo no rosto e ter mais paradas em postos, então não havia por que me embonecar. Fora que aquele era o segundo dia seguido em que Church me via como eu acordava pela manhã, então concluí que não se sentia tão repelido pela minha cara natural, considerando que não havia saído correndo. Senti um formigamento ao recordar que ele havia dito que me achava bonita toda resmungona e mal-humorada pela manhã.

– Quem liga para o motivo? Wheeler é um rapaz legal, e foi a segunda vez em que minha irmã nem se preocupou com a dor que suas ações poderiam causar nele. Não há desculpa que justifique o que ela fez.

Eu havia dito a mesma coisa a ela na noite anterior, sem meios-termos. Estava puta com Kallie, e suas lágrimas e sua postura de vítima em uma situação que era culpa dela só me deixaram mais irritada. Em determinado momento, tive que desligar na cara dela, o que não a impedira de me ligar ou mandar mensagem até altas horas da madrugada.

Church levantou uma sobrancelha enquanto eu me dirigia ao móvel no qual ele havia deixado meu café da manhã. Ainda não estava totalmente desperta, mas meu estômago não concordava. Não reprimi um gemidinho de alegria quando encontrei *donuts* com cobertura no saco de papel. Ia ter que descobrir um jeito de enfiar uma esteira no meu apartamento considerando minha alimentação até então naquela viagem, mas preferia comer naquele instante e me preocupar com o tamanho da minha bunda depois.

– Se ela não é uma pessoa ruim, imagino que haja um motivo para fazer o que fez, além de estar entediada de ver sempre o mesmo pau. Costuma haver um motivo para pessoas boas fazerem coisas ruins.

Church me observava com cuidado. Senti como se suas palavras sombrias fossem uma espécie de alerta para o que ia encontrar.

Dei uma mordida no *donut* doce e açucarado e mastiguei enquanto nos encarávamos. Era divino, e a dose de açúcar foi o bastante para despertar meu corpo preguiçoso.

– Não quero saber o motivo. Só me importo com o fato de que ela magoou alguém de quem gosto. Fico puta que só estivesse pensando em si mesma, sem considerar como suas ações afetariam todas as pessoas em sua vida que amam tanto ela quanto Wheeler.

Eu soava cortante e ligeiramente petulante, mas não ligava. Não conseguia imaginar nada que Kallie pudesse me dizer que tornasse tudo o que havia feito aceitável. Não me importava onde sua cabeça estava enquanto traía Wheeler. Só me importava o fato de que não pensara no homem que havia lhe dado tudo ou na família que o considerava um deles.

Church se levantou e passou a mão pelo cabelo raspado quase a zero. Seus olhos estavam sérios e objetivos quando me disse:

– Talvez esses motivos que pouco te importam sejam tudo para ela. Às vezes, as pessoas fazem escolhas que magoam outras porque acham que magoariam as pessoas com quem se importam ainda mais se não as fizessem.

Inclinei a cabeça de lado quando a cobertura de chocolate de um *donut* começou a derreter nos meus dedos.

– Ainda estamos falando da minha irmã, Church?

Parecia que ele estava tentando me explicar de um jeito

tortuoso por que havia se sentido compelido a se manter distante de casa por tanto tempo.

– Só estamos conversando, Dixie. É o que amigos fazem – ele me olhou com uma intensidade e outras coisas que não consegui decifrar queimando em seus olhos brilhantes enquanto se dirigia à porta. – Termina o café. Quero ver se chegamos pelo menos à fronteira do Arkansas hoje.

Lambi o dedão e o ouvi puxando o ar devagar. Sorri e concordei.

– Obrigada pelo café. *Donuts* de chocolate são os meus favoritos.

Ele me olhou de novo, então fez uma expressão irônica antes de desaparecer pela porta. Não foi como se tivesse sorrido, mas certamente envolvera um retorcer de lábio. Eu aceitaria o que conseguisse, de modo que assumi o quase sorriso como uma vitória logo cedo.

O motor da moto já estava ligado quando cheguei ao estacionamento. Eu havia vestido o equipamento de couro, para que não precisasse fazer paradas desnecessárias em banheiros assustadores, e Church me olhou com aprovação. Ele usava óculos escuros espelhados, então eu não conseguia ver seus olhos, mas algo me dizia que ele mais do que gostava do jeito como o couro cobria minhas pernas e emoldurava a parte de mim que pulsou e ficou úmida assim que pus a mão em seu ombro musculoso para me apoiar e subir atrás dele na moto. No fim da viagem, eu não seria nada além de um orgasmo gigante esperando para acontecer. Ele acabaria se esfregando acidentalmente em mim e eu passaria vergonha quando todo o desejo finalmente explodisse, incapaz de se conter. Estava fadada a parecer Meg Ryan em *Harry e Sally*, só que meu clímax em público seria muito real, porque não tinha nada de fingimento na maneira como ele mexia comigo.

Engasguei com a fantasia, o que fez Church virar na minha direção e me olhar curioso. Balancei a cabeça e sorri para ele. Não ia mencionar de jeito nenhum que bastava o toque de suas mãos para me transformar em uma bomba-relógio sexual. Algo me dizia que ele usaria aquela informação em seu proveito. Suas sobrancelhas se arquearam tanto que eu podia vê-las por cima das lentes dos óculos espelhados, mas então ele se virou de costas e nos conduziu até a estrada. Tínhamos um longo caminho a percorrer, tanto em quilômetros como em relação ao que seria necessário para Church de fato encontrar o caminho de volta. Não havia tempo a perder.

Atravessamos o Kansas em uma grande reta, isso tudo antes de nossa primeira parada. Church não queria me perder de vista, então tive de ir ao banheiro enquanto ele me esperava do lado de fora. Queria dizer a ele que era demais, porém, honestamente, me sentia melhor sabendo que podia fazer o que precisava sem me preocupar com o que estava acontecendo do outro lado da porta. Havia uma lanchonete no lugar em que paramos, então aproveitamos para almoçar, e ele pediu um filé do tamanho da minha cabeça. Quando comentei a respeito, Church disse que estava acostumado a uma dieta com bastante proteína, uma vez que normalmente se exercitava o bastante para justificá-la. Eu já estava inchada com toda a comida gordurenta que vínhamos comendo, então pensei em pedir uma salada. Infelizmente, a única salada do cardápio era mais do gosto dos caminhoneiros, porque vinha em um cesto de tortilha frita e continha carne, queijo e *sour cream*. Era bem gostosa, mas eu podia sentir o *jeans* ficar mais apertado a cada garfada.

Eu estava falando sobre calorias e a falta de opções saudáveis no cardápio quando Church me cortou ao levantar a mão e fazer uma careta.

– Você gosta da sua aparência?

A pergunta brusca me surpreendeu, fazendo com que eu parasse de tagarelar. Então concordei devagar e murmurei:

– Gosto. Quer dizer, meu cabelo pode ser um saco e quando eu era mais nova odiava ter sardas por toda a pele, mas na maior parte do tempo sei que sou bonitinha.

Ele assentiu, e sua careta se transformou em um olhar levemente lascivo.

– Você é bonitinha pra caralho. Tem algo digno de amor em todas as mulheres, não importa o tamanho delas, então coma sua salada e seus *donuts* de chocolate. Se um homem não consegue reconhecer o que está diante de seus olhos, então não foi criado direito e não merece saborear a pele doce da mulher em questão, não importa quanto dela haja.

Fiquei tão pasma com suas palavras que deixei o garfo cair na salada pouco saudável com um clique.

– Uau. Acho que você nunca disse tantas palavras seguidas – a não ser na noite anterior, quando ele me colocou a par de toda a dinâmica de sua tragédia familiar. – Parece incrível que algumas das melhores palavras que já ouvi sejam justamente as usadas durante uma aventura pelo mundo do papo-furado.

Ele soltou um ruído do fundo da garganta, o qual poderia passar por risada.

– Cresci sem ser branco o bastante para os garotos brancos ou negro o bastante para os garotos negros. Meus avós me negaram. Minha mãe parecia uma modelo, mas se vestia e vivia como uma órfã, porque meio que se tornou isso mesmo depois que me teve. Ela teve um filho com um negro e depois se casou com outro, mesmo já sabendo como relacionamentos inter-raciais são complicados no sul. Por mais que tenhamos evoluído como nação, quando se trata de aceitação há um caminho muito, muito longo a percorrer. A gente tem que gostar da própria aparência, porque ela conta uma história, e que se foda todo mundo que não curtir isso.

Estava tão impressionada que não consegui fazer nada além de ficar de queixo caído. Foi ridículo, mas não dava para acreditar que um homem tão maravilhoso e perfeitamente construído como ele pudesse ser qualquer coisa além de admirado e perseguido. Até mesmo ali, naquela lanchonete no fim do mundo, os olhos de todas as mulheres estavam nele… alguns homens tampouco conseguiam desviar o olhar. Mas nem toda a atenção dos homens era positiva. Quanto mais para o sul íamos, mais estreitos eram os olhares e mais bocas se franziam em sua direção, parecendo piorar quando ficávamos lado a lado ou quando Church apoiava as mãos na parte inferior das minhas costas no intuito de sinalizar que me sentasse à sua frente.

– Eu… bom, não consigo acreditar que alguém te olhe e não queira saber a história por trás desses olhos. Você é lindo.

Ele era, mas era a dureza em sua face e as cicatrizes que marcavam seus braços e saíam do colarinho da camiseta que imploravam para que ele contasse o que havia acontecido.

– Às vezes, tudo o que as pessoas conseguem ver são as

diferenças, mas são elas que fazem de nós o que somos. Por exemplo, você pode viver brigando com seu cabelo, mas nunca antes havia tido vontade de enfiar os dedos entre os fios de uma pessoa e não tirar mais. Ele é macio, e gosto da sensação de que seus cachos não querem me soltar. Gosto que você pareça um pouco com um leão quando acorda de manhã, apesar de na verdade ser uma gatinha. E nem vou começar a falar das suas sardas.

Church me lançou um olhar indicando evidentemente que ele gostaria de descobrir quantas eram e onde paravam. As respostas eram "muitas" e "em lugar nenhum". Eu tinha sardas pelo corpo todo, então, se desejasse mesmo descobrir o número delas, ia se manter muito, muito ocupado por um belo tempo.

– Pode continuar falando? Sempre gostei da sua voz, mas fica melhor ainda quando você diz essas coisas incríveis.

Eu estava sendo sincera. Me apaixonei por ele em um segundo, quando parou o que fazia para se certificar de que eu estava bem. Eu soubera no mesmo momento que ele era o homem para mim, mas agora que Church estava deixando que o conhecesse de fato doía ainda mais pensar que meu coração havia escolhido com sabedoria, ainda que o dele não conseguisse enxergar o que estava bem à sua frente. Church era um sujeito legal, esperto, resiliente. Não queria que ninguém mais ignorasse como ele era maravilhoso e importante.

Terminamos de almoçar em um relativo silêncio, e não fiquei surpresa quando ele deu sinais de já ter falado bastante pelo dia inteiro. Church havia usado sua cota de palavras diárias para se certificar de que eu soubesse que gostava da minha aparência e que eu também deveria gostar. Com seu jeito todo particular e sutil, também havia deixado claro que não ignorava os olhares de lado e as encaradas das outras pessoas na lanchonete, as quais não estavam nada interessadas na história dele. Church sabia de sua existência, mas não se importava.

Eu queria beijá-lo de novo, mas apenas subi na moto atrás dele e me acomodei enquanto atravessávamos o Kansas e todo o caminho até o Missouri, quando ambos concordamos que era hora de parar, pouco antes de chegarmos à fronteira do Arkansas. Chegaríamos a Lowry no fim da tarde do dia seguinte se continuássemos no mesmo ritmo, o que seria ótimo, uma vez que Elma Mae estaria saindo do hospital.

O dia de viagem tinha sido muito mais tranquilo que as horas passadas no asfalto na noite anterior. Não ocorrera nada próximo de um acidente e, por sorte, o tempo permaneceu ameno e seco. Eu só precisava esticar as pernas e ficar um pouco de pé para que a dormência na bunda passasse. Church encontrou um lugarzinho com um monte de chalés pequenos para passarmos a noite. Infelizmente, havia um festival acontecendo na região, então só restava um quarto disponível. A cidade estava lotada de turistas, e aquela era uma das últimas vagas. O festival atraía gente de toda parte e parecia bem grande. O sujeito que nos entregou a chave do chalé avisou que provavelmente haveria espera caso saíssemos para jantar. Fiz uma busca rápida no celular para ver se havia opções próximas à cidade, mas não encontrei nenhum lugar a menos de oitenta quilômetros de distância.

Eu não sabia bem como ia fazer para dividir a cama com

Church e manter minhas mãos sob controle, mas era uma adulta e disse a mim mesma que sobreviveria a uma noite... ou não.

– Preciso de cerveja e de um drinque... ou três – certamente mais de um se eu ia ter que ficar deitada perto daquele corpo enorme e durinho a noite toda sem tocá-lo. Eu deveria beber até apagar, para garantir que não ia agarrá-lo ou sussurrar no escuro todas as maneiras como meu coração o desejava. – Passamos por alguns bares aqui perto, podemos ir a pé. Topa?

– Não sei se é uma boa ideia.

Ele soou brusco, parecendo desconfiar do meu plano.

– Vamos. Vai ser divertido. Prometo que sua virtude e todo o resto estão a salvo comigo.

Sorri para ele e estiquei o braço no intuito de pegar sua mão. Fiz menção de sair, pensando que ele cederia, mas fui puxada de volta quando seu corpo maciço não se moveu nenhum centímetro.

– Não é com minha virtude que me preocupo. É com todas as bandeiras confederadas penduradas do lado de fora das picapes estacionadas por aí – olhei para ele por cima do ombro. – Estou acostumado a não me sentir seguro, mas me preocupo com você.

Eu nem havia notado aquilo, mas não fiquei surpresa que ele notasse, e suas palavras me fizeram sentir o estômago vazio. Toda vez que mencionava sua intenção de me proteger ou de cuidar de mim, aquilo que eu *sabia*, o conhecimento de que ele era perfeito para mim, se confirmava. Fazia eu querer me chutar por gastar meu tempo com aplicativos de relacionamento. Eu não conseguia enganar meu coração teimoso, insistindo que havia um substituto para o homem que não o queria. Quando o coração *sabia*, simplesmente *sabia*.

– Tá... acho que a gente pode achar um mercado e fazer um *happy hour* no quarto.

Não queria colocá-lo em uma situação em que se sentisse desconfortável ou hostilizado. Church era muito maior que eu, mas queria poder servir de escudo para ele, protegendo-o de todo o horror que ele experimentara ao longo da vida.

Ele grunhiu e sacudiu a cabeça.

– Não, vamos até um bar. Vou ficar bem e garantir que você também fique.

Algo em seu tom me dizia que não ia ficar tudo bem, que ele mentia por entre os dentes semicerrados.

– Não precisa, só quero beber alguma coisa. Não me importo onde.

Seus dedos apertaram os meus, e ele começou a marchar na direção da estrada, quase me arrastando junto. Eu não conseguia acompanhar suas passadas largas, então precisei trotar para me manter a seu lado.

– Já faz um tempo que não encontro esse tipo de gente. Acho que vai ser bom relembrar antes de chegar a Lowry. E não pode fazer mal você ter uma prévia do que talvez encontre assim que atravessarmos os limites da cidade. O tempo todo Jules tinha que ir me buscar na escola depois de uma briga. Agora ele vai precisar ir me buscar na cadeia se alguém mexer comigo.

Tentei fazê-lo parar, a fim de convencê-lo a voltar para o chalezinho fofo comigo, mas agora Church era um homem com uma missão. Não tinha certeza se estava tentando me ensinar uma lição ou provar alguma coisa a si próprio, mas de qualquer maneira não era uma experiência agradável. Eu só queria um drinque, não ser pega em uma de suas lembranças ruins ou acabar me tornando uma delas.

Senti sua tensão no instante em que atravessamos as portas. Ele endireitou as costas e levantou os ombros como se o teto fosse cair à nossa volta. Não conseguia ver seu rosto, mas sabia que sua expressão devia estar feroz o bastante para impedir qualquer um de se aproximar demais. No entanto, conforme avançamos, ficou claro que a música *country* não ia parar de tocar. Nenhum dos clientes interrompeu a conversa, e o segurança sentado à porta, assim como Church fazia no bar em que trabalhávamos, não levantou uma sobrancelha ou esboçou qualquer movimento. A única pessoa que pareceu nos notar foi a garçonete loira usando um *short* curto demais, que passou por nós e disse que havia uma mesa nos fundos, caso quiséssemos nos sentar. Ela pediu desculpas pela casa cheia, mencionou o festival e disse que gostava da minha regata antes de mencionar a promoção de duas cervejas pelo preço de uma.

Pedi uma rodada antes de me sentar e lançar a Church um olhar com as sobrancelhas arqueadas. Ele se sentou à minha frente, mal-humorado e calado, seus olhos escrutinando o salão como se estivesse procurando um confronto, o qual não parecia com nenhuma pressa de encontrá-lo. A garçonete sorriu para ele exatamente do mesmo jeito que eu sorriria se fosse servir seu *bourbon*, mostrando os dentes, fazendo contato visual e com tanta simpatia que agora era eu quem franzia a testa. Quando o olhar de Church voltou a encontrar o meu, ela se apressou a atender outras mesas.

Deixei o silêncio se arrastar pelas duas primeiras bebidas.

Quando a loira voltou para a terceira, eu já estava relaxada o bastante para ter coragem de perguntar:

– Imagino que essa não seja a recepção que você costuma ter nesse tipo de lugar…

Virei a terceira dose e tomei um gole de cerveja em seguida. Minha cabeça já estava começando a ficar meio confusa, e meus membros, soltinhos demais.

Church pegou o próprio copo e provou o líquido âmbar. Seus olhos multicoloridos pareciam girar.

– Já estive em uma porção de lugares no mundo. Aprendi que nunca se sabe o que esperar quando você entra em um lugar e não se parece muito com as pessoas locais.

Franzi a testa e lambi o sal que havia colocado na mão que segurava o copinho de tequila. Fiz uma careta enquanto chupava a cunha de limão.

– Parece cansativo. Ficar alerta o tempo todo, sempre esperando que algo aconteça. Não deve ser nada divertido.

Ele grunhiu.

– Não tem nada a ver com diversão – Church não pareceu amargurado, só muito prático e resignado. Sempre fora daquele jeito, e ele não esperava que as coisas fossem mudar, independentemente de onde estivesse. – Se não estiver preparado para o pior e de repente se vir em uma situação ruim, não poderá culpar a ninguém além de si mesmo. Principalmente se souber de antemão quão ruim as coisas podem ficar.

Levantei uma sobrancelha para ele e lambi os lábios.

– Que tal se preparar para o pior e esperar o melhor? Por que você não pode ter um plano caso as coisas deem errado, mas estar pronto para experimentar todas as coisas boas que puderem surgir?

Ele fez um ruído baixo com a garganta e levou a bebida à boca.

– Conheço o lado ruim das coisas como a palma da minha mão, mas o bom nem tanto.

Pedi outra rodada de doses e o encarei. Ele levantou uma sobrancelha questionadora para mim.

– Não vai ter nada de sólido neste jantar?

Church tinha mudado o assunto discretamente, e eu notei que sua atenção agora estava toda concentrada em mim, em vez de no perigo escondido. Apontei para ele e percebi que meu dedo não estava lá muito firme.

– Vamos dividir a cama. Preciso beber o bastante para que não consiga fazer nada inapropriado ou pelo menos para não me lembrar de nada amanhã de manhã.

E lá estava aquele leve retorcer de lábios que tentava muito virar um sorriso.

– Não precisamos dividir a cama se não quiser. Posso dormir no chão. Acredite em mim, já me deitei em lugares piores.

Grunhi e levei as mãos ao rosto.

– Mas eu quero… esse é o problema.

Ele pareceu achar graça e tirou a dose de tequila ainda intacta da minha mão.

– Vamos jogar um jogo. Se você ganhar, devolvo sua bebida.

Fiz cara feia e cruzei os braços.

– Que tipo de jogo?

Fazia tempo que eu trabalhava em bar. Se ele achava que

podia me derrotar na sinuca, nos dardos ou em qualquer outro dos jogos que há anos me rodeavam estava muito enganado, ainda que eu estivesse a meio caminho de uma bela bebedeira.

– Vamos fazer assim: você me conta três coisas, duas verdades e uma mentira, e eu tenho que saber qual é qual. Se eu errar, você ganha sua bebida de volta. Se eu acertar, vamos embora.

Church de fato parecia com pressa de voltar para o quarto que íamos compartilhar, mas meu cérebro estava confuso demais para notar o calor em seus olhos e o retorcer sexy de lábios.

– Tá, vamos lá – eu era uma péssima mentirosa, então não tinha nenhuma chance no mundo de vencer. Tamborilei na mesa à minha frente e estreitei os olhos para me concentrar. As duas verdades eram fáceis, mas a parte da mentira estava sendo difícil para mim. Levantei um dedo e sorri de lado. – Um: o primeiro menino que beijei na verdade era gay. Ele era lindo e fiquei arrasada quando descobri. Dois: não sou ruiva de verdade. Tudo isso – peguei uma das marias-chiquinhas e soltei em seguida – é falso – senti seu olhar sobre mim se intensificar à luz fraca da placa de neon que havia perto de nós. Dava para perceber que ele estava tentando encontrar raízes de outra cor no meu cabelo, mas eu apenas sorri e levantei mais um dedo. – Três: faz uns seis meses que apelidei meu vibrador de Church. Nunca tinha dado um nome para ele antes, mas o negócio está quase queimando de tanto ser usado desde que você chegou à cidade, então achei a homenagem apropriada.

Ele quase derrubou o copo.

Seus olhos voltaram à vida de um jeito que eu nunca tinha visto.

Seus lábios, que haviam sido feitos para beijar e sussurrar safadezas e palavras sexys, se separaram no escuro para deixar o ar sair.

– Minha nossa, Dixie.

Meu nome pareceu a coisa mais extrema em que ele conseguira pensar e ao mesmo tempo algo decadente e doce a que queria se entregar.

Foi minha vez de revirar os olhos e abrir um sorriso irônico.

– Foi você quem quis jogar.

Seus olhos queimaram em cores que não podiam ser descritas.

– Não quero mais – as palavras não foram mais do que um grunhido gutural. – Está pronta?

Eu estava? Um dia antes, nem consideraria dividir a cama com ele, porque sabia que não acabaria em nada além de no meu sofrimento, uma vez que estava muito mais interessada nele do que ele em mim. Queria toda a fantasia, minha visão da perfeição, mas, depois de alguns drinques e longos minutos perdida em seu olhar multicolorido, ter *alguma coisa* em vez de nada não parecia tão ruim. Talvez eu não fosse feita para o "felizes para sempre". Talvez fosse o tipo de garota que teria que aceitar um "felizes por agora", porque era o que estava sendo oferecido. Não era o que meus pais tinham, não era o que Kallie tinha com Wheeler e jogara pela janela, mas eu não era igual a eles, e Church não sabia o que eu sabia.

Não era um sonho. Era a realidade.

Eu me inclinei sobre a mesa para alcançar o copo. Peguei-o e senti a tequila queimar enquanto descia por minha garganta.

Coragem líquida.

A culpa foi mesmo da tequila, mas não era como se eu tivesse uma chance contra ele e o modo como o desejava desde o princípio. Meu corpo era totalmente a favor de tomar decisões pelas quais meu coração pagaria mais tarde. Me perguntei se ele sabia do perigo sentado bem à sua frente. Desconfiava que, se ele soubesse quão a fim eu estava, além da parte física, além de eu ter certeza de que ele abalaria meu mundo, iria recuar, porque estava disposto a me proteger e tinha o poder de me machucar. Não havia dúvida de que me machucar ia machucá-lo muito mais do que encarar o julgamento silencioso de desconhecidos. Mesmo assim, sussurrei:

– Vamos.

Porque eu sempre esperava o melhor e me recusava a pensar no pior.

CAPÍTULO 8

Church

ELA ESTAVA UM POUCO BÊBADA E COM MUITO TESÃO, O QUE FAZIA COM que meu desejo de cuidar dela e a necessidade avassaladora de comê-la entrassem em choque. Eu ainda não tinha certeza de qual desses instintos ganharia a batalha.

Dixie usou o fato de estar cambaleando como desculpa para se apoiar em mim enquanto conduzia sua bunda gostosa para fora do bar. Suas mãos me seguravam um pouco mais forte que o necessário, e seus lábios descansavam logo abaixo do meu maxilar, na lateral do pescoço. Em vez de uma de suas risadinhas borbulhantes, eu sentia o toque úmido de sua língua na minha pele, que estava quente demais, conforme ela traçava o caminho da veia pulsante que havia ali. Não consegui segurar um gemido quando Dixie mordiscou o lóbulo de minha orelha. Desci a mão até sua cintura e fiz com que ela recuasse até suas costas estarem apoiadas contra a parede de fora do bar. As luzes azuis e vermelhas das propagandas de cerveja banhavam sua pele clara, e seus olhos estavam semicerrados e mais escuros do que nunca ao queimar de desejo. Eu a queria tanto que meu pau doía e eu parecia pegar fogo por dentro.

– Eu disse que não queria mais jogar, Dixie.

Suas mãos subiam por meu abdome e por meu peito, por baixo da blusa. Ela me tocava como se sua intenção fosse deixar as marcas de seus dedos em cada centímetro de minha pele. Eu queria aceitar o que ela me oferecia, porque era o que desejava desde o princípio, mas sabia que se não desse nada de volta seria apenas mais um pecado pelo qual teria que me reparar e, para ser honesto, eu já tinha o bastante do que me arrepender sem acrescentar aquela garota doce, atenciosa e naturalmente tentadora à lista. Tudo dentro de mim exigia que eu a levasse para o quarto, a deitasse na cama que íamos compartilhar e entrasse tão rápido e tão fundo nela quanto possível, mas havia uma tristeza insistente obscurecendo o calor em seu olhar enquanto ela continuava me agarrando e beijando meu maxilar.

Segurei seu rosto e me inclinei para poder pressionar meus lábios contra os dela. O mesmo tipo de beijo leve que ela havia me dado. Do tipo que se dá em alguém com quem a gente se importa. Do tipo que se compartilha com alguém que não desejamos machucar. O gosto era de tequila e de uma promessa de sexo quente e sujo. Das melhores coisas com que os homens presos na guerra sonhavam e insistiam ser pelo que lutavam. De um futuro coração partido e das coisas boas que eu sabia não estar destinado a ter. Mordi seu lábio inferior e passei a língua pela carne maleável presa entre meus dentes. Senti seu corpo todo estremecer contra o meu. Ela espalmou a mão sobre meu coração, que trovejou e rugiu ao seu toque.

Apoiei uma mão na parede, ao lado de sua cabeça, e me posicionei acima dela. Estávamos na lateral do prédio, que não podia ser vista da estrada, mas havia uma porta a poucos passos de distância, pela qual qualquer um poderia sair, estourando a pequena bolha de sensualidade em que ambos estávamos presos.

Sua outra mão, a que não pulsava furiosamente com meu coração, envolveu minha cintura, as pontas dos dedos se demorando ao passar por cada marca, memorizando cada cicatriz e imperfeição impressa em meu corpo. Dixie estava lendo minha história, escrita em minha pele, e dava para notar que não era uma de que gostasse em particular.

– Mas não tive minha chance, Church – ela falou baixo. – Queria minhas duas verdades.

Ficou claro que ela sentia precisar me provocar para arrancá-las de mim. Eu havia lhe dito mais verdades do que a qualquer outra pessoa em muito tempo. Meio que esperava ser o bastante, mas parecia que não. Dixie queria mais.

Abaixei um pouco a testa, e depois mais um pouco, até que descansasse na dela.

– Tá bom. Vou dizer três verdades, porque prometi que nunca mentiria pra você.

Ela produziu um ruído baixo com a garganta. A mão apoiada no meu peito se fechou em punho.

Movi a cabeça de modo a conseguir beijar a protuberância de sua bochecha cheia de sardas.

– Um: sinto falta do Exército. Sinto falta de saber que todo santo dia vou ter algo importante para fazer. Sinto falta da mistura de rotina e imprevisibilidade. Eu era um soldado bom pra caralho, e isso significava muito para mim, considerando que não era um bom filho ou um bom irmão.

Suas sobrancelhas vacilaram, e seus dedos se enterraram na minha pele. Senti suas unhas me arranharem e o modo como puxava o ar quando me inclinei e pousei os lábios sobre sua outra bochecha.

– Dois: eu odiava a porra do Exército. Odiava ter que ver meus amigos morrerem. Odiava estar em um lugar onde mulheres e crianças morriam com tanta facilidade. Odiava não importar quanto cada um de nós se esforçasse, porque o impacto que tínhamos sobre as vidas que deveríamos ajudar era mínimo. Odiava como era difícil deixar as batalhas no lugar onde haviam sido travadas. Você acaba levando toda a merda para casa e ainda precisando decidir sozinho onde a guardar. Não tem um guia ou um manual de instruções, e gente demais acaba deixando que a bagagem emocional conduza sua vida inteira. Todo dia procuro me certificar de que minha merda está guardada em um lugar seguro. Às vezes me saio melhor em manter tudo guardado e distante dos olhos que outras pessoas.

– Ah, Church – ela sussurrou com suavidade contra meus lábios, então eu plantei minha terceira verdade sobre sua boca aberta. – Três: se eu pudesse prometer a você todas as coisas que seus olhos me prometem, faria isso. Mas não sou esse cara e não conseguiria fingir ser nem se a alternativa fosse você me dar as costas e voltar para o bar, para que não saíssemos destroçados por querer as mesmas coisas, mas com diferentes fins. Posso te levar para a cama e garantir que irá valer a pena, só que nada mais do que posso oferecer vale, principalmente porque não tenho nada mais a oferecer… a ninguém.

Eu sabia como era amar e perder e não era forte ou corajoso o bastante para me colocar mais uma vez naquela posição, mesmo se aquela mulher resplandecente e sexy me tentasse a jogar a precaução pela janela.

Dixie subiu na ponta dos dedos e me beijou.

De um jeito diferente.

Não leve ou amoroso. Mas com vontade e desespero. Era um beijo que se dá em alguém que sabemos que não deveríamos beijar, porque não vai levar a nada além de decepção. Um beijo temperado com raiva e completamente marcado pela frustração. Seus dentes bateram contra os meus enquanto línguas entravam em cena e duelavam para assumir o controle. Lábios ficaram vorazes em meio a respirações se misturando e peitos subindo e descendo depressa. Ela fez minha cabeça girar, e eu fiz suas mãos tremerem. Podia senti-las enquanto dançavam erraticamente por minha pele, frenéticas e furiosas ao lutar para se libertar da prisão da minha camisa.

Beijei sua boca em um ângulo diferente, sentindo seu gosto com profundidade e cuidado. Seus lábios eram aveludados e mais doces do que eu considerava possível. Ela me beijava como se fosse a única coisa digna de nota. Como se fosse importante, como se *eu* fosse importante. Ela me beijava como se me amasse, ainda que soubesse que não havia nenhuma possibilidade de ser amada de volta. Senti o gosto da tequila em sua língua e senti tudo o que ela queria de mim. Sabia que a queimação e o chamuscar daquele momento permaneceriam comigo pela eternidade.

Meu cérebro levou alguns segundos para se recuperar, considerando que estava tudo nebuloso e embaralhado com seu gosto e a sensação de tê-la entre mim e a parede. Gostava do fato de ela não ter opção além de se jogar em mim. Também gostava muito da maneira como seus dedos pareciam firmes e certos ao se enfiar por baixo da camisa e da calça *jeans* que eu vestia. Ela puxou o ar de maneira audível ao tocar meu pau duro e latejante. Não havia como esconder a ereção que fazia o zíper da calça se enterrar em minha pele. Pulsava tanto que parecia implorar atenção e reconhecimento por parte de seus dedos.

– Dixie.

Seu nome era um alerta gutural. Eu havia usado toda a minha contenção e minhas boas intenções, mas de alguma forma minha mente passara de quão expostos estávamos e o possível desdobramento de ficarmos a céu aberto daquele jeito ao fato de estarmos *daquele jeito*. Todo o resto se esvaneceu, e meu mundo se reduziu à mulher à minha frente e aos lugares em que ela me tocava. Dixie estava brincando com fogo. Eu ia jogá-la em cima do ombro e levá-la para o hotel em um segundo se não parasse com o que fazia, sem me importar que fosse acabar mal.

Ela lambeu o lábio inferior, e xinguei quando ficou óbvio que ela estava saboreando o que havia restado de mim ali. Suas sobrancelhas ruivas se arquearam e seu nariz franziu de um jeito que não deveria me deixar ainda mais duro, mas deixou. Minha calça pareceu apertada demais, e meu pau pulsava, quente e duro, enquanto Dixie passava a mão nele, traçando com delicadeza as linhas pululantes e a pele túrgida e dolorida. Toquei seu pulso quando a mão que não estava ocupada brincando com meu pau tentou se enfiar na calça *jeans* também. Estávamos do lado de fora do bar, o que em geral não seria um problema para mim, mas, se por algum motivo ela ia botar meu pau para fora, eu não queria nenhuma interrupção. Dixie com as mãos no meu pau não era algo que eu queria compartilhar com outra pessoa.

Ela abriu o botão do *jeans* e eu inalei fundo ao sentir o ar frio da noite e sua mão quente cobrirem a cabeça exposta do meu pau. Estava ficando duro pensar. Tudo estava ficando duro, na verdade. Eu deveria manter os olhos nela, mas de alguma forma parecia que era sempre Dixie quem mantinha os olhos em mim. O som do zíper abrindo pareceu estranhamente alto quando ela se inclinou contra meu corpo. Se alguém saísse pela porta, não teria como não ver a situação tórrida na qual eu deveria colocar um fim, mas não conseguia, incapaz de usar as palavras que fariam com que ela parasse.

Meu pau estava completamente levantado e dolorido, com a pontinha úmida. Com o dedão, Dixie traçou um círculo erótico na cabeça dele, correndo pelo centro e ao longo da parte inferior, mais sensível. Meu sangue pareceu engrossar nas veias. O ar entrava e saía acelerado dos pulmões, como se eu tivesse corrido uma maratona.

– Tem certeza de que é isso que você quer?

As palavras pareceram ter sido arrastadas para fora de mim. Estava tendo dificuldades em manter os pensamentos ordenados. Toda a minha atenção estava concentrada no modo como a palma de sua mão diminuta embalava meu pau. Dixie me tocava como se já o tivesse feito um milhão de vezes. Parecia saber exatamente onde encostar e o tipo de pressão exata de que eu gostava. Uma garota não mexia comigo daquele jeito desde o ensino médio, e certamente não havia sido nem de perto tão gostoso. Os músculos abdominais se contraíram, e meus bíceps se trancaram enquanto eu passava os dedos pelo cabelo macio em suas têmporas. Os cachos se enrolavam em meus dedos como uma mortalha de seda.

Seus olhos brilharam, escurecendo cada vez mais conforme a tensão pulsava, densa e tangível entre nós. Nada daquilo era uma boa ideia, mas o bom senso e a razão sumiram no instante em que ela botou as mãos em mim. Não havia como me preparar para o pior, só para a entrega à promessa de uma das melhores coisas que poderia me acontecer.

– É o que eu quero agora.

A resposta era cifrada e não fazia muito sentido, mas, antes que eu conseguisse tirar mais dela, Dixie beijou meu queixo, bem no meio, então começou a escorregar pelo muro contra o qual eu a mantinha presa. Apertei as mãos em seu cabelo a fim de mantê-la erguida, então ela sacudiu a cabeça de leve para indicar que minha pegada mais machucava do que ajudava.

– Não temos que fazer isso.

Eu não deveria deixar que ela fizesse aquilo, não ali, não naquele momento. Devia mais a ela e sentia que era meu dever parar com tudo antes que um caminhoneiro saísse pela porta aos tropeços e nos pegasse em meio a algo que não deveria estar acontecendo para começo de conversa.

Seus grandes olhos castanhos estavam vidrados pela bebida e pelo desejo, e suas bochechas tinham em um tom atraente de rosa, de modo que suas sardas se destacavam ainda mais.

– Me solta, Church.

Eu a soltei, e um segundo depois Dixie estava de joelhos à minha frente. Meu pau foi engolido pela caverna quente e úmida de sua boca. Eu a tinha visto chupar o canudo do *milkshake* no dia anterior e me perguntara como seria ter aqueles lábios grossos e lindos em volta do meu pau. Minha imaginação não havia chegado nem perto da realidade. Dixie me deixou louco enquanto me chupava do lado de fora de um bar no meio do nada no Arkansas, depois de doses de tequila e honestidade demais. Meu coração doía, mas o resto de mim estava aproveitando bastante.

Eu me inclinei quando ela fez um ruído de satisfação ao sentir o líquido pré-ejaculatório em sua boca. Apoiei um braço na parede e descansei a cabeça nele. Apoiei o outro no topo de sua cabeça, que ia e vinha, sua língua girando, suas bochechas ficando ocas. Meus quadris íam para a frente de maneira involuntária. Era maravilhoso e uma tortura. Eu havia passado muitas noites com minha mão envolvendo a mesma carne rígida que agora ela chupava, lambia, provocava com sua língua e sua mão, soltando gemidos de satisfação. Meu próprio punho nunca seria o bastante agora que eu conhecia a realidade do calor da boca receptiva de Dixie. Ela havia arruinado a masturbação para mim, e eu a odiava e a amava ao mesmo tempo tudo aquilo.

Eu me aproximei mais quando ela enfiou meu pau até onde era possível. Sua mão envolveu a base, porque havia mais em mim do que ela podia aguentar, e torceu de leve, enquanto sua língua fazia uma dancinha erótica ao longo da veia grossa que percorria a lateral do meu pau duro. Ela era mais do que boa com a boca. Meus joelhos vacilaram, e minha visão ficou embaçada enquanto ela chupava e engolia. Investi contra ela com mais violência do que pretendia. Eu deveria ser reverente e respeitoso. Aquilo era muito mais para mim do que para ela, mas meus instintos mais básicos assumiam o controle e eu só parecia capaz de gemer e de exigir mais dela, enquanto me enfiava ainda mais fundo, quase chegando à garganta.

Foi a experiência mais safada e ao mesmo tempo mais reverente da minha vida. Não queria que acabasse nunca, mas também queria que passasse rápido, porque ainda parecia o lugar errado e a hora errada, e eu certamente era o homem errado... mas ela estava certa. Tudo nela e no jeito como ela fazia eu me sentir, enquanto o prazer se acumulava na base de minha coluna, minhas pernas se contraíam e minha mão se fechava em minha cabeça como se fosse minha única âncora naquele momento, dava a sensação exata de como deveria ser, de como estava destinado a ser, como se fosse a única coisa certa a acontecer na minha vida em muito, muito tempo.

– Você está prestes a receber mais do que pediu, linda.

Minha voz parecia ter sido arrastada no cascalho e mergulhada no ácido. O sotaque estava mais forte do que nunca, e eu não conseguia manter os olhos abertos, conforme o prazer me atingia com tudo, meu saco se encolhia e meu pau pulsava forte, preso entre os lábios de Dixie.

Ela gemeu de novo, girou a mão para o outro lado, cravou as unhas da outra mão em minha bunda, onde se apoiava para manter o equilíbrio, e então lambeu a fenda gotejante. Ela se afastou só um pouquinho, e eu não aguentei mais. Xinguei, disse seu nome e puxei sua cabeça para mais perto da minha cintura. Não fui delicado ou gentil, apenas ganancioso e ávido. Queria que ela recebesse tudo de mim conforme inundava sua boca com um prazer que não seria mais contido. Ela engoliu com a mesma voracidade, aceitando tudo enquanto me olhava com seus olhos infinitamente escuros. Eu não merecia nada daquilo, mas foi um momento, uma memória que eu guardaria até minha última expiração. Ela me fazia sentir como um herói, quando não podia estar mais distante daquilo.

Dixie caiu sentada depois de dar um beijo abaixo do meu umbigo. Ela recostou a cabeça contra a parede e ficou me olhando enquanto eu resolvia a situação e voltava a fechar o *jeans*. Eu não conseguia tirar os olhos dela. Dixie fazia com que eu corresse riscos que nunca correria, não só porque sabia que não podia me distrair, mas porque quando estava distraído não tinha como protegê-la. Ela podia ter feito um trabalho espetacular me chupando, mas minha mente estava tão cansada quanto meu pau. Ela fazia com que eu me esquecesse de ficar à espera das coisas ruins que sempre pareciam afastar as boas da minha vida.

Sua boca estava inchada. Suas bochechas estavam vermelhas, e não havia como deixar passar que seu cabelo normalmente rebelde estava ainda mais bagunçado por causa dos meus puxões. Abri a boca para dizer alguma coisa, qualquer coisa, mas fui salvo de gaguejar palavras inúteis quando a porta lateral se abriu e a garçonete bonitinha que havia nos servido saiu, com um cigarro na mão.

Ela olhou para nós dois, um cara inclinando-se sobre uma moça corada e de olhos arregalados, e um sorriso sabichão surgiu em seu rosto.

– Esse é um ponto popular, mas talvez vocês dois queiram ir

para outro lugar antes que o bar feche. A menos que queiram dar um showzinho para todo mundo da cidade e um bando de turistas.

A garçonete piscou para mim quando estiquei a mão a fim de ajudar Dixie a se levantar. Ela vacilou um pouco, então a puxei para meu peito, onde ela enterrou o rosto, que pegava fogo.

– Ela só estava precisando de um minutinho.

Minha voz pareceu passar por uma lixa quando dei à garçonete uma desculpa fraca para explicar nossa posição comprometedora. Dixie deixou escapar uma risadinha, ecoada pela mulher.

– Aposto que sim. Olhando para você imagino que até de um pouco mais.

Dixie soltou uma risada estrangulada e se afastou. Tirou as marias-chiquinhas emaranhadas do rosto e acenou na minha direção.

– Bom, olha só pra ele. Pode me culpar?

A garçonete deixou os olhos passearem por mim antes de concordar com Dixie.

– Não. De jeito nenhum.

Elas trocaram um olhar, o qual imagino que só com uma vagina seria possível entender. Peguei o cotovelo de Dixie e a puxei na direção da estrada.

– Temos que sair cedo amanhã se quisermos chegar a Lowry a tempo de pegar Elma Mae ainda no hospital.

O que eu precisava fazer mesmo era levá-la para um lugar vazio e privado, para tentar descobrir como a dinâmica entre nós havia mudado. Estava começando a me acostumar com a ideia de tê-la como amiga. Uma amiga que eu queria comer, mas ainda assim uma amiga. Nada do que acontecera dentro ou fora do bar fora amistoso. Parecia o começo de algo que ia me matar quando tivesse que interromper.

Dixie concordou distraída e acenou para a garçonete, que ainda sorria. Ela deixou que eu pusesse o braço em seus ombros para mantê-la ao meu lado no caminho de volta ao hotel.

– Ela está acostumada. Antes de Rome colocar câmeras de segurança no bar, nem sei dizer quantas vezes saí pela porta dos fundos e me deparei com algo que parecia saído da madrugada na TV a cabo – ela soltou uma risadinha, que me fez crer que a tequila ainda corria por suas veias. – Nunca vou ser demitida, a julgar pelo número de vezes em que peguei Rome e Cora fazendo as coisas que levaram a todos aqueles bebês que eles têm.

Grunhi e a puxei para mais perto.

– Você merece mais do que uma rapidinha no escritório ou contra a parede de um bar.

Ela merecia um homem que fosse cuidadoso com ela e retribuísse tudo o que ela dava tão livremente.

Ela enterrou o cotovelo no meu dorso e o empurrou até que eu a soltasse, então foi para mais perto da estrada do que eu gostava. Eu a puxei de volta, mas Dixie imediatamente se soltou de mim.

– Às vezes não interessa quem merece o quê. Às vezes é só uma questão do que te faz feliz. Às vezes não tem problema pegar o que se consegue e se satisfazer com isso, porque você sabe que vai acabar vindo mais junto – ela me olhou de soslaio e soltou um suspiro profundo. – Mas vamos dizer que foi muita tentação e muita tequila.

O que havia acabado de acontecer entre nós dois tinha sido a coisa mais altruísta que uma mulher já havia feito por mim. Claro que eu já havia tido outras bocas de garotas bonitas envolvendo meu pau, mas nunca parecera tão pessoal e tão importante como com Dixie. E nenhuma delas havia me olhado como se fosse algum tipo de cortesia deixar que me chupassem. Suspirei muito mais alto e muito mais exasperado do que ela.

– Você faz parecer que a deixar fazer o melhor boquete da minha vida foi algum tipo de favor. Acredite: o prazer foi todo meu.

Ela sacudiu a cabeça de leve, fazendo seus cachos presos balançarem. Eu quis me socar quando vi seus olhos se carregarem de tristeza.

– Acho justo avisar antes que a gente vá para a cama: se colocar as mãos e a boca em mim, Church, vou querer mais. Meu coração idiota vai pirar com as fantasias de nós dois juntos para sempre, ainda que minha cabeça pense melhor. Você me deu esse tantinho agora e já posso sentir cada parte mínima de mim devorando e exigindo mais. Estou feliz por enquanto, mas, se me levar para a cama e fizer com que me sinta especial, não vou ficar feliz quando me der conta de que não é possível. Prefiro ficar bem, e se tiver que me chutar, imagino que você também – seus lábios se contorceram quando ela se aproximou de mim. – Ou tão bem quanto um ex-soldado grandalhão e sofrido, além de filho pródigo, pode ficar.

A verdade nua e crua de suas palavras me feriu.

– Tudo dentro de mim está gritando para que eu te dê o que você me deu, linda.

Ela me lançou um sorriso que quase partiu meu coração em dois.

– Não estou esperando que equilibre as coisas me dando tantos orgasmos quanto eu te der. Chupei seu pau porque eu queria. Vivia me perguntando como seria ter seu gosto em minha língua e gozo pensando em você há uma eternidade. Não te chupei porque queria que ficasse me devendo uma. Te chupei porque vi uma chance de viver uma fantasia e aproveitei.

Deixei que ela se afastasse de mim. Quando chegamos ao chalé, ela foi em silêncio para o banheiro. Ao sair do banho, bastante tempo depois, cheirava a laranja e mel. Seus cachos iam até a metade das costas com o peso da água. Dixie usava apenas uma regata e uma calcinha preta tipo *short*, que cobria mais que uma lingerie normal, mas fazia meu pau pulsar mesmo assim.

– Quer que eu durma no chão?

Era o mínimo que eu podia fazer, uma vez que ela queria que eu mantivesse minhas mãos sob controle. O cavalheirismo era uma droga, e eu realmente queria poder ser um pouco mais rústico no momento. Mas ela havia me dito que queria ficar bem, e eu não podia fazer algo para atrapalhar aquilo, ainda que ela parecesse deliciosa e doce o bastante para ser devorada.

Dixie sacudiu a cabeça negativamente.

– Não, mas não leve para o lado pessoal se eu construir um forte com os travesseiros à minha volta. Senão vou acabar te abraçando durante a noite.

Eu queria que ela me abraçasse… pelada. Dixie entrou debaixo das cobertas e se cercou com todos os travesseiros. Não havia a menor chance de que rolássemos para perto um do outro por acidente durante a noite, o que me fez trancar os dentes e amaldiçoar minha inabilidade de ser o tipo de homem que desfruta do fato de dividir a cama com uma mulher como aquela.

Foi uma noite sem descanso para nós dois. Ela se mexia e se revirava, e eu me mantinha tão imóvel quanto possível, com os olhos fixos no teto. Dixie soltava um suspiro trágico a cada hora, e quando o sol surgiu pelas cortinas estávamos ambos prontos para fingir que havíamos dormido e concordamos em silêncio que era melhor estar na estrada do que na cama, tão próximos, mas tão distantes.

Dirigi com rapidez e determinação. Atravessamos o restante do Arkansas com o mínimo de paradas e almoçamos em um silêncio desconfortável quando cruzamos com o Missisípi. Cada quilômetro percorrido na direção de Lowry me deixava mais nostálgico e nervoso. Um homem nunca se esquecia de onde vinha, por mais que tentasse. Não me senti muito bem-vindo quando paramos e tive que suportar todos os olhares em mim enquanto acompanhava Dixie até o banheiro feminino. Algumas coisas não mudavam, não importava quanto tempo passasse, o que me lembrava do motivo de eu ter decidido deixar aquele lugar, que era meu lar, sem nunca olhar para trás. Eu estava acostumado a despertar aquele tipo de reação e julgamento, mas não havia como impedir a tensão e o sentimento de territorialidade quando se tratava de Dixie. Não queria que ela precisasse suportar o mesmo tipo de coisa que minha mãe. Nenhuma delas merecia aquele tipo de reação só por causa de quem as acompanhava.

Passamos correndo por Tupelo, onde Dixie ficou admirada com as antigas propriedades agrícolas, com suas colunas esplêndidas à frente e os salgueiros gigantes. Ela me pedia para diminuir o ritmo o tempo todo, conforme as estradas maiores se transformavam em estradinhas mal pavimentadas, para tirar fotos com o celular. Eu estava ansioso para chegar, mas não podia recusar um pedido tão simples. Seguíamos em velocidade de cruzeiro, devagar e estáveis, quando de repente luzes azuis e vermelhas se acenderam atrás de nós.

O chiado da sirene fez com que Dixie se enrijecesse atrás de mim.

– Estamos superdevagar. Por que vão nos parar?

Eu não queria precisar dizer que era algo comum em Lowry. Se você fosse diferente dos outros, os policiais não viam problema nenhum em te parar para deixar claro que estavam de olho. Acontecia menos depois que eu havia virado filho de policial, mas a posição de Jules só podia nos proteger até certo ponto.

– Nada de mais. Provavelmente só querem saber o que viemos fazer na cidade.

Eu não queria mentir para ela, e em parte era verdade. Mas não ia compartilhar os outros motivos pelos quais poderiam estar nos parando, então mantive a boca fechada e os olhos no veículo logo atrás.

Olhei pelo espelhinho o policial pegar o chapéu e sair do carro depois que parei a moto no acostamento. A figura alta era dolorosamente familiar e reconhecível enquanto percorria o caminho até nós. Um rosto que eu não via fazia mais de uma década me encarava por trás das lentes espelhadas dos óculos escuros. Parecia não ter envelhecido nada, a não ser pelo fato de que agora havia fios grisalhos no cavanhaque que sempre usava.

Tirei os óculos escuros e levantei o queixo para o policial.

– Jules.

A boca dele se contorceu. Ele virou a cabeça para avaliar a passageira na garupa.

– É bom ter você de volta, filho.

– É bom voltar.

Surpreendentemente, eu não estava mentindo.

– Temos um problema, Dash.

A voz profunda de Jules me lembrava de casa, mas seu tom era sério e despertava meus instintos apurados.

– De que tipo?

Senti meus olhos se estreitarem quando ele virou a cabeça para olhar Dixie, que acompanhava nosso diálogo em silêncio.

– Recebi uma ligação há cerca de uma hora sobre uma mulher sequestrada. A denúncia foi feita em Tupelo há algumas horas, pediram para ficarmos em alerta. A descrição é de uma ruiva baixa, vista pela última vez no Arkansas. Me disseram que o sequestrador estava em uma moto nova, com placa do Colorado. A descrição que veio a seguir me pareceu muito familiar.

Dixie endureceu atrás de mim.

– Espera aí... alguém denunciou que fui sequestrada?

Ela parecia incrédula e alarmada.

Jules levantou a mão e passou na boca, um gesto que eu devo ter pego dele em algum momento. Havia precisado de tempo e distância, mas agora conseguia ver muito do homem que havia me escolhido para ser seu filho em mim mesmo. Gostaria de saber se aquilo lhe deixava orgulhoso ou se o incomodava, uma vez que eu havia abandonado não só a família, mas a boa vida que ele tanto se esforçara para me dar, entre altos e baixos.

– É o que parece.

– Não pode ser. É maluquice. Church me convidou para vir alguns dias atrás e eu topei. Estou com ele por vontade própria.

Ela estava comigo por vontade própria e um pouco de coerção, mas eu estava começando a me perguntar se sua incapacidade de me dizer não quando se tratava de algo que eu realmente precisava não havia sido o pior erro que ela já cometera. Afinal de contas, ela era uma boa pessoa, e eu possuía um péssimo histórico quando se tratava de cuidar de qualquer coisa boa.

CAPÍTULO 9

Dixie

O POLICIAL ERA MUITO PARECIDO COM SHEMAR MOORE. O SOL DA tarde brilhava em sua cabeça raspada e deixava sua postura confiante nas sombras, enquanto ele se aproximava de nós. Até seu cavanhaque era bem aparado, e ele tinha o tipo de sorriso que fazia com que eu esquecesse meu próprio nome. Era difícil escutar o que dizia sem ficar de boca aberta. Ele era alto, forte e maravilhoso, assim como o homem sentado rigidamente à minha frente. Podiam não ser parentes de sangue, mas não havia dúvida de que Church era filho de seu pai, assim como não havia dúvida de que seu pai acreditava ser mais do que hora de Church voltar para casa.

– Obviamente não fui sequestrada.

Eu não conseguia acreditar que alguém tinha ligado para a polícia e dito que eu havia sumido. Por um segundo me perguntei se poderia ter sido Kallie, tentando chamar minha atenção de todas as maneiras possíveis, uma vez que eu não estava por perto para impedir seu mundo de ruir, como costumava acontecer. Não seria de surpreender, mas logo abandonei a ideia, quando o policial gato tirou os óculos escuros e me lançou um olhar duro, de um tom de chocolate muito mais escuro que o meu.

– Alguém em Denver teria motivos para declarar seu desaparecimento?

Sua voz soava como um trovão distante, e o sotaque era tão pesado e baixo que eu precisava me esforçar para entendê-lo.

Balancei a cabeça negando com veemência, enquanto Church xingava.

– Deixei um traficante de drogas puto antes de sair da cidade. Talvez seja o modo dele de dar o troco. Algumas pessoas ficaram olhando em Kansas City, também depois quando cruzamos a linha do estado. Pode ter sido isso – ele ficou tenso e praticamente grunhiu para o homem que se mantinha de pé estoicamente à nossa frente. – Você sabe como é.

Church estava puto, e as palavras fizeram o homem a quem ele não se referia como "pai" parecer bravo.

– Sei bem como é, filho.

A coisa não havia sido boa para nenhum dos dois no passado.

– Alguém trancou Dixie no banheiro de uma parada de caminhões na primeira noite. Colocaram um cano na porta, e ela ficou lá enquanto eu ajudava um sujeito com o radiador. Agora acho que nenhuma dessas coisas aconteceu por acaso.

– Pode descrever esse sujeito?

Church sacudiu a cabeça.

– Não. Nem sei dizer que carro ele dirigia. Mas sei que todos os homens de Acosta são hispânicos.

– Acosta, o traficante?

Era tudo tão formal, tão regimentado. Não podia acreditar que aqueles dois homens estavam em frangalhos depois de passar tantos anos separados. Nada de abraço, nem mesmo um aperto de mãos amistoso. Tudo se resumia a fatos, informações trocadas em frases curtas. Era quase doloroso de ver.

– Isso. Ele está sendo julgado pela corte federal agora, mas tem um advogado safado. Não ficaria surpreso se o estivesse ajudando a comandar tudo do outro lado das grades.

O policial voltou a atenção para mim, e seus lábios se levantaram em um meio sorriso. Se Church algum dia se libertasse de toda a história e o horror que o impediam de sorrir, seria devastador. Ele já era o homem mais lindo que eu conhecia e, se um dia chegasse a mostrar seus lindos dentes brancos, meu coração não aguentaria... também tinha a certeza de que minha vagina entraria em combustão espontânea.

– Você viu o carro que tentou te tirar da estrada, malandrinha?

Não consegui deixar de rir do apelido. Quando Church me chamava de "linda", um calor e um incômodo subiam por meu corpo. O "malandrinha" de seu pai fazia eu me sentir bem-vinda e abrigada no calor de uma família com um pedaço faltando. Eu não tinha nada a ver com o retorno do filho pródigo, mas o apelido fofo e o sorriso preguiçoso que mostrava todos os seus dentes brancos e fortes faziam com que me sentisse como se eu fosse o elo que uniria todos os fragmentos.

– Não, não vi nada. Não estava prestando atenção, com minha vida passando diante dos meus olhos e tudo mais.

Ele assentiu e voltou a colocar os óculos escuros.

– Pela minha experiência, os traficantes de droga costumam ser mais óbvios na retaliação, mas talvez esse sujeito esteja optando pela sutileza, uma vez que vai enfrentar a corte federal. Não tenho certeza do que se trata e vai ser preciso uma papelada dos infernos para dar o alerta, então eu manteria os olhos bem abertos para qualquer coisa estranha. É bem fácil achar o que não se encaixa em uma cidade pequena.

– Ou seja, eu – Church escarneceu.

O policial franziu a testa e balançou a cabeça.

– Faz bastante tempo que você foi embora, filho. Pode ter sofrido aqui quando garoto, mas isso não significa que não vá conseguir encontrar seu lugar agora que é um homem feito.

– Não tenho certeza de que meu lugar seja aqui, Jules.

A frase atingiu o homem mais velho como se fosse uma bala de revólver. Julian Churchill esperara pelo retorno do filho por um longo tempo, e o fato de Church não conseguir enxergar aquilo me dava vontade de bater no topo de seu capacete.

– Desde que você encontre um pouco de paz quando achar seu lugar, não me importo onde fique. Agora preciso voltar à delegacia e tentar desemaranhar essa confusão de sequestro. Estão indo para casa?

O policial perguntou aquilo como se estivesse óbvio que ficaríamos com ele. Notei que Church ia se recusar a isso e decidi que já era o bastante.

– Vamos ao hospital ver Elma Mae primeiro, depois vamos para sua casa. Church mencionou que ela mora perto, então vamos poder ajudar quando ela for liberada. Vai ser ótimo.

Ignorei propositalmente os dardos que os olhos de Church deviam estar me lançando por trás das lentes dos óculos escuros. Vi quando seu enorme corpo se contraiu, de tensão e recusa. Seu pai também deve ter percebido, porque, antes que Church pudesse sugerir uma alternativa a ficarmos os dois sob seu teto, ele mencionou que ligaria para seu outro filho e se certificaria de que a casa estivesse arrumada. Então se despediu depressa e voltou para a viatura.

O maxilar de Church se cerrou, e um músculo em sua bochecha se contraiu.

– Eu estava pensando em ficar em um hotel na cidade.

– Faz dez anos que você não vê sua família. É óbvio que seu pai quer ficar perto de você, e acho que nós dois sabemos que você também precisa de tempo com ele e com seu irmão. Você não vai morrer se ficar com ele até descobrir para onde ir.

Eu parecia estar repreendendo uma criança, mas ele meio que agia como um bebê que não havia tirado sua soneca. Dava para entender que quisesse ir devagar enquanto avaliava os destroços das pontes que havia queimado, mas não precisava manter o ritmo de uma lesma.

– A casa de Jules não é muito grande. Não tem quarto de hóspedes. O que quer dizer que vamos ter que ficar juntos até você ir para casa.

A forma como ele disse "juntos", com seu sotaque, fez um calor subir por meu corpo, de modo que precisei puxar a gola da blusa.

– Vamos sobreviver.

Eu soava mais confiante do que me sentia. A noite anterior

havia sido uma tortura. Não havia nada pior que aquela distância que eu precisava manter entre nós dois. Tudo o que eu queria fazer era esticar o braço e tocá-lo. Cada centímetro da minha pele formigava e pedia por seu toque. Queria seus braços me envolvendo, seu corpo pesado e duro pressionando o meu. Queria aquilo com todo o meu ser, mas sabia que, uma vez que o conseguisse, de maneira nenhuma sobreviveria à sua falta. Church se recusava a sustentar a ideia de que poderíamos ter mais, de que ele poderia ser mais para mim do que um pau duro e pronto. Toda vez que me lembrava disso era como ter um balde de água gelada virado sobre minha cabeça.

Eu tinha perdido a cabeça na noite anterior, do lado de fora do bar. Mas Church cheirava tão bem. Quando me olhara como se eu pudesse ser aquilo com que construiria seus sonhos, não havia mais como me impedir de dar uma provada. Eu era alguém morrendo de fome a quem ofereciam um *cupcake*. Queria lamber toda a cobertura e enfiar o resto daquela delícia na minha boca com ambas as mãos. Não deveria ter ido tão longe quanto fui. Eu sabia que ele não ia entender que havia sido mais sobre mim do que sobre ele e não podia culpá-lo. Era difícil explicar que o fazer feliz e dar o que ele queria, uma vez que eu sabia que nunca teria o que *eu* queria, me preenchia de um jeito emocionalmente complexo. A satisfação dele implicava um pouco da minha. Era algo bem poderoso ser a mulher a fazer um homem que dominava a arte da suspeita e da preocupação abaixar o escudo onipresente usado para manter o mundo a distância. Aquele lampejo do Church desprotegido e vulnerável ficaria comigo para sempre. Talvez ele não me amasse, mas confiava em mim o bastante para derrubar suas defesas. Talvez fosse o bastante em que me segurar quando chegasse a hora de ir embora.

Eu havia feito seus olhos brilharem. Aquela cor que era melhor do que a da avelã tinha iluminado a noite, e nada nunca me fizera sentir tão bem-sucedida ou satisfeita. A escuridão que parecia segui-lo por toda parte desapareceu por uma fração de segundo. Eu nunca esqueceria que havia sido capaz de afastar suas sombras por um momento, não importava quão breve tivesse sido.

– Por quanto tempo acha que uma fortaleza de travesseiros vai me impedir de colocar as mãos em você?

Dei um pulo quando ele soltou o apoio da moto e ligou o motor. Church obviamente não queria ouvir minha resposta, e isso me deixava secretamente feliz, porque não queria que ele soubesse que a única coisa de que não queria era ser protegida dele mesmo.

O trajeto até o pequeno hospital foi bem curto assim que adentramos a cidade, embora "cidade" fosse exagero. Lowry parecia o cenário de um drama familiar arraigado no coração do sul. Era encantadora, pitoresca e parecia que cada morador havia jurado manter as ruas limpas e a rua principal *kitsch* o bastante para ser ironicamente descolada. O lugar todo parecia saído de um cartão-postal, de tão vívido e antigo. Quase parecia uma viagem no tempo, o que eu meio que adorava. Eu era uma garota do Colorado até o fim, mas parte do motivo por que o amava era o fato de o Colorado ser uma cidade grande com mentalidade de pequena. As pessoas eram simpáticas com os vizinhos. Havia um senso de comunidade, e parecia que eu não podia ir a lugar nenhum sem encontrar alguém conhecido. Aquela cidadezinha, Lowry, me encantava, eu acenava para todo mundo que levantava a mão em cumprimento e retribuía todos os sorrisos enquanto Church dirigia pela rua estreita de duas mãos. Não sabia se todos eram tão amistosos porque o reconheciam ou se era apenas o tipo de lugar em que todo mundo era seu amigo até que se provasse o contrário. Se fosse a segunda opção, aquele era meu tipo de lugar.

O hospital não era uma estrutura maciça que se alastrava. Na verdade, o prédio parecia caber inteirinho no bar em que eu trabalhava. No entanto, o interior estava repleto de atividade, e não havia falta de equipamentos ou de funcionários, correndo para lá e para cá em seus uniformes coloridos. O exterior talvez não fosse muito impressionante, mas o interior certamente o era.

Church parou na recepção e perguntou onde poderia encontrar Elma Mae. A mulher sentada atrás do balcão sorriu e disse que se lembrava dele quando menino, que seu irmão agora se parecia com ele e que o pai dela havia ficado muito feliz quando Julian decidira se candidatar a xerife. Apesar de toda a tentativa de Church de se esquecer dali, parecia que as pessoas que ele havia deixado para trás tinham boa memória. A mulher lhe agradeceu por seu serviço ao país, fazendo com que ele ficasse vermelho e respondesse com um "Não fiz mais que minha obrigação". Não fazia muito tempo que ele havia voltado, mas parecia que seu sotaque já estava duas vezes mais forte. Talvez Church tivesse pensado estar deixando tudo para trás quando se alistou e foi para o outro lado do mundo, mas suas raízes eram profundas, não importava quão emaranhadas e tortuosas.

No caminho para o quarto, outras duas pessoas o pararam. Primeiro uma enfermeira que lhe disse terem estudado juntos e que ficava feliz em ver que ele voltara para casa intacto; depois um médico que informou ser o responsável por Elma Mae e disse que a visita de Church seria muito importante para ela. Aparentemente, a senhora falava sobre os Churchill como se fossem sua própria família. Church não se deu ao trabalho de dizer que *eram* sua família, simplesmente respondeu que ficaria por perto pelo tempo que Elma Mae precisasse dele. Isso lhe rendeu um tapinha nas costas e um sorriso cheio de dentes.

Quando chegamos ao quarto, peguei o cotovelo de Church e o obriguei a parar antes de ele abrir a porta.

– Vou te dar alguns minutos sozinho com ela. Sei que ela sentiu sua falta e não quero me intrometer. Vem me buscar quando estiver pronto. Vou ficar aqui no corredor.

Eu precisava de café. A noite sem sono e o estresse de pensar em quem poderia ter denunciado meu sumiço haviam me desgastado e consumido.

Church segurou minha mão e me encarou.

– Prefiro que venha comigo. Ela passou por um monte de coisas, não precisa começar um interrogatório sobre onde eu estava e fazendo o quê. Elma Mae é cem por cento sulista, então sei que não vai fazer escândalo na frente de uma desconhecida.

A explicação para me querer a seu lado pareceu razoável, mas eu sabia que ele escondia alguma coisa. Ele estava assustado… mais do que aquilo… estava morrendo de medo de entrar naquele quarto sozinho.

Church apertou os lábios. Suas sobrancelhas formavam um V logo acima do nariz, e seu rosto estava pálido, apesar do tom naturalmente dourado de sua pele. Os dedos que enlaçavam os meus tremiam de leve, e tive a impressão de que Church não ia conseguir atravessar o batente até que o empurrasse ou concordasse em entrar a seu lado.

Soltei o ar e puxei a mão até que ele a soltasse.

– Tá. Vou entrar com você, mas se alguém começar a chorar saio na mesma hora.

Eu disse aquilo brincando, porque desconfiava que se alguém fosse sucumbir seria eu. Eu amava reencontros felizes, e ninguém mais que Church precisava que alguém jogasse os braços em volta do seu pescoço e lhe desse as boas-vindas.

A figura esguia no centro da cama do hospital poderia ser irmã gêmea de Helen Mirren. Ela era elegante e imponente mesmo em seu pijama cor-de-rosa estampado com o que pareciam ser gatinhos de óculos escuros. As cobertas estavam puxadas até a cintura, mas era impossível não notar o volume do imobilizador ortopédico em sua perna, assim como a tipoia no ombro e o olho roxo, maculando sua pele perfeita. Em inúmeras ocasiões Church mencionou que ela estava na faixa dos oitenta ou perto, mas eu não daria um único dia além de sessenta e cinco se não soubesse daquilo. Ela estava hospitalizada por causa de uma fratura no quadril, mas seu cabelo e sua maquiagem estavam muito melhores que os meus em qualquer outro dia. Fiquei impressionada, mas, conforme seu olhar atento passou da adoração ao ver Church para a acusação ao me ver, soube que o sentimento não era mútuo.

– Você é um refresco para meus olhos. Olha só, todo crescido e bonitão. Vem aqui e dá um abraço na Elma. Senti tanta saudade, Dashel.

Eu fiquei chocada ao ouvir o pai de Church chamá-lo de Dash e quase caí de costas quando aquela senhora o chamou de Dashel. Era uma lembrança pungente de que eu não conhecia o homem por quem estava obcecada e de que seria o meu fim bem como eu imaginava.

Church foi até a beirada da cama e se inclinou para abraçar a senhora com todo o cuidado. As mãos dela passaram por seus ombros rígidos, mas seu olhar cortante não me deixou enquanto eu observava o reencontro com os olhos arregalados, segurando o ar por tanto tempo que meus pulmões queimavam. Estava com medo de me mexer. Sentia que, se fizesse qualquer movimento errado, de alguma forma arruinaria o momento. Tentava ser o menos intrusiva possível, mesmo com a mulher me encarando como se eu fosse o motivo que mantivera Church longe por tanto tempo.

Elma Mae desviou a atenção para ele quando Church a soltou. Ela segurou seu rosto e o virou para um lado e para o outro como se estivesse procurando o adolescente que havia ido embora dez anos antes.

– Você está mais alto. É tão parecido com sua mãe… mas espere até ver Dalen. É um garoto tão lindo. Parece bastante com você, agora que está mais crescido. É bom ter você de volta, Dashel. Sentimos sua falta. Falar pela Skynet não é a mesma coisa que ter meu garoto em casa, onde sei que está a salvo.

Não consegui conter a risada que forçava passagem.

– Skynet? Esse não é o sistema de computadores que domina o mundo em *O exterminador do futuro*?

Church soltou uma risada abafada e pegou as mãos de Elma, que estreitou os olhos para mim de novo.

– Ela quis dizer Skype. Eu tentava ligar pelo menos uma vez por mês quando estava fora do país. Jules instalou o programa no computador de Elma, para que ela conseguisse ver que eu estava mesmo são e salvo, embora eu tivesse dito antes de ir que iria me cuidar.

Ele apertou as mãos dela e deu um passo para trás.

– Precisa que alguém cuide de você, pra variar. Não foi por isso que ficou no Colorado com sua garota em vez de vir para casa?

Suas palavras tinham um alvo, e eu começava a duvidar do comentário de Church sobre ela não fazer uma cena na frente de uma desconhecida. Elma parecia mais do que disposta a chamar minha atenção por qualquer culpa que eu tivesse em manter seu garoto afastado de casa mesmo depois de o serviço haver terminado.

Church soltou o ar e me lançou um olhar como quem pedia desculpa.

– Dixie é uma boa garota, Elma Mae. Acredite em mim quando digo que a última coisa de que ela precisa é de outra pessoa de quem cuidar, ainda mais considerando que sou perfeitamente capaz de fazer isso sozinho. Eu disse que tinha uma garota e que as coisas eram complicadas, mas você não acreditou. Bom, ela é a garota, e as coisas não se descomplicaram nadinha agora que estamos aqui em vez de lá.

Aqueles olhos muito observadores praticamente me alfinetaram. Ela me olhava como se conseguisse ver tudo o que eu escondia com sorrisos e humor desde que conseguia lembrar. Church havia me dito que eu era um sol brilhando mesmo nos dias mais nublados, mas a verdade era que havia dias em que eu não conseguia ver além da neblina. Havia dias em que tudo o que eu queria era um abraço e alguém que me dissesse que tudo valeria a pena no final. Havia dias em que eu só queria que o universo me devolvesse cada sorriso, cada tapinha nas costas, cada sinal de positivo, cada reforço positivo inabalável que eu oferecia aos outros, que eu fosse finalmente recompensada com os sonhos simplórios que por tanto tempo nutrira. Parecia que minha sorte tinha acabado, de modo que eu nunca mais teria um encontro, e a única pessoa que eu queria amar incondicionalmente nem sabia daquilo. Sem mencionar que, quanto mais tempo passava com Church em sua viagem para casa, mais eu me perguntava se realmente conhecia o homem por quem estava apaixonada.

O soldado transtornado que procurava descanso. O segurança ensimesmado. O lindo e inalcançável herói que não tinha tempo ou paciência para desperdiçar palavras e ações. O amigo leal. O cavalheiro do sul. O lobo solitário com quilômetros de muralhas erguidas à sua volta. Eu conhecia todas aquelas partes de Church e ainda o amava, mas havia novas partes que não me atraíam tanto. O soldado cansado que carregava anos e anos de guerra dentro de si, um fardo tão pesado que o impedia de seguir em frente. O homem que havia perdido demais. O filho que havia ido embora. Aquele que relutava em voltar à cidadezinha na qual crescera. A criança marcada por ouvir anos e anos que era diferente e nunca o bastante para ser inteiro. O adulto que precisava que eu o ajudasse, mas não me queria o bastante para sair da zona de conforto. Havia muitos lados de Church que deveriam derrubar os óculos de lentes cor-de-rosa por meio dos quais eu via a vida, mas meu coração tolo e determinado estava tendo dificuldades em abandonar todas as coisas que eu decidira amar nele.

– Você deixou uma situação a ser resolvida aqui – Elma Mae voltou a olhar para ele, que desviou o rosto. – Não quero saber por que não voltou antes, importa apenas que você está aqui. Um dia desses nós dois vamos nos sentar e você vai me contar por que não podia ficar em casa. Vai dizer a esta velha senhora por que precisou correr atrás dos vilões, mesmo chegando perto de quebrar o coração de seu pai. Mas agora só vai me dar outro abraço e prometer que não vai a lugar algum enquanto eu não tiver duas pernas boas para poder correr atrás de você se decidir fugir de novo.

Church se inclinou e a envolveu nos braços, apertando-a até fazê-la rir. Ele deu um beijo leve em sua bochecha e voltou a se erguer.

– Vou ficar em casa pelo futuro próximo. Dixie vai me fazer companhia por um tempo, até que você esteja acomodada. Contei tudo a ela sobre seus *cookies* com chá gelado.

– Você não vai ficar?

Aquela mulher era afiada. Não deixava nada passar.

– Eu... bom... hã... Vou ficar aqui pelo tempo que Church precisar.

Fiz uma careta quando ela estreitou os olhos por eu ter usado o único nome pelo qual o conhecia, o que obviamente a deixava irritada.

– Não conheço nenhum Church, apenas um garotinho adorável que não ia querer desrespeitar a própria mãe jogando fora o nome que ela escolheu para ele.

Olhei para Church, que parecia nervoso. Ele ficava uma gracinha daquele jeito. Precisava acrescentar sua cara aflita diante da censura à lista de coisas que era impossível não amar nele.

– Já faz um bom tempo que não sou mais o Dashel, Elma. Me chamavam de Church na guerra. Quem começou com isso foi um homem que eu respeitava e admirava e que ainda considero um amigo. Acho que minha mãe entenderia.

Sua voz saiu baixa, deixando o sentimento evidente. Ele gostava do novo nome e tinha orgulho de como lhe fora dado. Não era mais um garoto que dependia de seus cuidados. Era um homem que havia visto e feito coisas que o haviam mudado fundamentalmente. Não podia mais ser Dashel. A inocência e a inexperiência haviam sido arrancadas dele.

A mulher mais velha produziu um ruído baixo com a garganta e jogou as mãos ao alto em exasperação.

– Certo, você pode ser Church pra sua mulher e todo o resto, mas pra mim sempre vai ser o pequeno Dashel, com olhos selvagens e coração mole. Fiquei muito brava por ter caído, mas Deus estava olhando por mim e tinha um plano. Se um tropeção era necessário para te trazer de volta para mim e para a sua família, então eu ficaria feliz em cair outras cem vezes.

Uma risada se formou no fundo do peito de Church, que andou até onde eu estava, perto da porta. Seu ombro esbarrou no meu, e ele pegou minha mão. Seus dedos não tremiam mais, mas uma tensão reprimida percorria todo o seu corpo, deixando-o tão rígido e duro que eu parecia estar ao lado de uma estátua de pedra.

– Chega de cair. Amanhã vou pegar a caminhonete de Jules emprestada, se é que ele ainda a tem, para vir te buscar. Senti saudades pra caralho, Elma.

– Olha a língua! – ela sacudiu um dedo para ele e me deu uma última olhada. – Esta velha sentiu muito mais saudades suas do que você pode imaginar. E estou esperando para ver o que tem de tão especial nessa sua garota, Dashel.

Church se despediu e me puxou para fora do quarto antes de precisar defender minha honra mais uma vez. Já estávamos no elevador quando eu disse, sem meias palavras:

– Você me trouxe até aqui, e a mulher me odeia.

Ele me encarou com os olhos semicerrados e cruzou os braços.

– Ela não odeia você. Só é muito protetora em relação a mim, e fazia tempo que não nos víamos. Ela não devia estar pronta para o fato de eu ser um homem adulto que viveu uma vida inteira sem que ela fizesse parte disso.

– E você planeja me contar um dia desses por que exatamente ela não fez parte disso? – levantei o queixo para poder olhar em seus olhos. – Acho que eu gostaria de ouvir essa história. E não me surpreende que você estivesse com medo de encarar Elma Mae sozinho. Ela é mesmo uma coisa.

Suas sobrancelhas pularam tão rapidamente que fiquei surpresa de não terem voado para fora de seu rosto. Seus lindos olhos se arregalaram e perderam a cor em descrença.

– Eu não estava com medo de ficar sozinho com ela no quarto.

Dei um sorriso torto para ele e passei à sua frente para sair do elevador.

– Claro que não. Você é um soldado grandalhão e muito foda que não tem medo de nada. Por isso ficou pálido e tremendo diante da porta. Mas eu entendo. A mulher fala como se você tivesse cinco anos, e é claro que você a adora e não quer ser motivo de decepção. Eu também ficaria nervosa em relação a como seria recebida.

Quando passamos pelas portas da frente e voltamos ao cenário idílico de sua cidade natal, Church agarrou meu braço e me virou de modo que ficássemos nariz a nariz. Ele estava respirando acelerado, e havia um pânico incontrolável em seus olhos como eu nunca tinha visto. Aquele era Church no limite. No limite de que, eu não fazia ideia, mas era bastante esperta para reconhecer que eu precisava fechar a boca ou correria o risco real de fazê-lo cair em um precipício.

– Elma Mae me ama, e nada que eu fiz ou poderia fazer vai mudar isso. Eu não estava nervoso ou com medo de como lidaria com nosso reencontro tantos anos depois – um milhão de emoções diferentes passaram por seus olhos. Seus pulmões expeliam o ar com tanta rapidez quanto ele conseguia inalar. – Só não queria entrar e encontrar Elma Mae morta.

Ele me soltou ao mesmo tempo em que lançou a bomba. Finquei os pés no chão e levei uma mão ao peito, sentindo meu coração acelerado para tentar acompanhar seu comportamento errático.

– Por que você pensaria isso? Você sabia que, apesar dos machucados, ela estava bem. Por que morreria justamente quando você chegasse?

Não fazia o menor sentido, mas dava para ver que ele estava falando sério.

Seus olhos me perfuraram, e sua voz saiu fria como gelo quando ele respondeu sem emoção:

– Porque todas as mulheres com quem me importo morrem. Assim que uma coisa boa entra na minha vida, ela vai embora, antes que eu me dê conta de como era boa. As coisas ruins sempre podem piorar, e não há nada que eu possa fazer para impedir – ele tirou os olhos de mim e virou de costas para se dirigir à moto estacionada. – Por que acha que me recuso a me deixar pensar que pode haver um "nós"? Você é boa demais, e não quero levar para a sua vida o tipo de mal do qual não consigo me livrar.

Suas palavras me atingiram com tudo. Congelei, incapaz de pensar direito. Church deu a partida na moto e se recusou a me olhar, completamente imóvel a alguns passos de distância.

Precisávamos conversar. Eu tinha que entender. Ele precisava dar algum sentido ao que havia acabado de acontecer, porque eu sabia que Church era muitas coisas, algumas das coisas eu gostava e outras não, mas nenhuma delas era ruim.

Eu estava começando a entender do que eram feitas todas aquelas nuvens escuras e sombrias que pairavam sobre ele.

Lembranças, arrependimentos e tantas perdas que ele não conseguira impedir. Ele ainda sentia as velhas feridas como se tivessem acabado de cortar sua alma. Eu não sabia se havia um dia de sol claro o bastante para iluminar tudo aquilo, mas com toda a certeza ia tentar encontrar um para ele.

CAPÍTULO 10

Church

Eu tinha passado os dez anos anteriores da minha vida me colocando em uma situação perigosa depois da outra. Tinha perdido amigos e em mais de uma ocasião chegara perto de me perder. Tinha sido ferido e derrubado. Estava exausto, no limite, mas nunca havia deixado que o medo fosse um fator determinante da maneira como fazia meu trabalho. O medo estava sempre lá, pairando na periferia da minha consciência, mas eu o desligava e ignorava. Me concentrava na tarefa em mãos, na missão, e nunca me deixava paralisar. Acreditava que eu era sempre maior, pior, e que meu objetivo era mais importante do que as coisas que me assustavam. Abria caminho com facilidade pelas situações em que me encontrava, mesmo aquelas que *deveriam* me aterrorizar. Entrei para o Exército com um propósito.

Hoje toda essa bravata longamente treinada foi jogada pela janela.

Hoje não consegui combater o medo ou camuflá-lo com violência e coragem.

Hoje minhas mãos tremeram tanto que não consegui

esconder meu medo de que outra pessoa com quem me importava profundamente tivesse passado desta para uma melhor.

Não houve como esconder o terror absoluto que tornara quase impossível abrir a porta que separava Elma Mae de mim. E não houve como impedir a verdade de se soltar das reentrâncias da minha alma quando Dixie perguntou sobre minha óbvia hesitação. O medo se libertou do lugar em que o mantinha dentro de mim, no alto mas visível, para sempre me lembrar do motivo pelo qual eu me recusava a me preocupar com alguém de modo significativo e profundo. Eu não suportaria a perda de outra mulher linda, amorosa, generosa e vital para mim. Já tinha que carregar o peso da perda das duas mulheres que Jules amara e, se houvesse qualquer acréscimo ao fardo, eu desmoronaria e nunca mais seria capaz de me reerguer. Não fazia sentido, era um desperdício. Não havia razão para não podermos manter as mulheres que amávamos a salvo, e aquilo me destroçava, principalmente quando eu pensava no modo como eu havia perdido tempo com uma delas, perdendo dias inteiros por estar bravo com a outra porque as duas haviam escolhido se apaixonar por um homem bom. Eu deveria ter me saído melhor, sido melhor.

Sabia que Dixie queria uma explicação. Podia sentir sua figura diminuta praticamente vibrando atrás de mim. Não tinha nada a ver com o tremor da moto e tudo a ver com a conversa que ela estava esperando para reiniciar. Uma conversa que eu desejava ter tanto quanto desejava passar mais um ano sem comer nada além de comida do Exército. Falar com ela sobre minha mãe ter morrido cedo demais havia sido difícil e me forçara a ser muito mais honesto com Dixie do que queria ser com qualquer pessoa. Se ela me colocasse contra a parede e me obrigasse a dizer tudo o que eu sabia sobre como as coisas podiam ir de mal a pior, principalmente em se tratando de Caroline, seus olhos nunca mais iriam se abrandar quando eu perguntasse se ela estava bem, não haveria mais sorrisinhos quando eu dissesse que ia mantê-la a salvo. Dixie me olhava como se eu fosse um herói, e eu era egoísta o bastante para querer manter as coisas daquele jeito. A verdade era qualquer coisa menos heroica.

Levá-la do hospital para a casa em que cresci foi literalmente uma viagem pela ladeira da memória. Distraidamente, cataloguei todas as coisas que estavam iguais no subúrbio tranquilo onde ficava a casa de Jules, mas o que se destacava eram todas as coisas que estavam diferentes. Eu tinha me forçado a acreditar que tudo havia melhorado sem minha presença, assim como eu havia melhorado fora dali, mas não estava de fato preparado para ver que a vida havia continuado e que a cidade prosperara sem mim. As ruas estavam cheias de casas novas, com famílias felizes brincando em seus jardins bem cuidados. Havia um parque na esquina que anos antes não existia, e em vez de um único farol no centro da cidade agora havia três, além de uma vasta quantidade de lojas de conveniência e uma nova rede de megalojas que parecia completamente deslocada nas lembranças que eu tinha de minha cidade natal.

Por sorte, quando estacionei na entrada da casa da minha infância, Jules também estava chegando. Aquilo significava que eu poderia adiar um pouco mais a conversa que Dixie estava louca para ter. Ela gostava demais de mim para me expor e me fazer sofrer na frente de um homem que eu obviamente respeitava e admirava.

Meu relacionamento com Jules era no mínimo complicado, e eu conhecia a ruiva endiabrada bem o bastante para saber que de jeito nenhum ela ia querer aumentar ainda mais minha distância do homem com uniforme de xerife que nos cumprimentou com um sorriso fácil e caloroso e com um brilho paternal nos olhos escuros.

– Como estava Elma?

Jules ofereceu uma mão a Dixie para ajudá-la a descer da moto. Ela abriu um sorriso tão fácil e brilhante que me surpreendeu não o cegar temporariamente. Sabia bem que, quando ela me olhava daquele jeito, eu não conseguia ver nada além da luz que emanava de seu coração grande demais.

Dixie tirou o capacete e sacudiu os cabelos. Queria passar meus dedos por seus cachos bagunçados e enterrar meu rosto neles. Sempre cheiravam a ar fresco e luz do sol. Era como tocar uma seda quente, um cetim exuberante. Se um dia perfeito pudesse ser uma pessoa, seria ela.

– Elma me pareceu bem, mas não escondeu sua crença de que a culpa é minha por Church não ter voltado para casa assim que foi dispensado do Exército. Não ficou exatamente fã desta ianque.

Jules jogou a cabeça para trás e soltou uma risada que fez seu corpo inteiro tremer.

– Ela não te chamou de ianque, chamou?

Dixie riu também.

– Não, mas fiquei o tempo todo esperando por isso.

Jules riu outra vez e foi pegar a mochila que Dixie carregara consigo toda a viagem. Soltei um grunhido baixo. Era um gesto tão simples, uma demonstração básica de cavalheirismo, e eu não havia pensado em fazê-lo durante todo o tempo que havíamos passado juntos. Não fazia nem um dia que eu estava em casa e já estava sendo lembrado de todas as maneiras como eu nunca conseguiria estar à altura do exemplo de Julian.

– Você disse que seu nome é Dixie? Talvez ela tivesse pego mais leve se soubesse. Não se pode ser uma ianque com um nome desses.

Ela sorriu e balançou a cabeça, fazendo os cachos balançarem.

– Não chegamos tão longe. Ela deu uma bronca em Church e disse que se jogaria mais uma centena de vezes da escada se isso servisse para ele finalmente voltar para casa. Me pareceu uma mulher igualmente impressionante e assustadora.

Jules concordou e parou diante da porta. Era como voltar no tempo. Recordei a primeira vez em que atravessamos aquela porta como uma família. Também me lembrei da primeira vez em que a atravessamos em luto pela perda de minha mãe, os dois sem ter ideia do que fazer com um recém-nascido. De quando Jules trouxera Caroline pela primeira vez e de como eu me recusara a sair do quarto nem mesmo para cumprimentá-la. Recordei como ela tropeçava e cambaleava depois da quimioterapia, enquanto tentava me garantir que ia ficar bem. As lembranças passavam correndo, as boas colidindo com as ruins. As felizes sendo destroçadas pela tristeza, muito mais pungente.

– Ela é superprotetora quando se trata dos meninos. Não queria que Dash fosse embora. Nenhum de nós queria, aliás. Talvez seja um pouco gananciosa e possessiva agora que ele voltou. Mas vai melhorar. Dê um tempinho a ela.

Jules falava como se Dixie fosse ficar para sempre. Ela me olhou por cima do ombro, e eu desejei que ficasse mesmo. Não seria a pior coisa que poderia me acontecer, ainda que tivesse certeza de que *eu* era a pior coisa que poderia acontecer a ela.

– Dixie tem uma vida e um trabalho em Dever para os quais precisa voltar, Jules. Ela concordou em fazer a viagem comigo para adiar um pouco a despedida, mas não vai ficar.

Fiquei surpreso que a ideia de deixá-la partir doesse quase tanto quanto a perda de um ente querido, contra a qual eu nada podia fazer.

Jules me lançou um olhar duro enquanto destrancava a porta e a empurrava. Sua expressão se abrandou quando voltou a atenção para Dixie, porque era impossível ser qualquer coisa menos que brando com ela. Bom, impossível para qualquer pessoa menos eu, mas por sorte Dixie parecia gostar quando eu era mais duro.

– Se é assim, sugiro que aproveitem ao máximo o tempo que têm juntos aqui. Deixe que Elma Mae babe em cima de Dash. Dê um jeito de ajudar sem que ela se sinta uma inválida. Leve um copo de chá para ela à tarde. Verifique se seu jardim foi regado e se suas flores estão bem. Isso deve bastar para que fiquem amigas. Ela sabe usar o Skype agora, então não se surpreenda se quiser manter contato depois que você voltar para o Colorado.

– Vou me lembrar disso. Obrigada pelas dicas.

Jules disse mais alguma coisa, mas o sangue correndo todo para o meu cérebro e o ruído da pulsação em minhas orelhas me distraíam enquanto eu era absorvido pelas memórias e pela história ao finalmente pisar naquela casa.

A vizinhança e a cidade em si podiam ter mudado, mas o lar em que eu crescera não. Havia um novo sofá e uma TV de tela plana enorme, óbvio, mas as fotos emolduradas nas paredes mostrando uma família feliz e depois outra família feliz eram as mesmas. Não havia nenhum sinal de que qualquer uma daquelas famílias tivesse sido separada e destroçada. Só havia rostos felizes e alegria. Nenhum sinal de tudo o que havia sido perdido e enterrado. Jules estava focado no que ele tivera, não no que perdera.

Mas havia molduras novas. Fotos minhas com o uniforme do futebol americano e de Dalen também. Mesmo depois de eu ter ido embora, com a comunicação entre nós dois tão esparsa e formal, era óbvio que Jules queria as lembranças de seus filhos no centro da casa. Saber daquilo foi como um soco no estômago. Me atingiu com tanta força que minhas pernas fraquejaram e precisei apoiar uma mão na parede para me segurar. Todo aquele tempo achei que ele estivesse decepcionado com a maneira como eu havia partido, a maneira como os abandonara para lidar sozinho com o luto que compartilhávamos. Mas aquelas fotos faziam parecer que Jules tinha tanto orgulho de mim agora como quando eu havia ficado a seu lado nas duas vezes em que ele se casara com a mulher que amava.

– Tudo bem, filho?

Estava prestes a concordar quando um adolescente magro e quase tão alto quanto eu apareceu. Dalen estava muito parecido comigo quando eu tinha a mesma idade. Ele tinha a mesma pele escura e dourada e o mesmo cabelo nem castanho nem loiro. Dava para ver o pai em suas feições, mas seus olhos eram iguais aos meus, de um avelã que pegava algo emprestado do azul do oceano com o qual nossa mãe havia sido contemplada. Ele já não era um bebê ou um menino. Era um jovem, um adolescente com uma atitude obviamente desafiadora se o modo como seus olhos se estreitavam para mim e sua cabeça se inclinava na minha direção queria dizer alguma coisa. Eu não havia acompanhado o crescimento do meu irmão, não o tinha visto se tornar alguém de quem sabia que deveria me orgulhar e, embora fosse fácil esquecer aquilo no deserto, na casa em que eu crescera ficava impossível ignorar.

Senti minha boca se abrir, mas nada saiu. Meu irmão e eu nos encaramos. Fiquei em choque com as verdadeiras ramificações do meu sumiço me atingindo com força o bastante para me nocautear. Dalen não parecia feliz ou aliviado em me ver, mas eu não podia culpá-lo. Eu era um desconhecido para ele... havia me tornado um com minhas péssimas escolhas.

– Oi. Sou Dalen.

Ele deu alguns passos na direção de Dixie e estendeu a mão enorme. Ela a apertou e sorriu. A voz de Dalen era profunda como a de Jules e ecoava o mesmo sotaque forte que coloria o discurso de todos nós. Ele era bonito e educado. Senti uma pontada de preocupação de que aquela cidade não conseguisse apreciar tudo o que ele tinha a oferecer, a julgar por como desperdiçara minha própria contribuição. Nunca me senti pertencente a lugar nenhum até entrar para o Exército e não queria que isso acontecesse com ele.

– Muito prazer. Sou Dixie, amiga do seu irmão.

Dalen me olhou de soslaio enquanto soltava a mão dela.

– Eu gostaria de dizer que ouvi muitas coisas a seu respeito, mas seria mentira. Não ouvimos muito a respeito de nada relacionado a Dash há um bom tempo. Bom, pedi para a mãe de Calvin fazer uma parada na volta do treino – ele virou de costas para mim, então perguntou para Jules com certo tom de desprezo: – Já comi. Tudo bem se eu ficar fazendo lição de casa no quarto?

Ele não queria ficar comigo. Engoli um suspiro e levantei o queixo para Jules quando ele me olhou por cima da cabeça do filho. Não ia forçar o garoto a suportar minha companhia ou a fazer o que quer que irmãos fizessem.

– Tudo bem, mas não quero que crie o hábito de se esconder quando seu irmão estiver em casa. Faz tempo demais que meus dois garotos não ficam sob o mesmo teto. Vai fazer um agrado ao seu velho pai para que eu possa desfrutar da minha família unida – ele deu um tapinha no ombro de Dalen e o sacudiu de leve. – Dash precisa ver um dos seus jogos enquanto estiver aqui.

Dalen riu ironicamente, de um jeito bastante adolescente, e se afastou. Ele me lançou um olhar contundente antes de me dar as costas.

– Como se ele de repente se importasse com a gente. Está mais preocupado com o destino de desconhecidos em outro país do que com o que se passa por aqui. Nem teria se dado ao trabalho de vir se Elma Mae não estivesse machucada.

As palavras saíram afiadas e cortantes. Também pareceram cínicas demais para vir de alguém tão jovem.

– Dalen.

Jules não soava como alguém que fosse repreender o rapaz por falar a verdade, estava apenas exasperado, o que indicava não ser a primeira vez que meu irmão mencionava como realmente se sentia em relação à minha ausência em sua vida.

Levantei a mão antes que Jules pudesse entrar no modo pai.

– Tudo bem. Dalen não precisa ficar com a gente se não quiser. Já tem idade o bastante para decidir em quem investe seu tempo e sua energia. Fiz algumas escolhas difíceis quando tinha mais ou menos a idade dele e não posso dizer que não me arrependo da maioria delas. Não vou forçar minha presença, Dalen. Não vou pedir que finja que está feliz em me ver quando não está.

Por cima do ombro, o garoto me lançou um olhar que disse muito. Eu tinha medos e inseguranças secretos, os quais me esforçava para não virem à tona, assim como meu irmão, e minha volta para casa não estava relacionada ao fato de terem se rebelado e lutado para se libertar. A saída de Dalen nos deixou em um silêncio desconfortável na entrada de casa.

Jules suspirou e passou a mão pela cabeça.

– Desculpa por isso. Deveria ter avisado que ele anda um pouco fora de si desde que eu disse que você estava vindo. Dalen era tão novo quando você foi embora… acho que nem lembra que costumava te olhar como se fosse o responsável pela lua e pelas estrelas.

Grunhi e fui pegar a mochila de Dixie, que ele ainda segurava.

– Não posso dizer que o culpo. Fiquei fora da vida dele nos últimos dez anos. Eu também estaria puto em seu lugar. Deixo isto aqui no meu antigo quarto?

Ele assentiu.

– Isso. Não mudou muito desde que você foi embora. Queria que o reconhecesse quando voltasse – um sorriso torto surgiu em sua boca, contorcendo seu cavanhaque. – Sempre que entro lá me lembro dos bons e velhos tempos.

Eu me encolhi.

– Tivemos bons e velhos tempos? Não me lembro disso.

Tudo fora obscurecido pela tragédia e pelo infortúnio. As lembranças ruins tendiam a engolir as boas. Se alimentavam delas como abutres vorazes e não deixavam nada além dos ossos limpinhos.

– Então precisa se esforçar mais, filho. Agora vão e se acomodem. Vou deixar o jantar na mesa. Não precisam correr por minha causa. Foi uma longa viagem até aqui.

Peguei a mão de Dixie e a puxei pelo corredor até onde ficava meu quarto de infância. Havia mais fotos nas paredes que deixavam meus joelhos fracos e quase faziam meu coração se revirar do avesso. Aqueles eram os bons e velhos tempos dos quais Jules queria que eu me lembrasse, os quais eu me esforçava ao máximo para esquecer. Não havia como deixar o passado para trás. De alguma forma, ele sempre te alcança, e às vezes acontece de a pessoa estar tão cansada de correr que não consegue fugir antes de o passado a envolver com os braços. Sua pegada é forte demais.

– Os quartos de Jules e Dalen ficam do outro lado da casa. O banheiro fica ali.

Apontei para uma porta fechada, a alguns passos da porta entreaberta que levava à cápsula do tempo que era meu antigo quarto.

– Meu Deus – Dixie sorriu ao me seguir para o quarto com paredes azuis que não parecia mesmo ter sido tocado desde minha adolescência.

Por sorte, eu sempre fora grandalhão, então a cama estava

coberta por um edredom listrado azul-escuro e branco tamanho *queen*, mas era o único alívio para os olhos ali. Os troféus de competições esportivas do ensino médio ainda estavam sobre a cômoda, assim como um *videogame* ultrapassado pelo qual algum *hipster* provavelmente pagaria uma fortuna. Colados nas paredes, havia pôsteres de artistas de *hip-hop* e cantoras pop bonitas que não tinham um único sucesso fazia anos. Fotos de um eu muito mais jovem e dos poucos amigos que tinha na época continuavam coladas no espelho pendurado sobre uma escrivaninha pequena com um computador que provavelmente rodava a primeira versão do Windows.

– Ele realmente não tocou em nada – joguei a mochila de Dixie na cama enquanto ela olhava as fotos coladas no espelho. – Você sorria antigamente! – ela passou o dedo por uma foto minha com uma garota cujo nome eu nem lembrava mais e que levara ao baile de formatura. Só havia ido porque Caroline me forçara e só estava sorrindo porque era impossível não sorrir quando ela estava por perto, mesmo doente. Ela havia me dito que eu precisava sair de casa e que não ia deixar que seu filho passasse o último ano da escola vigiando-a. Ela se preocupava comigo, assim como a garota que me lançou um olhar por cima do ombro e murmurou, sarcástica:

– Não tinha certeza de que sabia como.

Logo depois da foto da formatura, corri para o escritório de recrutamento mais próximo e me alistei. Naquele dia tive a certeza de que não era melhor amar e perder do que nunca ter amado. Era possível sobreviver sem amor. Podia ser uma existência vazia e oca, mas doía menos do que viver cada dia sabendo o que havia perdido, sabendo como era horrível ter amado e perdido alguém.

– É tão esquisito ver isso e saber que você foi um adolescente normal em algum momento. Não consigo pensar em você como nada além de durão e calado.

Passei a mão pelo rosto, tirei a jaqueta e a joguei na cama, ao lado de sua mochila.

– Bom, tenho certeza de que você não era esse raiozinho de sol antes do acidente do seu pai. Nossas experiências nos transformam, para o bem ou para o mal.

Ela deu de ombros e bateu o dedo na foto em que eu aparecia com Jules e a loira bonita que não era minha mãe segurando Dalen quando bebê.

– Sempre tentei focar no positivo, e não no negativo, mesmo antes do que aconteceu com meu pai. E insisti nisso depois do acidente. Continuei alegre e me recusei a me deixar afundar como todos os outros, que pareciam dispostos a se afogar nas próprias lágrimas. Talvez minha experiência devesse ter me mudado, mas fico feliz que não tenha – ela mudou de assunto tão rapidamente que levei um minuto para acompanhar. – Quem é essa mulher? Pela sua idade, não pode ser sua mãe.

Caminhei até me colocar atrás dela. A foto fazia o ar parar em meus pulmões e minhas mãos se fecharem em punho na lateral do corpo.

– Caroline.

Dixie suspirou de maneira audível.

– Ah – ela inclinou a cabeça para o lado. Um sorriso doce parece aguardar nos cantos de sua boca. – Ela parece muito feliz com vocês.

Suspirei e me afastei para me sentar na beirada da cama.

– E foi feliz, até que finalmente deixei que se aproximasse.

Ouvi seu suspiro suave, mas não consegui olhar para ela. Sua experiência de vida deveria ter esmagado seu espírito. Deveria ter tirado um pouco daquela alegria constante dela, mas Dixie se recusava a ser definida pelas cartas que recebera do destino. Era mil vezes mais forte que eu. Eu pegara o que o destino me entregara e não apenas deixara que definisse a maneira como viveria, mas também o homem que iria me tornar.

– Quando Jules começou a sair com ela, não me contou. Não posso culpá-lo, porque eu tinha sido um merdinha quando minha mãe o havia apresentado. Acho que não sou do tipo que compartilha – esfreguei o rosto e fiquei olhando para meus próprios pés. – Desperdicei muito tempo com raiva porque as pessoas que eu amava e que me amavam estavam felizes e eu não. Tratei Jules como um intruso, e ele não queria isso para a mulher que fizera seu melhor a fim de mantê-lo inteiro depois que minha mãe morreu. Eu havia me enganado sobre ele, mas ainda assim agia como um idiota. Não queria que ele substituísse minha mãe e não queria que outra mulher ocupasse um lugar importante na minha vida. Já tinha Elma, e aquilo bastava.

O colchão afundou quando Dixie se sentou ao meu lado. Sua mãozinha cobriu as minhas, unidas entre as pernas. Os nós dos dedos estavam brancos, de tanto que eu os apertava. Fiquei olhando para nossas mãos até que minha visão ficasse embaçada.

– Era impossível não amar Caroline. Ela era doce, animada, delicada. Nunca tentou forçar sua presença, mas de repente... já havia entrado em nossas vidas. Eu procurava por ela pela manhã, corria para casa depois da escola para ela me ajudar com a lição de casa. Caroline pôs um *band-aid* no meu coração partido sem que eu percebesse. Manteve a família unida com nada além de um sorriso. Era impossível não a amar. Quando fiquei sabendo que ela ia morrer, algo em mim morreu também. Eu me odiava por deixá-la conquistar meu amor e me odiava por ter deixado esse amor formar raízes. Já conhecia a sensação de perder uma mãe e não queria passar por aquilo de novo.

Dixie descansou a cabeça em meu ombro. Seu suspiro fez cócegas no meu pescoço.

– Você teve que fazer isso duas vezes. É coisa demais.

Concordei.

– Fui um babaca com minha mãe quando ela ficou com Jules. Fui um babaca com Caroline quando Jules ficou com ela. Desperdicei meu tempo com as duas sem motivo. Recebi coisas boas, porra, as melhores, duas mulheres maravilhosas que me amaram e me criaram direito, mas também perdi tudo e não estou disposto a passar por isso de novo. Mantenho tudo de bom, tudo que pode me fazer feliz, a distância, sabendo que não sou forte o suficiente para sobreviver a outro golpe. Afastei meu próprio irmão porque era mais fácil do que pensar que ele poderia ser tirado de mim – inclinei a cabeça de modo a repousar a bochecha em seus cachos e contei a verdade sobre o tipo de homem que eu era. Um covarde, não um herói. – Mantive distância da única pessoa no mundo que me escolheu, o homem que quis ser meu pai, porque acordei no meio da noite engasgado com o medo enquanto pensava nas coisas que poderiam acontecer com ele em seu trabalho. Era quase um homem feito quando escolhi fugir de casa porque doía demais ficar aqui. Abandonei todo mundo que precisava de mim para combater monstros que faziam sentido. Se ia viver cercado pela morte, achei que poderia ser em um lugar no qual não seria um choque perder alguém – passei a mão pelo rosto. – Você não deixou que as circunstâncias a destruíssem quando seu mundo foi virado de cabeça para baixo. Mas eu deixei. Não era mais um filho. Não era um irmão ou um amigo. Me recusava a ser um namorado ou parceiro. Virei um soldado, um homem que apagara o passado e não visava ao futuro. Tudo o que importava era o momento, a sobrevivência. Não queria mais ser todas aquelas coisas que havia sido antes do Exército porque era péssimo nelas. Mas era um bom soldado. Até nos meus piores dias, ainda era bom na guerra.

Dixie estava chorando. Lágrimas silenciosas rolavam por seus cílios, grudados pela umidade. Não queria que ela chorasse por minha causa. Não merecia sua compaixão, mas sabia que seu coração era mole demais para o tipo de chute brutal nos dentes que meu passado significava. Eu me inclinei em sua direção e pousei os lábios em sua maçã do rosto molhada. Ouvi sua respiração estremecer com um suspiro quando se ela inclinou na direção dos meus lábios.

– Você não era péssimo em todas aquelas coisas antes de se tornar um soldado, Church. A vida só tornou tudo aquilo mais desafiador para você do que costuma ser para as outras pessoas.

Ela levou uma mão ao meu pescoço. Senti seus dedos traçarem a veia pulsante que havia lá.

– Não precisa criar desculpas por mim, Dixie. Sei que o que

eu fiz foi errado. Sei que fugi como um covarde. Às vezes acho que vou engasgar com o desprezo por mim mesmo. O gosto é ruim e dura por muito tempo. Enterrei a cabeça na areia e fingi que todas as coisas ruins que aconteciam não me afetavam. Mas, com uma olhada de Dalen, vendo a distância entre mim e Jules… não tenho como ignorar que fodi com tudo. Eles precisavam de mim aqui, e eu precisava estar em outro lugar.

Sua mão deslizou para a minha nuca, e seus dedos passaram pelos fios curtos de cabelo que havia ali. Era relaxante. Dixie estava tentando domar a tristeza viciosa que uivava e arranhava dentro de mim, como algo vivo e selvagem.

– Você era um garoto assustado, Church. E, sim, talvez fosse meio malcriado, mas ainda assim era só um garoto. Muitos garotos reagem mal a uma nova dinâmica familiar. Não posso dizer que culpo você por querer fugir ou encontrar um lugar em que a perda e a devastação faziam sentido. Principalmente depois de ter sofrido tanto. É preciso ser uma grande pessoa para reconhecer os erros do passado e tentar reparar os danos. Você está fazendo um movimento na direção certa agora.

Dei um beijo na ponta de seu nariz e peguei seu pulso fino.

– Você sempre vê o melhor nas pessoas, mesmo quando dão a você todos os motivos possíveis para o contrário.

Ela soltou o ar devagar e moveu a cabeça para que seus lábios tocassem os meus.

– Só vejo o que você me mostra, Church – o beijo foi leve, nem de perto o bastante. – Agora vamos comer e ficar um pouco com seu pai. Vocês dois têm muito a consertar.

Ela se levantou da cama e ofereceu uma mão para me ajudar. Eu ainda podia sentir a pontada de todas as memórias dentro de mim, mas, quando fiquei de pé e me ergui sobre ela, também me senti mais leve. Daquela vez, quando seus braços envolveram minha cintura, de alguma forma consegui não estragar tudo e abraçá-la de volta.

Pareceu tão natural quanto respirar. Achei que a distância era necessária para me manter a salvo de todo o mal à espreita. Agora começava a me perguntar se não estivera muito, muito errado a respeito.

CAPÍTULO 11

Dixie

O JANTAR FOI TENSO E UM POUCO DOLOROSO. ERA EVIDENTE QUE OS dois estavam tentando, mas não dava para ignorar os danos, e a estrada que levava à união familiar era escura e cheia de pedras. Eles encontraram uma passagem segura falando sobre como a cidade havia crescido e como Jules tinha levado o resto do turno de trabalho para conseguir cancelar o aviso de busca por mim. Ele brincou que havíamos tido sorte de não sermos parados no caminho do hospital para casa. Church não achou graça. De fato, era esquisito e muito preocupante. Olhares desconfiados ou revoltados de desconhecidos eram uma coisa, mas sair de seu caminho para causar problemas a uma pessoa com base apenas na cor de sua pele era outra. Eu não gostava nada daquilo e odiava o fato de Church e Jules agirem como se não fosse nenhuma novidade.

Dalen enfiou a cabeça na sala de jantar e perguntou ao pai se este podia ajudá-lo com a lição de casa. Era uma tentativa óbvia de tirar a atenção de Jules de seu irmão mais velho, mas nenhum deles focou nisso. Church ia ter muito trabalho com Dalen, e eu me perfunta se um dos dois se dava conta de como eram parecidos. Church evidentemente admirava e idolatrava o pai, mas o tinha afastado por motivos complicados que eu ainda não havia entendido por completo. Dalen também admirava o irmão mais velho, mas via seu retorno com um ceticismo compreensível. Eram duas maçãs que não haviam caído muito longe da bela árvore que os havia criado.

Eu me ofereci para lavar os pratos e disse a Church que ele podia usar o banheiro primeiro. A viagem de moto me obrigava a fazer uma mala muito menor do que eu gostaria, e eu já estava sem opções, então perguntei a Jules se podia usar a máquina de lavar. Ele disse que sim, distraído, enquanto se dirigia ao lado da casa oposto ao que Church e eu ocuparíamos. Church me disse que ia encontrar alguma roupa para eu usar de pijama naquela noite. Ele tirou o cesto de roupas sujas das minhas mãos, colocou algumas dele e algumas minhas e foi para o banheiro. Ouvi o barulho do chuveiro ao ligar a lava-louça, então o celular tocou. Não me surpreendi nadinha ao ver que era Kallie.

– Já disse que não vou me meter na confusão de vocês.

Nem dei a ela a chance de se defender. Não queria ouvir.

– Fui tentar falar com Wheeler hoje e o encontrei com outra garota!

Ela estava chorando e fungando. Se não soubesse que era a responsável por aquela confusão toda, teria sentido pena.

– Ele não pode estar com uma garota na minha casa, Kallie. Faz anos que conheço Wheeler e não acredito que seja do tipo que transa por vingança. E foi você quem quebrou o coração dele… de novo.

– Wheeler estava com outra garota, e ela era linda. Ela

atendeu a porta e deu um pulo quando perguntei quem era. Disse que é sua vizinha.

Suspirei e levei a mão à testa. Nem conseguia imaginar quão aterrorizada Poppy deve ter ficado ao ser alvo da cólera mal direcionada da minha irmã.

– Poppy só está tomando conta de Dolly enquanto não volto. Provavelmente havia ido lá para pegar mais comida ou algum brinquedinho. Não estava com Wheeler. Não que você tenha alguma coisa a ver com as pessoas com quem ele escolhe passar seu tempo depois do que fez.

Ouvi um soluço leve do outro lado do telefone.

– Tenho olhos, Dixie. Ela não parecia nada inocente.

Soltei um suspiro. Não ia gastar meu fôlego explicando por que não era possível que houvesse algo entre Wheeler e minha vizinha deslumbrante. Kallie estava envolvida demais em seu próprio drama para entender que Poppy era digna de pena.

– Você precisa deixar Wheeler em paz. É hora de vocês seguirem caminho separados. Não pode se importar mais com ele agora, após ter jogado fora o que tinham, do que quando estavam juntos. Ele merece mais.

Ela soluçou de novo e assoou o nariz. Afastei o celular do rosto e fiz uma careta.

– E eu, Dixie? E o que eu mereço? Estou com Wheeler desde os catorze. Eu o amo desde antes de entender o que é amar.

Xinguei baixo e afastei o cabelo da testa.

– Você estragou tudo mais de uma vez, Kallie. Ele te perdoou da primeira. Não acho que seja justo esperar que ele, e todos nós, aliás, continue te perdoando pelo mesmo erro. Gato escaldado deve ter medo de água fria.

– Não sei o que vou fazer sem ele.

Ela pareceu genuinamente assustada, e eu não podia culpá-la. Wheeler havia tornado sua vida bastante fácil até então, e agora minha irmã ia ter que encarar que suas ações podiam ter consequências terríveis.

– Você deveria ter pensado nisso antes de ir para a cama com outro cara.

Eu não queria repreendê-la, mas não tinha como evitar o tom de censura em minha voz. Estava muito decepcionada com ela e com suas escolhas. Até eu sentia dificuldade em encontrar o lado positivo de toda aquela confusão.

O celular ficou mudo, e eu quase desliguei, achando que ela tinha ido embora. Mal ouvi quando Kallie sussurrou:

– Era uma garota.

Soltei o celular. Ele bateu no piso e quicou. Tinha certeza de que a tela estaria estilhaçada quando o peguei de volta, mas suspirei aliviada quando vi que se mantinha intacta.

– Você acabou de dizer o que acho que disse?

Foi a vez de Kallie suspirar.

– Não traí Wheeler com outro cara, mas com uma garota. Da primeira vez que fui infiel, achava que havia alguma coisa faltando em nossa relação. O sexo era apenas ok. Wheeler é bem gostoso e faz questão de que tudo seja bom. Mas eu não curtia muito, e ele sabia. Achei que fosse eu. Achei que tínhamos seguido em direções diferentes.

Ela fungou de novo.

– Kallie... – murmurei de leve.

– Eu odiei. Odiei mesmo transar com aquele outro cara. Odiei ter machucado Wheeler. Me odiei. Foi horrível. Quando ele me aceitou de volta e ficamos noivos, disse a mim mesma que ia fazer funcionar, não importava como. Achava que havia algo de errado comigo, mas que podia fazer sumir se simplesmente ignorasse.

– Por que você não disse nada?

Na época do ensino médio, ela havia me visto louca por Remy Archer. Eu sentia algo pelo irmão de Rule e Rome fazia séculos. Tentara a sorte em uma festa, encurralando a metade certinha dos gêmeos Archer e roubando meu primeiro beijo. Havia sido exatamente como Kallie descrevera. Ok. Nada de fogos de artifício, o mundo não se moveu, e ficou evidente que eu estava bem mais interessada em Remy do que ele em mim. Anos depois, quando Remy já havia morrido e Rule estava casado com a melhor amiga dele, a notícia de que Remy era gay se espalhou. Foi um grande choque, e todos que o conhecêramos quando jovem desejamos que ele não tivesse passado tanto tempo fingindo ser alguém que não era. Meu estômago se revirou com a ideia de que minha irmã havia se colocado na mesma situação.

– Porque eu não sabia o que estava acontecendo, Dixie. Eu amo Wheeler, de verdade. Amo a vida que tenho com ele, mas conheci Roni e... saíram faíscas. Sério, foi como se eu estivesse vivendo em branco e preto e, de repente, ela girasse um botão e tudo ganhasse cor. Não queria machucar Wheeler, tampouco podia dizer não a algo que parecia tão certo.

Costuma haver um motivo para pessoas boas fazerem coisas ruins.

Suspirei enquanto as palavras de Church martelavam em minha cabeça.

– Você precisa contar a Wheeler e precisa ser honesta com mamãe e papai.

Aquilo tornaria toda a situação mais fácil de compreender.

– Eu não queria que nada disso tivesse acontecido. Fui falar com Wheeler hoje, mas quando o vi com aquela garota me dei conta de tudo o que ia perder e entrei em pânico. Não sei como viver outro tipo de vida além da que sempre vivi.

Ela estava errada.

– Isso não é verdade. Todos aprendemos a viver uma vida diferente depois do acidente. Leva um tempo e não é fácil, mas você vai acabar dando um jeito. Todos vamos dar um jeito, como uma família, como fizemos antes. É óbvio que a experiência tida com essa garota vale tudo o que você pode perder. Não diminua a importância disso só porque tem medo dos efeitos colaterais de uma mudança tão grande.

– Estou com medo, Dixie. Não quero que ninguém deixe de me amar.

Ela parecia mesmo uma garotinha assustada.

– Ninguém vai deixar de amá-la, Kallie. O amor não vai embora só porque a pessoa que é objeto dele muda. Apenas se transforma com ela. Sinto muito por não estar aí para te dar um abraço. Parece que você está precisando de um.

Ela soltou uma risada seca, e pude imaginá-la com clareza, tentando se reerguer.

– Um abraço viria bem a calhar, mas acho que é hora de virar adulta e tentar consertar a confusão que criei. Contar a verdade a você foi um passo imenso e não doeu o tanto que achei que fosse doer, nem de perto. Você está certa, sabia? – ela soltou o ar. – A experiência com Roni valeu o risco de perder tudo. Eu precisava dela para saber que o que eu tinha com Wheeler nunca iria dar certo a longo prazo. Fiz do jeito errado, mas era a escolha certa. Estou com saudade. Espero que volte para casa logo.

– Vou voltar. E é só me ligar quando precisar.

Conversamos por mais alguns minutos. Quando desliguei estava exausta, como se tivesse sido emocionalmente drenada. Fui para o banheiro e agradeci aos céus quando o encontrei vazio, esperando por mim. Church havia me deixado uma camiseta dobrada na beirada da pia. A sensação de tirar a calça *jeans* e a regata foi boa, e precisei de um minuto para esticar meus membros cansados. A tensão sexual e a posição rígida na garupa da moto estavam impressas em meus músculos e tendões. Mal podia esperar para entrar debaixo da água quente e relaxar um pouco.

Passei xampu no cabelo e senti cheiro de hortelã, então esfreguei o corpo com algo que parecia criado para tirar o fedor de menino adolescente, o que me fez rir. Quando desliguei o chuveiro e me sequei, ri ainda mais ao me dar conta de que a blusa que Church havia deixado para mim era na verdade uma camisa de time de quando ele era adolescente. Uma camisa de um mostarda pouco lisonjeiro com seu nome impresso nas costas em letras marrons e o número vinte e dois. Church sempre havia sido gigante, porque a bainha ia quase até meus joelhos, o que tornava o fato de não estar usando calcinha menos desconfortável enquanto eu atravessava o corredor até seu quarto.

Pensei que Church fosse estar na sala de estar vendo TV ou, melhor ainda, conversando com o pai. Em vez disso, estava diante das fotos no espelho. Sua expressão era melancólica e distante, mas no segundo em que seus olhos encontraram os meus eles voltaram à vida cheios de um calor forte o bastante para escaldar minha pele úmida.

– Vai, time!

Quis fazer graça e conferir alguma leveza ao clima, mas as palavras saíram aos tropeços e marcadas por um convite que eu ainda não sabia se estava pronta a fazer.

Seus olhos se demoraram em meus cabelos molhados, descendo até os dedos dos pés. Quando ficou satisfeito, seus lábios se contorceram tanto que o sorriso preso ali quase conseguiu escapar.

– Joguei por alguns anos. Nada tão sério quanto para Dalen. Gostava das *cheerleaders*, e elas se deixavam convencer a tirar a saia com mais facilidade quando me viam de uniforme – seus lábios se contorceram de novo, e seus dentes chegaram a aparecer. Era um arremedo de sorriso, mas ainda assim um sorriso. – Acho que sempre curti garotas animadas e dispostas a incentivar os outros – ele enrolou um dedo na gola da minha camisa e em seguida deu um puxão. Dei um passo em sua direção, sabendo que ele tinha uma bela visão de onde estava. Fiquei toda arrepiada e senti minha respiração ficar rasa. – O tempo todo eu tentava trazer garotas para este quarto sem que ninguém percebesse. Quando se é filho de um policial, não é tão fácil. Preciso dizer que a primeira que consegui trazer bota todas as outras no chinelo. Você fica bem em minhas memórias, Dixie.

Ele fazia ser difícil resistir. Fazia com que o espaço de que eu necessitava de repente parecesse inútil e doloroso. Fazia com que o modo como eu o queria e o modo como ele admitia precisar de mim parecessem o começo e o fim de tudo que existia entre nós. Não éramos nada além de duas entidades que se desejavam, que viviam para se satisfazer e se render uma à outra. O desejo fazia o fato de ele ser o cara errado, mas certo, parecer insignificante, livre de consequências.

– Cai bem em você deixar que suas memórias sejam felizes, Church.

Arfei um pouquinho conforme seus dedos foram descendo por minha clavícula e chegando à curvatura do seio. A camisa dava fácil acesso a todas as coisas que eu deveria manter fora de seu alcance. Meus mamilos endureceram e se transformaram em dois picos duros ao ouvir o clique audível dele fechando a porta por cima de minha cabeça.

– Você é uma memória que sempre irá me fazer pensar nas coisas boas, linda. Não tenho tanta certeza de que você irá poder dizer o mesmo de mim.

Ele levantou as mãos para segurar meu pescoço. Seu dedão percorreu a linha de minha mandíbula, de modo que precisei inclinar a cabeça e encará-lo. Tantas emoções diferentes passavam por seus olhos que eu não conseguia nomeá-las, mas o tom mais claro no centro se iluminou, e eu senti o calor que emanava como um toque em cada partezinha de minha pele exposta.

– Você vai me esquecer quando sua alma gêmea surgir. Mas eu sempre, sempre mesmo, vou me lembrar de cada segundo que passamos juntos.

Eu ia me entregar a ele de tão cansada que estava de lutar contra algo que eu queria desesperadamente. Precisava tê-lo, precisava ter o que quer que ele estivesse disposto a dar, porque não podia recusar se era Church quem estava oferecendo. Felizes por enquanto era tudo o que poderíamos ter, e precisaria ser o bastante. Eu teria que aceitar minha própria versão do conto de fadas, inclusive o fim, que não envolvia conseguir tudo o que eu desejava. Não haveria história fofa e sorrisos compartilhados para exibir aos filhos, porque, quem quer que viesse depois de Church, e o que viesse, não seria aquele que meu coração reconheceria como seu. Eu nunca poderia esquecê-lo, só ia amá-lo de um modo diferente depois que ele partisse meu coração. O pobre músculo rompido nunca mais funcionaria como antes depois que Church tivesse acabado com ele.

Levantei a mão e segurei seu pulso. Sorri para ele e dei um passo à frente. Senti minhas coxas se apertarem e meu tronco se aproximar de seu corpo tanto quanto possível. O peito de Church subiu e desceu, se esfregando contra o tecido sedoso da camisa, esfregando também meus mamilos durinhos.

Ele abaixou a cabeça, e seus cílios extraordinariamente grandes lançaram uma sombra sobre os olhos vibrantes.

– Tentei de verdade essa coisa de amigo, Dixie. Mas, no instante em que você colocou meu pau em sua boca, ficou impossível. Nunca quis deixar ninguém mais entrar, mas toda vez que te ofereço mais um pedaço do passado sinto você lá… até o fim.

Suas palavras dispararam um rastro ardente de prazer por minha coluna. Eu queria estar lá porque ele estava o tempo todo comigo. Debaixo da minha pele. Enterrado entre cada batida errática do meu coração. Em meio a todos os lugares que palpitavam e doíam com nada mais que o som de seu sotaque arrastado. Machucava ele não parecer radiante com o fato de eu estar me imprimindo nele do mesmo modo como ele estava impresso em mim, mas eu receberia com alegria tudo o que conseguisse em se tratando de Church.

– Quero fazer você sorrir. Quero que foque nas coisas boas, em vez de nas ruins, para se lembrar de como sorrir.

Eu queria aquilo quase tanto quanto queria que ele me amasse de volta.

Deixei um gritinho estrangulado escapar quando sua mão desceu por minhas costas, por baixo da camisa. Ela parou sobre minha bunda nua, e ele me puxou para si. Sua virilha afundou em meu estômago, e eu soube que ele estava pronto, desejoso, apto a cumprir sua promessa de me dar mais do que eu já havia tido na vida.

– Me dê algo para sorrir, e vamos ver o que posso fazer por você, linda.

Aceitei o desafio.

Subi na ponta dos pés e plantei meus lábios nos dele enquanto sua mão encontrava o caminho por minha bunda e minha coluna, levando a camisa consigo. Em questão de segundos, eu estava nua diante dele, sendo devorada por seu olhar esfomeado. Church deu um passo na minha direção, me forçando a recuar. Ele não tirou os olhos de mim em nenhum momento enquanto avançava, e eu tive a sensação de que estava sendo conduzida para o ponto exato em que ele me queria. Havia algo infinitamente excitante em ser perseguida por um homem que não costumava ter trabalho para dominar a presa. Também gostava da ideia de ser desafiada, principalmente diante do trabalho que havia me dado conseguir a mais breve abertura nas sombras que obscureciam quem ele de fato era.

A parte de trás dos meus joelhos bateu na cama, e eu caí. Antes que conseguisse respirar, ele estava de joelhos entre minhas pernas, usando os ombros largos como apoio para me manter aberta e exposta. Church me puxou para a beirada da cama e inclinou a cabeça de modo a esfregar a barba por fazer na parte interna e supersensível de minha coxa. Aquilo me deu cócegas. Fez meu peito se apertar e os músculos da barriga se contraírem. Ele estava me atiçando como se quisesse me devorar, mas sem conseguir decidir que parte de mim queria colocar na boca primeiro.

– Você é, sem dúvida nenhuma, a coisa mais linda que já vi, Dixie.

Ele percorreu a lateral de meu joelho e a parte interna de minha coxa com a ponta do dedo até chegar às dobras úmidas que já pulsavam alertas. Meu corpo todo se contraiu com seu leve toque, e eu quase caí da cama quando aquele dedo perigoso deu uma volta inesperada para entrar em mim.

– Você é a porra de um sonho. Tão quente. Tão apertadinha. Molhada pra cacete e pronta pra mim. Se eu soubesse que você era gostosa assim, não teria desperdiçado minha oportunidade fodendo sua boca espertinha. Você é muito boa com ela, mas essa vagina é o mais perto do céu que já cheguei.

Pisquei, porque não estava acostumava a ouvi-lo falar tanto e definitivamente não estava acostumada a ouvi-lo dizer coisas tão deliciosas e safadas para mim. O jeito como ele arrastava as palavras e as fazia rolar por minha pele já superestimulada fazia minhas mãos agarrarem as cobertas e meus quadris se arquearem para cima, buscando cada sílaba, cada respiração.

– Gostei de ter você na minha boca.

Eu estava arfando, e a respiração entrecortada dificultava minha fala. Church enfiou outro dedo dentro de mim e usou a ponta do dedão para circular o pequeno botão escondido de prazer que, àquela altura, estava inchado e clamando por atenção.

– Que bom. Porque planejo passar por lá tanto quanto possível nos próximos dias, pelo menos quando não estiver enterrado nessa delícia que está esperando por mim bem aqui – seus dedos entravam e saíam, carregando umidade com eles e fazendo com que eu me retorcesse. Era uma carícia simples, mas, vinda dele, era como se eu estivesse sendo tocada pela primeira vez na vida. – Passei por muitos lugares nos últimos anos. Nunca encontrei um no qual quisesse ficar – seu dedão apertou um pouco meu clitóris latejante, me fazendo querer gritar. Muito consciente de que seu pai e seu irmão estavam em algum lugar não muito distante, fechei a mão em punho e enfiei na boca. Meus dentes afundaram em minha pele com força o suficiente para deixar uma marca, o que o fez rir. – Eu poderia ficar aqui para sempre, bem aqui, onde você é toda rosada e linda. Você não consegue controlar seu desejo por mim, o que me faz sentir o rei de tudo. Poderia me convencer de que o lugar certo para mim é entre suas pernas, Dixie.

Meu corpo inteiro tremia enquanto ele me fodia com os dedos. Ele observava tudo, cada detalhe, cada pequeno movimento. Eu nunca estivera sob um escrutínio tão intenso e íntimo. Fazia meu sangue parecer grosso demais para minhas veias. Meus músculos tremiam conforme minhas terminações nervosas se despertavam em alerta. Church estava me levando à beira do precipício e queria observar enquanto me empurrava dali. Ele me conduzia a um orgasmo que ambos sabíamos seria inesquecível e não tinha planos de parar antes que eu chegasse lá.

Com o punho ainda dentro da boca e as pernas se remexendo sem parar, mesmo apoiadas em seus ombros, não consegui controlar minha outra mão, que encontrou a pontinha suave de meus seios. Meus mamilos rígidos estavam desesperados por atenção. Com os dedos dei um leve beliscão em meu bico. Senti a resposta do corpo até os dedões do pé e ouvi Church gemer baixo quando o canal escorregadio que ele torturava com seu toque habilidoso teve um espasmo e pulsou em volta de seus dedos. Certamente ele tinha gostado daquilo e queria sentir o gosto do meu prazer.

Seus dedos grossos e desbravadores sumiram apenas para dar lugar ao exame de sua língua, a qual não parava de girar. Arfei com o punho ainda na boca, e os dedos que brincavam com o mamilo imediatamente pareceram perder a habilidade de fazê-lo diante da sensação que se seguiu à primeira lambida. Minhas pernas se arquearam e minhas costas se fecharam em sua cabeça. Ele mordeu meu clitóris com a maior leveza possível, e tudo dentro de mim se reduziu a nada mais que pontinhos de luz brilhando e piscando conforme Church tocava e degustava. Eu estava prestes a fazer exatamente aquilo de que ele dizia se arrepender, desperdiçando minha primeira chance de tê-lo gozando em sua boca muito talentosa. Church parecia determinado a igualar o placar, mas eu o queria dentro de mim, queria meu corpo cobrindo cada parte daquela ereção impressionante que esticava a parte da frente de sua calça assim que ele me derrubou na cama e no esquecimento.

Ele estava usando a ponta da língua para lamber rapidamente a carne distendida do meu clitóris, então tive dificuldade de articular as palavras para mandá-lo parar. Church levantou a cabeça e se afastou de imediato, derrubando minhas pernas dos seus ombros. Eu sabia que precisava agir com rapidez, antes que ele entendesse tudo errado, então reuni as forças que não tinha e quase caí por falta de coordenação enquanto escorregava para fora da cama e para seu colo. Ficamos olhando um para o outro com o peito subindo e descendo, então agarrei sua camiseta e tentei tirá-la. Suspirei de prazer quando ele fez o que apenas os homens sabiam fazer, agarrando o colarinho com uma única mão e tirando a blusa de uma só vez. Minhas mãos formigaram de tesão ao ver toda aquela carne dourada e perfeitamente imperfeita nua e à disposição do meu toque ganancioso.

Abaixei a cabeça e passei os lábios por uma cicatriz especialmente feia que percorria a linha de sua clavícula.

– Quero que minha primeira chance com você termine com nós dois gozando ao mesmo tempo. Quero você dentro de mim. Quero saber qual é a sensação de estarmos juntos nisso.

Ele emitiu um ruído que poderia ser uma risada, então levou a mão até meu rosto e o inclinou para poder me beijar. Todo o desejo que eu tinha por ele estava naqueles lábios. O jeito como ele me fazia querer e o jeito como me fazia sentir necessidade voltaram à minha boca quando ele me beijou profundamente. O colchão afundou com nosso peso conforme ele me pressionou para tentar alcançar a jaqueta de couro. Eu o beijei de volta enquanto ele revirava os bolsos, passeando com minhas mãos por sua enorme quantidade de músculos flexíveis enquanto ele me segurava no colo e procurava freneticamente por alguma coisa no escuro.

A embalagem metálica de uma camisinha brilhou, mas os dentes que Church revelou pareciam ter milhares de watts a mais. Não foi um sorriso completo, mas já era alguma coisa. Não havia dúvida de que aquele momento entre nós o fizera esquecer que ele não era o tipo de homem que sorria.

– Eu sabia que isso viria a calhar. Sempre vale a pena estar preparado para a batalha.

Eu não tinha certeza de gostar daquela comparação entre sexo e guerra, mas estava ocupada demais abrindo sua calça e puxando seu pau duro para fora para discutir seu uso de palavras.

Sua ereção pesada pulsou em minha mão. Sua cabeça já estava melada do líquido pré-ejaculatório e apontava para mim como se eu soubesse exatamente onde enfiá-la. Circulei sua pele com o dedão e mordi o lábio inferior conforme seu pau tremeu em minha mão. Church me passou a camisinha, e eu pude ver o dourado em seus olhos brilhando para mim. Não havia como voltar a fingir que eu não era nada além de uma amiga depois daquilo, não que eu estivesse me saindo muito bem antes de ter seu pau em minhas mãos.

Rasguei a embalagem com os dentes e me demorei ao abrir a camisinha sobre a considerável extensão. Fiquei feliz que ele estivesse preparado, porque sexo seguro nem havia passado por minha mente quando decidi me jogar com tudo no trem do desastre. Eu gostaria de pensar que tinha noção o bastante para esperar até estarmos ambos protegidos, mas Church subiu à minha cabeça mais rápido que tequila, então não podia dizer que eu não teria tomado uma péssima decisão, ainda pior por não ser capaz de dizer não mesmo quando realmente precisasse.

Senti o tecido áspero do *jeans* contra minhas coxas quando ele me levantou um pouco para depois me aproximar de seu pau duro. Havia algo de muito sensual em estar totalmente nua e descoberta enquanto Church mantinha a maior parte das roupas. Era meio que um reflexo da abordagem que tínhamos em relação à nossa relação. Eu era transparente e aberta sobre o que sentia por ele, desde o início, enquanto Church apenas começava a revelar partes de si para mim, mantendo enormes porções ainda fechadas.

A ponta de seu pau passava de maneira provocadora em minhas dobras molhadas. Sua cabeça grossa se esfregava em meu clitóris ainda sensível, o que fazia meus olhos se revirarem. Ele repetiu o movimento algumas vezes enquanto eu abraçava seus ombros e afundava o quadril nessa carícia. Meu corpo implorava por ele, que parecia gostar de me torturar. Gemi em desespero e enfiei os dedos em sua nuca. Beijei-o com força e enfiei os dentes em seu carnudo lábio inferior.

Finalmente Church usou o dedão para dirigir seu pau duro para a minha entrada agora ensopada e sedenta. Arfei e tremi quando ele escorregou para dentro de mim e me escancarou e abriu ainda mais. Eu nunca havia estado com alguém tão bem dotado quanto Church. Podia senti-lo em toda parte. Podia senti-lo tocar cada nervo. Podia sentir cada partezinha de minha vagina se mover e se distender para acomodá-lo. Sentia meus músculos relaxarem e se contrairem no trabalho de levá-lo cada vez mais fundo. Podia sentir cada tremor e oscilação enquanto o prazer se acumulava em minha coluna e estourava em minhas veias. Aquilo era mais do que sexo. Era ser reivindicada. Era ser invadida e controlada. Era ser conquistada pelo rei de tudo, que ia me tornar rainha do que era mais importante para ele.

– Eu me enganei – senti sua voz áspera em meu pescoço. – Se tem algo melhor que o céu é a sensação de estar dentro de você.

Ele aproveitou a pegada em meu quadril para me incitar a me mexer. Comecei a subir e descer, sentindo seu pau abrir minha carne sensível e inchada a cada escorregada. Meus olhos se reviraram, e meus dedos dos pés se contraíram. Sua mão livre subiu por minhas costelas e abriu caminho até meus peitos pesados, que pulavam. Seu dedão circulou um mamilo, e sua cabeça se inclinou de modo a pegar o outro no calor de sua boca. A sensação dupla fez com que eu jogasse a cabeça para trás e gemesse para o teto. Eu já não me importava mais se alguém iria nos ouvir.

Eu o montei com força.

Rápido.

Feroz.

Com violência.

Senti seus dedos afundarem em meus quadris. Sabia que ia ficar roxo, mas nem liguei. Seus dentes continuavam mordiscando meu mamilo enquanto eu arfava em seu ouvido cada vez que nossos corpos colidiam. Podia sentir o orgasmo chegando. Ele me empurrava na direção do precipício no qual eu tinha medo de cair.

E eu sabia que a única pessoa que saberia onde procurar depois que eu mergulhasse era aquela me conduzindo aos limites de um prazer tão intenso que ia mudar quem eu era e o que estava disposta a aceitar pelo resto de minha vida.

– Church.

Sussurrei seu nome na escuridão e deixei meus lábios pousarem na curvatura de seu ombro. Senti sua pele quente e o gosto de sal do suor.

– Cacete, Dixie, você faz ser difícil me lembrar de por que eu acreditava ser uma boa ideia me manter distante de você.

Soltei um gritinho surpreso quando ele se levantou do nada e nos tirou da cama. Church segurou meus quadris e me incentivou a envolver sua bunda gostosa com as pernas. Cruzei os tornozelos em suas costas e grunhi quando ele me mandou enfiar o dedo em mim mesma. Obedeci, escorregando em minha própria umidade e quase ronronando de prazer quando seu pau duro tocou os nós dos meus dedos ao meter em mim.

Meu toque era muito mais leve do que o dele ao massagear o clitóris. Meus dedos mal faziam contato enquanto eu acariciava o botãozinho inchado. Sussurrei seu nome outra vez, sem ter muita certeza de estar pedindo por mais ou por misericórdia. De qualquer maneira, minha leve carícia era tudo de que eu precisava para ir além.

Meu corpo resistiu às investidas e se agarrou em seu pau que entrava e saía. Esguichei prazer e vazei desejo em uma enxurrada que não aceitava ser interrompida. Um som animalesco e gutural saiu do fundo de seu peito. Ele me disse que eu era melhor do que tudo o que havia vindo antes. Disse que eu era linda, que a sensação era linda. Ele me prometeu que eu ia senti-lo pela manhã e toda vez que me movesse no dia seguinte. Disse que nunca havia tido nada perfeito, mas, se tivesse que adivinhar como era, seria como nós dois juntos. Ele vivia me dizendo que era um mentiroso... mas, em cima de mim, dentro de mim... acreditei em cada palavra sua. A verdade estava em suas mãos, em sua boca, no modo como seu pau entrava e saía de mim, como se não pudesse se fartar de mim... de nós dois juntos.

Quando ele gozou, seus olhos pareceram um caleidoscópio de paixão e prazer colidindo. Eu me perdi na beleza pura de tudo o que era Dash Churchill. Estava difícil manter os olhos abertos, mas nada conseguiria afastar meu olhar.

Ele respirava com força e de modo irregular quando largou seu enorme corpo sobre o meu. Church estava acostumado com a falta de luz, então eu sabia que ele podia me ver bem, enquanto eu lutava para absorver tudo o que estava escondido na escuridão.

Ficamos observando um ao outro, os dois modificados de maneiras que não podiam ser descritas, enquanto nossos corações voltavam ao normal. Coloquei as mãos em seu rosto e levantei a cabeça para poder beijá-lo. Então senti seus lábios se contorcerem e se moverem. Devagar a princípio. Enferrujados com a falta de prática. Ele sorriu enquanto o beijava, e eu conseguia sentir aquilo com minha própria alma.

Eu havia lhe dado algo bom para substituir as coisas ruins, e ele havia me dado algo que seria valorizado e guardado dentro de mim, mesmo quando nossos momentos juntos não fossem nada além de minha lembrança favorita.

CAPÍTULO 12

Church

NEM CONSEGUIA ME LEMBRAR DE UMA NOITE NA QUAL EU HAVIA DORMIDO direto, sem acordar. Meu corpo estava treinado para um sono leve, despertando ao menor sinal de que havia algo errado. Eu nunca conseguia descansar quando estava em um lugar diferente e raras vezes acontecia de me levantar depois do sol, mesmo após trabalhar até tarde no bar, como vinha acontecendo. Trata-se de um instinto adquirido ao longo dos anos em que eu cochilava sob o céu marcado por disparos de armas e mísseis. Aquilo havia salvado minha vida mais de uma vez.

Minha casa de infância não era exatamente um território hostil, e ficar deitado com Dixie, totalmente espalhada em cima de mim e bêbada de orgasmo, definitivamente não era ameaçador. Havia alterações suficientes em minha rotina para que eu passasse a noite sem fechar os olhos, mas o oposto acontecera. Eu havia dormido melhor do que qualquer noite nos dez anos anteriores. Abracei o corpo quente e maleável da mulher que havia mexido com minha mente… e com outras partes do meu corpo. Fechei os olhos e divaguei como se eu não tivesse o tipo de história por trás de mim que em geral levava a pesadelos mais do que a sonhos agradáveis. Eu estava mais do que cansado. O reencontro com minha família, levar bronca de Elma, pensar em quem poderia estar tentando tornar aquela viagem ainda mais difícil do que já era, tudo pesava sobre mim. Então Dixie fez o que quis com o resto do meu corpo, com cada músculo que eu tinha, e cada tendão e osso pareciam ter sido esmagados. Eu nunca havia me considerado um homem que poderia se deixar amolecer por uma mulher, mas ela me deixava maleável e flexível com nada além dos gemidos deliciosos e das exigências perversas sussurrados em meu ouvido. Eu havia lhe dito que lhe daria o melhor do que eu tinha. Não havia antecipado a necessidade, o desejo opressor de lhe dar o melhor do meu melhor, que era o que ela me dava.

Acordei quando Jules e Dalen já perambulavam pela casa, se arrumando para o trabalho e para a escola, respectivamente. Eu os ouvi do outro lado do corredor, na cozinha, e considerei levantar e preparar o café para a mulher que ainda respirava devagar e de forma regular sobre meu peito. Sua confusão incontrolável de cachos fazia cócegas em meu queixo e se enroscava na barba que eu ainda não havia tido tempo de fazer. Ela tinha uma mão sob a bochecha, bem em cima do meu coração, e o traidorzinho pulava diante da constatação de que, se eu ousasse deixar Dixie tocá-lo, ela iria fazê-lo com a mais delicada reverência e o cuidado mais gentil. Seu outro braço estava na lateral de seu corpo, preso pelo meu próprio braço, apoiado na curvatura de seu quadril. Eu não fazia ideia de quando minha palma estabelecera residência na protuberância deliciosa de sua bunda, mas não ia reclamar e não tinha a menor intenção de tirá-la dali.

Eu gostava das camisetas bobas com dizeres com as quais ela

parecia preferir dormir, mas, no que dependesse de mim, ela não deitaria naquela cama com nada que cobrisse seu corpo pelo resto do nosso tempo juntos. Eu continuava a encontrar lindas sardinhas em que ainda não havia passado a língua e não teria como achar todas se mantivesse suas curvas luxuriosas escondidas.

Uma de suas pernas estava aninhada entre as minhas. Embora minha ereção matinal estivesse sempre alerta e pronta para o trabalho antes do restante do meu corpo, naquela manhã parecia insistir para eu me despertar de vez e aproveitar que havia um amontoado sem fim de carne sedosa de mulher pressionada contra ela, quente da noite de sono e mole com a satisfação prolongada. Era gostoso tê-la me envolvendo. Como se aquele fosse seu lugar.

Meus dedos acariciaram aquela pele macia como se tivessem vontade própria. Dixie murmurou alguma coisa em meio à sonolência e esfregou o nariz na linha que dividia meus peitorais. O músculo pesado se contraiu involuntariamente, e eu puxei o ar com cuidado quando seu joelho atingiu uma parte muito sensível de minha anatomia sobre a qual estava apoiado. Meu pau se contorceu e se levantou, apontando para a barriga dela. Eu não saberia dizer se ela gostaria de acordar daquele jeito, mas a mão na lateral do meu corpo se moveu de modo a descansar sob as costelas, e seu nariz cheio de sardas se esfregou contra meu peito como uma gatinha querendo carinho. Tirei a mão que descansava atrás da cabeça e enfiei os dedos no emaranhado de seus cabelos. Eu adorava o jeito como aqueles fios se acumulavam e enrolavam em meus dedos. Era a única armadilha para a qual eu me dirigia por vontade própria, de novo e de novo.

– Acordada?

Minha voz soou mais áspera que o normal, e dava para ouvir o toque de desespero nela. Eu queria muito, muito, que ela estivesse acordada, ou pelo menos acordá-la de uma maneira que não conseguiria esquecer tão rápido. Havíamos nos pegado forte na noite anterior, repetidas vezes. Podia sentir isso em minhas coxas e em minhas costas, então não tinha dúvidas de que Dixie estava dolorida e sensível em todos os lugares nos quais eu gostaria de deixar ainda mais marcas e lembranças.

– Sei que ainda não é meio-dia, mas garanto que você não vai se arrepender de acordar agora.

Não deixei escapar que meu pedido para me deixar entrar tinha mais de um sentido. Eu queria mergulhar em toda a doçura que ficaria molhada e pronta para mim em um instante, mas também estava começando a sentir que precisa ir além da fachada calorosa e bondosa que estendia a todos para chegar a seu coração.

A ponta de seu nariz esfregou minha clavícula quando ela balançou a cabeça e murmurou alguma coisa que não consegui decifrar, mas sua perna se moveu por entre as minhas, daquela vez de forma mais deliberada. Como uma carícia. Como se esfregasse meu pau duro, deslizando-se para cima e para baixo, fazendo com que ele latejasse e eu tivesse que deslizar os quadris sob seu corpo para aprofundar a sensação. Ela me deixava desesperado e me arrebatava com muito pouco esforço. Eu queria levá-la para a cama desde o instante em que a conhecera, mas agora que estava ali com ela parecia muito mais significativo do que gozar e ficar com Dixie. Parecia algo por que eu estava lutando, algo pelo que estava trabalhando sem nem saber.

Enterrei o rosto na lateral de seu pescoço e lambi aquela maciez de alto a baixo. Seria fácil manobrá-la de maneira que ficássemos cara a cara, e grunhi satisfeito contra a sua pele, agora molhada por minha boca, quando sua perna se soltou da minha me dando acesso irrestrito a seu centro rosado e lindo. Eu estava percorrendo o caminho até sua orelha com beijos e passando a mão em suas costas enquanto continuava segurando sua bunda com a outra quando ouvi vagamente o som de uma música, que a princípio não reconheci, vindo de algum lugar no chão.

Eu estava todo enrolado em Dixie, com a ponta do meu pau perfeitamente aninhada entre suas dobras cada vez mais quentes, úmidas e prontas quando ela fez um barulho indicando agora estar totalmente desperta. Seus olhos se arregalaram, e ela me encarou por um minuto antes de seus dentes afundarem no lábio inferior. Ela pôs as mãos em meus ombros e se afastou um pouco, até que minha pegada afrouxasse e ela conseguisse rolar para a beirada da cama. Dixie não estava com sua carranca matinal de sempre, ou com a irritação estampada em seus olhos sonolentos. Era bom saber que, se eu a acordasse com preliminares, suas garras iriam se manter retraídas, ainda que não fosse me importar caso ela as cravasse em mim.

– É Wheeler. Preciso atender. Teve uma confusão com minha irmã ontem, acho que ele deve estar precisando conversar.

Ouvi suas mãos tatearem o chão, onde tudo havia caído depois de nossa atividade na cama. Sacudi a cabeça para ordenar os pensamentos e franzi a testa para suas costas, ainda que ela não pudesse ver minha expressão.

– Não pode ligar de volta em um momento mais oportuno?

Eu sabia que ela movia montanhas pelas pessoas com quem se importava, mas não havia como ignorar a maneira como seu corpo respondia ao meu. Dixie queria o que eu estava prestes a lhe dar, meio dormindo ou não.

Ela me olhou por cima do ombro com suas sobrancelhas ruivas franzidas, embora eu não soubesse se para mim ou para a interrupção.

– Só vai levar um segundo. Preciso estar presente caso ele queira conversar.

Também franzi as sobrancelhas, mas faltava na minha careta o calor da dela. Na pressa de atender a ligação, Dixie se esqueceu de puxar os lençóis, e seus mamilos rosados e carnudos despontavam como se fossem as mais deliciosas framboesas. Aquele era o tipo de café da manhã na cama que me interessava. Minha careta logo se transformou em um sorriso irônico quando perguntei:

– E o que *você* quer? Suas prioridades nunca vêm antes?

Sua careta se aprofundou enquanto ela cumprimentava o cunhado pelo telefone. Talvez não gostasse de eu apontar o fato de ela sempre colocar os outros em primeiro lugar, mas em algum momento aquela garota precisaria ter o que queria e que todo o resto se danasse. Senti meus lábios se retorcerem enquanto continuava a observá-la. Suas bochechas ficaram vermelhas, e Dixie levantou a mão em um esforço inútil para me afastar quando me inclinei para ela. Dixie queria sorrir. Eu ainda não estava lá, mas senti que estava chegando perto ao me dar conta de que podia me comportar tão mal quanto quisesse, porque não ligava de ela estar ao telefone tentando salvar a vida de outra pessoa. Só ligava para o fato de ela me querer, e não havia necessidade de negar aquilo a nenhum de nós dois. Dixie merecia vir em primeiro lugar de vez em quando... na verdade, seria minha missão garantir que ela viesse primeiro sempre que estivéssemos juntos pelo futuro próximo, e não apenas na cama.

– Não, não corra atrás de Poppy, Wheeler. É a pior coisa que você pode fazer. Se for bater na porta dela, Poppy não irá abrir.

Seus olhos se arregalaram quando a toquei, arrastando-a de volta para a cama. Dixie levantou a mão e sacudiu a cabeça freneticamente, enquanto eu mantinha a expressão em meu rosto. Ignorei sua mão e coloquei seu corpo muito menor sob o meu, prendendo-a com meu peso.

Dixie continuou a me encarar enquanto eu pegava sua mão solta e a prendia ao seu lado na cama. Sua resistência só serviu para abrir espaço entre suas pernas, o que aproveitei de imediato. Peguei um de seus mamilos rígidos e oferecidos entre os lábios e usei a pontinha da língua para circulá-lo. Seu corpo ficou imóvel, e eu a ouvi inspirar fundo e assegurar ao homem tatuado do outro lado da linha que estava bem.

– Foi só um pigarro. Por que está tão preocupado com Poppy? Sei que Kallie pode ser intensa, mas você não deveria estar preocupado com o que ela foi te dizer, em vez de como o confronto afetou uma completa desconhecida?

Ouvi uma voz masculina do outro lado e tirei vantagem do fato de Dixie ter trocado o celular de orelha para meter a boca em seu outro seio. Eu os queria brilhantes com minha saliva. Queria que ficassem escorregadios o bastante para deslizar meu pau entre eles até que a pontinha tocasse seus lábios. Aquela imagem me fez grunhir, ainda com o bico rígido preso entre meus dentes. A vibração fez suas pernas, que antes se agitavam contra as minhas, se deixarem imobilizar de um jeito diferente, menos combativo e incansável.

– Hã... quê? Não, não, estou ouvindo. Não estou do lado de Kallie. Só acho que precisa ouvir o que ela tem a dizer. Isso não vai fazer a traição doer menos, mas vai ajudar os dois, e muito, a chegarem a algum tipo de ponto-final. Acho que minha vizinha deveria ser a menor de suas preocupações no momento.

Suas palavras saíam cada vez com maior rapidez. Em vez de tentar se livrar de mim, Dixie empurrava o peito contra minha boca enquanto eu lambia sua clavícula e parava para chupar a concavidade na base do seu pescoço, com força o suficiente para deixar uma marca. Ela soltou um ruído dolorido e moveu as pernas de forma mais agressiva contra as minhas.

Mas eu não havia terminado de mostrar que ela devia colocar suas vontades e suas necessidades acima das dos outros de vez em quando e estava gostando muito da tortura lenta e doce de tocá-la sem o luxo de sentir suas mãos em mim. Abracei-a e rolei com ela para que suas costas ficassem coladas em meu peito. Meu pau latejante encontrou um lar feliz na entrada de sua bunda. A carne redonda que pressionava minha ereção me fez puxar o ar alto o bastante para a pessoa com quem Dixie se esforçava para manter uma conversa ouvir.

– Minha nossa, Wheeler. Quer mesmo que eu comece a explicar todos os motivos pelos quais não é da sua conta quem fez esse barulho? Você tem o bastante com que se preocupar sozinho.

Ela xingou de leve e virou a cabeça para me olhar por cima do ombro enquanto eu agarrava seu joelho e o apoiava na lateral do meu. Ela podia fingir que estava brava o tanto que quisesse, mas aquela entrada dos sonhos não mentia. Estava brilhante, viva e sedenta. Seu desejo era evidente, e eu não ia negar a nenhum de nós a gratificação do outro mundo que éramos capazes de dar um ao outro.

– Olha, tenho que desligar.

Ela tinha mesmo. Segurei seu joelho e o levantei um pouco, para que pudesse incitar sua abertura inchada com meu pau. Seu corpo se jogou contra o meu, cutucando minha carne rígida até eu não poder mais resistir à tentação, então meti fundo nela. Dixie soltou um ruído estrangulado, e concluí que Wheeler o reconhecera, porque uma fração de segundo depois ela estava dizendo:

– Fala com Kallie. Depois vejo como Poppy está. Tchau.

O celular caiu na cama enquanto eu começava com as estocadas.

Dixie ainda olhava por cima do meu ombro, mas o calor da raiva rapidamente se transformou em tesão.

– Estou puta com você.

As palavras saíram sem nenhuma força, e não pude deixar que outro retorcer de lábios escapasse quando a mão que até então segurava o celular se dobrou para trás para segurar minha nuca, enquanto eu cravava os dentes na reentrância delicada da base de seu pescoço.

– Não acredito em você. Não parece brava. Parece a fim de gozar. Parece que *precisa* gozar.

Naquela posição, atrás dela, eu não conseguia meter tão

fundo. Minhas estocadas eram rasas, lentas e deliberadas. Dava para sentir como meu pau se esfregava em sua carne macia e em seus nervos sensíveis. Era uma tortura deliciosa para nós dois, mas de jeito nenhum íamos nos contentar com o ritmo provocativo.

– Você parece querer algo só pra si, Dixie. Aproveita. Pode gozar primeiro.

Ela jogou a cabeça para trás com tanta força que precisei tirar o queixo do caminho para evitar o nocaute. Passei os dedos pela leve protuberância de sua barriga, parei para circular seu umbigo diminuto com o mindinho e então segui meu caminho até o ponto pelo qual estávamos conectados. Escorreguei os dedos por sua umidade e abri suas dobras escorregadias para conseguir enfiar meus dedos desbravadores onde ela precisava. Seu clitóris pulou ao primeiro toque, e seu corpo inteiro se arqueou para a frente e se afastou do meu enquanto eu circulava o pequeno botão incessantemente. Beijei sua nuca por baixo da cachoeira de cabelos e soltei um gemido estrangulado quando uma de suas mãos espertinhas desapareceu entre nós, de modo que toda vez que eu me aproximava de seu calor a base do meu pau deslizava por sua palma. Ela usou as pontas dos dedos para provocar a parte supersensível que pesava entre minhas pernas, e eu soube que estava no meu limite, quando se tratava de uma trepada gentil e brincalhona. Eu queria pegar mais leve com aquela mulher que brilhava tão forte, mas ela fazia com que me sentisse selvagem. Me fazia querer tomar mais e mais e mais um pouco dela. Queria mais de tudo o que ela me oferecia, porque estava determinado a lhe devolver tudo. Sentia que tinha algo a provar, mas não fazia ideia do que era.

Brinquei com o clitóris de Dixie até sentir seu corpo começar a tremer contra o meu. Eu não podia encerrar daquele jeito, mas não tinha problema nenhum em segurá-la e assisti-la se desfazendo em meus braços enquanto gozava. Dixie virou a cabeça e seus olhos buscaram os meus, obscurecidos de desejo e desespero.

– Quer que eu goze primeiro?

Sua voz saiu em um mero sussurro enquanto ela arfava e se movia comigo.

– Quero que tenha o que deseja.

Minhas palavras fizeram com que seu corpo se apertasse contra o meu. Tudo nela era como uma armadilha de cetim da qual eu não desejava escapar. Ficaria feliz em ser seu prisioneiro para sempre.

– Então quero que me foda de verdade e que goze comigo.

Bem quando eu achava que não havia como Dixie ser ainda mais perfeita... Talvez eu conseguisse levar nosso relacionamento adiante se não tivéssemos que sair daquela cama.

Beijei sua bochecha e soltei o ar em sua pele macia.

– Posso te comer se não estiver dolorida, mas não posso gozar com você, linda. Acabou a camisinha.

Tínhamos acabado com meu estoque limitado na noite anterior. Já era perigoso o bastante ficar dentro dela como eu estava, mas parecia ser um risco que eu não conseguia evitar.

– Ah.

Seus olhos se arregalaram e seus dentes se cravaram em seu lábio inferior.

Levantei uma sobrancelha e tirei meu pau de seu calor tão

receptivo, deixando um rastro de umidade na parte interna de sua coxa. Não conseguia desviar os olhos daquele brilho tentador. Antes de eu conseguir dizer que não havia problema, que meus planos eram mesmo fazê-la gozar independentemente dos obstáculos, Dixie se afastou de mim, apoiou as mãos no colchão, levantou sua bunda perfeitamente redonda e gloriosa e me lançou um olhar safado por cima do ombro. Ela era linda, fofa e charmosa sempre, mas, inclinada daquele jeito, com a vagina brilhante e molhada entre suas pernas, sua bunda pronta para me receber, parecia mais gostosa do que nunca. Seu cabelo rebelde caía sobre seus ombros claros, e eu não consegui evitar passar os dedos por cada vértebra de sua coluna.

– Confio em você, Church.

Os olhos dela imploravam para que eu fizesse a coisa certa. Eu deveria dizer que era uma má ideia, ainda que Dixie alegasse querer. Eu vivia dizendo que não era o homem certo. Não era o homem perfeito nem nada perto daquilo. Só era o homem que ia desfrutar dela de todos os modos possíveis até que outro melhor aparecesse.

– Você não deveria confiar, mas sorte minha que confia.

Peguei um punhado de cabelos e puxei sua cabeça para trás ao mesmo tempo em que fechei minha outra mão sobre seu quadril. Eu adorava ter onde pegar. Fazia com que ela parecesse menos frágil, capaz de suportar todas as coisas que eu queria lhe fazer.

Eu me inclinei em sua direção, me curvando na direção do arco tentador de suas costas, e puxei seus quadris na direção dos meus. Ela já estava molhada e pronta depois de tudo o que havíamos feito, então entrei com facilidade. Ambos arfamos alto quando fui fundo, tocando pontos dentro dela que fizeram minha cabeça girar e meu coração bater erraticamente. Mantive sua cabeça puxada enquanto ela se jogava contra mim. Deixei meus lábios percorrerem a lateral de seu pescoço enquanto ela me segurava no colchão usando o outro braço.

Mergulhei nela. Meti com toda a força, saindo cada vez mais molhado. Minha visão ficou embaçada, e o ar começou a me faltar. Ela se jogava contra mim com muita violência quando eu investia. Nossos corpos batiam um contra o outro, preenchendo o quarto com os ruídos do sexo e da satisfação. Graças a Deus eu sabia o que fazer quando finalmente consegui montar em uma garota nua no meu quarto. Ficava feliz de não ter nenhuma outra experiência com a qual comparar aquela. Tudo antes de Dixie parecia pálido e indigno de nota.

Dixie já estava no auge e perto do fim, por tudo o que eu havia feito antes. Ela gemia com a voz grave e alta. Pensei por um minuto se meu pai e meu irmão já haviam saído de casa, então me dei conta de que não me importava. Os ruídos que ela fazia só me incentivavam, me imploravam para ir mais fundo, de modo que não iria lembrá-la de que talvez não estivéssemos sozinhos.

A curva de seu pescoço era deliciosa. Queria enfiar meus dentes nela. Queria minhas mãos em volta dela. Queria lambê-la e chupá-la, enquanto o sangue corria furiosamente em suas veias. Podia sentir a pulsação por baixo de sua pele branca. Meu saco se enchia e já podia sentir o prazer surgir na base da coluna. Eu estava perto demais, e ela ainda não havia gozado. Precisava conseguir que o fizesse, e rápido.

Soltei seu cabelo e coloquei uma mão entre suas escápulas, de modo a fazê-la baixar a parte superior do corpo no colchão.

Ela descansou a bochecha no edredom enrolado enquanto eu pegava seu quadril em minhas mãos e investia com toda a força. Não parei para pensar que ela ainda podia estar sensível da noite anterior – minha única intenção era levá-la ao extremo, para que ficasse tão fora de controle quanto eu.

Dixie gritou meu nome, e vi suas mãos se convulsionarem agarradas ao edredom. Sua vagina se fechou no meu pau para engolir as ondas de prazer. Ela me escaldou e me cegou de satisfação. Era a perfeição. Mais do que eu merecia. Dixie era tudo, e eu estava certo de que iria arruiná-la.

Esse pensamento foi o suficiente para me despertar. Tentei me recompor para tirar meu pau de seu calor receptivo antes de chegar a meu próprio clímax. Segurei meu pau, dei uma última batida quase desnecessária e o observei com um sentimento primitivo de conquista enquanto a marcava do modo mais cru e básico que um homem podia fazer. Dixie estava coberta de suor e sexo. Os vestígios pegajosos do meu suor brilhavam na curva de sua bunda ainda levantada quando ela se deixou cair debaixo de mim. Aquela imagem estava impressa em minha córnea pela eternidade. Seria ela que eu invocaria sempre que estivesse sozinho, sentindo sua falta. Eu me lembraria daquilo por aquele segundo, aquele momento em que ela era inegavelmente minha. E a prova pingava de sua pele maravilhosamente salpicada.

Foi minha vez de me arrastar até a beirada da cama e vasculhar o chão por algo que poderia usar para nos limpar. Encontrei a camiseta da noite anterior e fiz uma careta quando o meu celular tocou, interrompendo o momento de tranquilidade depois do sexo arrebatador que havia nos consumido. Passei o algodão pela pele de Dixie, me sentindo um pouco como um adolescente que tentava apagar as evidências do que acabara de acontecer.

Levantei as sobrancelhas ao notar que era Dalen quem me ligava. Eu havia mandado algumas mensagens nas festas de fim de ano e no aniversário dele depois que Jules me contou ter lhe comprado um celular. Nunca recebia uma resposta, então não conseguia imaginar por que ele estaria me ligando agora que estávamos na mesma cidade, sob o mesmo teto.

– Me ligou sem querer?

Dixie se revirou ao meu lado na cama e virou a cabeça para me observar com seus olhos cor de chocolate iluminados pela curiosidade.

– Preciso que venha me buscar.

Sua voz estava estranha, ainda que eu não soubesse como soava normalmente. Mas parecia trêmula, e não havia rastros do ressentimento da noite anterior.

– Tenho que buscar Elma Mae no hospital. Por que não está na aula?

Joguei as pernas para fora da cama e procurei a calça atirada de qualquer jeito na noite anterior.

– Esquece. Eu deveria ter ligado pro papai. Não sei por que achei que daria as caras se eu precisasse. Seria a primeira vez.

Um soco no estômago. Puxei o ar por entre os dentes e esfreguei o rosto ao perceber que ele havia me acertado com muito mais força do que qualquer bala ou estilhaço que tivesse cortado minha pele.

– Vou pegar você, Dalen, mas precisa me dizer o que aconteceu para que eu possa avisar Jules. Não vou me meter entre os dois no primeiro dia do meu retorno.

– Ele também é seu pai, seu babaca – meu irmão não ia segurar nada. – Estou na loja de conveniência. Cabulei a primeira aula com uns caras do time. Tinha uma assembleia para decidir alguma idiotice, então decidimos pegar alguma coisa para comer no posto de gasolina – ele xingou, e ouvi o tremor em sua voz quando prosseguiu. – Eu estava esperando que o Drake saísse da loja. Ele tem carta, então eu estava de boa apoiado na caminhonete quando uns outros caras estacionaram bloqueando nossa saída – ele limpou a garganta, senti o sangue começar a ferver e a fúria vir à tona em chamas, explosiva. – Eles disseram umas coisas horríveis, Dash, muito ruins. Achei que estivessem pegando no meu pé por causa da idade. Achei que talvez torcessem pelo time de uma escola rival e tivessesm ficado putos ao ver que eu usava as cores da Lowry.

Ele parecia estar chorando. Eu poderia destruir a porra da cidade inteira para que parasse.

– Estou a caminho. Você está bem?

– Eles me zoaram legal, Dash. Quer dizer, sou um sujeito grande e tomo umas todo dia no campo. Mas estavam em três.

– Filhos da puta. Precisa ir para o hospital?

Dixie se assustou e veio correndo para o meu lado. Ela apoiou a mão no meu braço e massageou o músculo que estava travado em posição de combate. Eu tiraria membro por membro de qualquer pessoa que machucasse meu irmão. Faria com que sofresse de maneiras que nem poderia imaginar. Ia persegui-lo e derrubá-lo nem que fosse a última coisa que eu fizesse.

– Não. Meu rosto está bem zoado. Cortei os lábios, meu olho está roxo e os nós dos meus dedos estão sangrando, o que vai deixar o treinador puto. Tentei ligar pro papai, mas ele recebeu um chamado do Holler e só vai voltar daqui a uma hora. Falei para os caras que ia dar um jeito de voltar para casa. Não queria que se encrencassem por matar aula. O treinador vai deixar a gente no banco se descobrir.

Holler era um estacionamento para *trailers* bem distante. Não era fácil chegar lá, tampouco era fácil lidar com as pessoas que moravam ali. Jules ia ficar puto quando descobrisse o que havia acontecido.

– Detesto ser estraga prazeres, mas assim que ele der uma olhada no prejuízo vai querer falar com seus amigos. Eles são testemunhas de um ataque. Bom, estou saindo agora. Me espera aí.

Ele murmurou um obrigado taciturno enquanto eu me virava para olhar Dixie, que estava pulando da cama, com os cachos presos em uma mão para tirá-los do rosto.

– Preciso ir buscar Dalen. Ele não está bem. E preciso ligar para Jules e contar o que aconteceu. Pode ir buscar Elma Mae no hospital e dar uma mão a ela em casa? Sei que é pedir demais...

Ela concordou sem hesitar, pegando algumas roupas da pilha que eu havia trazido da lavanderia na noite anterior.

– Claro. Espero que seu irmão esteja bem.

Massageei minha nuca para tentar desfazer os nós de tensão que haviam surgido de repente.

– Ele vai ficar. Mas os babacas que mexeram com ele não vão poder dizer o mesmo. Fiquei feliz por ele ter me ligado. Surpreso, mas feliz.

Ela parou e me lançou um olhar sério enquanto escondia o corpo com o amontoado de roupas.

– É claro que ele ligou. Está te dando uma oportunidade de

comparecer porque quer que você prove que ainda se importa com ele tanto quanto ele se importa com você. Você era o ídolo do seu irmão, e agora ele está oferecendo uma chance de reassumir sua posição de herói. Ele poderia ter ligado para a polícia. Aliás, deveria ter feito isso. Poderia ter ligado para os pais de um amigo ou qualquer outro adulto em quem confia, mas ligou para você. Não estraga isso, soldado. É uma missão em que você não se pode se dar ao luxo de falhar.

Ela estava certa em relação à maior parte, mas não sobre eu ser algum tipo de herói.

Um herói não teria fugido de casa quando as coisas ficaram difíceis. Não teria deixado que o homem que idolatrava e adorava superasse o luto pela segunda mulher que amara sozinho. Não teria abandonado seu irmão mais novo sem nenhuma explicação ou justificativa. Um herói não faria amor com a mulher dos seus sonhos de novo e de novo sabendo que iria causar danos irreparáveis a seu coração. Não morria de medo de se apaixonar; ele simplesmente sabia que a dor era inevitável, mas que o sofrimento era opcional. Merda, metade dos caras com quem eu havia servido tinham aquelas palavras tatuadas em algum lugar do corpo. Era uma lembrança de que eu não apenas escolhera sofrer, mas abraçara o sofrimento até ele ser a única coisa que eu sentia além da obrigação e do dever.

Eu havia sido muitas, muitas coisas na minha existência mais ou menos curta e definitivamente excitante, mas um herói não era uma delas.

CAPÍTULO 13

Dixie

O QUATRO POR QUATRO GIGANTE DE JULIAN ME FAZIA PARECER UMA ANÃ. As rodas da caminhonete vermelha limpinha chegavam quase ao meu quadril. Frisos cromados reluzentes percorriam toda a lateral abaixo das portas, e precisei apoiar o pé neles para subir naquele veículo monstruoso. Eu devia estar ridícula atrás do volante, mas o interior do carro era mais legal do que meu apartamento, e eu não podia negar que me sentia quase tão durona sentada sobre tantos cavalos de potência como com o protetor de couro de que Church tanto gostava. Não consegui resistir a tirar uma *selfie* com biquinho para mandar a Wheeler. Mesmo que a caminhonete fosse nova, e não um dos carros clássicos de que ele tanto gostava, eu sabia que ele acharia engraçado me ver atrás do volante de uma besta daquelas.

Sua resposta foi uma série de pontos de interrogação e carinhas confusas, seguida por uma mensagem que dizia apenas "belo carro". Eu lhe devia uma explicação por ter estado tão distraída no telefone mais cedo e por tê-lo dispensado, não que conseguisse pensar em algo para dizer que não fosse mentira. Éramos próximos e compartilhávamos muita coisa, mas duvidava que fôssemos próximos o bastante para falar sobre o sexo incrível que eu estava tendo com o homem que quase o jogara pela janela da minha sala. Aparentemente ele e minha irmã estavam tendo problemas já fazia um tempo, e nenhum deles havia se dado ao trabalho de me informar. Como podia ajudar sem dispor de informações?

Talvez Church estivesse certo. Talvez não fosse problema meu. Talvez eu não tivesse o direito de invadir e bancar a intermediadora, mesmo que sempre tivesse agido assim. Kallie tinha que achar o caminho para a verdade sozinha, e eu não podia pegar Wheeler pela mão e conduzi-lo até o perdão se ele não quisesse. Mesmo se minha tendência de mediadora que eu acumulara e nutrira gritassem para eu fazer algo, a fim de acalmar as coisas para que minha família se mantivesse como era. Eu queria que todos fossem felizes, mas aqueles últimos dias com Church e ser jogada no centro de sua família desmantelada me mostraram que, às vezes, *querer* não era o suficiente. Era preciso trabalhar por aquilo e, depois de conquistar, cultivar e cuidar. Eu gostava de fingir que tudo era um mar de rosas, mas ver o lar de Church me lembrara de que todo dia era seguido pela noite. O sol tinha que se pôr e, por mais bonitas que fossem, as flores sempre acabavam morrendo, independentemente de quão bem eram cuidadas. Não havia bem sem mal, alegria sem tristeza, paz sem guerra e, definitivamente, não havia amor sem o gosto amargo do ódio. Era preciso saber a sensação de um para poder experimentar e apreciar completamente o outro. Todas as coisas que eu queria e pelas quais lutava para trazer à minha vida e à vida dos outros não poderiam ser saboreadas sem o contragolpe furioso da emoção oposta.

Ocupei duas vagas de estacionamento. Me senti mal a respeito por um segundo, então disse para mim mesma que logo iríamos embora e não haveria problema. Eu teria que levar aquela máquina descomunal até a frente do hospital quando levassem Elma na cadeira de rodas à qual ela ficaria confinada por um tempo. Eu não invejava nadinha o fisioterapeuta e o cuidador que passariam as próximas seis semanas ajudando Elma Mae a se recuperar. A senhora determinada e aterrorizante de cabelos brancos ia colocar todo mundo à prova durante sua recuperação.

Adentrei o pequeno hospital, muito ciente de que despertava olhares curiosos, os quais não havia sentido no dia anterior. Talvez fosse o cabelo emaranhado de quem tinha acabado de fazer sexo. Ou talvez o fato de que, sem Church a meu lado, eu era um rosto estranho em um lugar onde todo mundo parecia se conhecer. O mais provável era a blusinha justa com uma vaca estampada e os dizeres "Estou muuuuuuito cansada" ser o foco de atenção. Eu a achava bonitinha e engraçada, mas as olhadas de lado e as sobrancelhas que se levantavam quando eu passava indicavam que meu senso de humor era peculiar.

Eu tinha um guarda-roupa cheio de roupas normais, sem pretensões cômicas, mas não eram coisas que eu queria amassar e enfiar em uma mochila que poderia ou não sair derrapando pelo asfalto. Na verdade, minhas blusas ridículas eram um sucesso no bar onde eu trabalhava. Incentivavam os clientes a puxar papo e davam aos caras que olhariam para meus peitos de qualquer maneira uma ótima desculpa. Então, por mais bobas que fossem, eu não tinha planos de me livrar delas, não importava quantos narizes retorcidos ou sorrisos irônicos dirigissem a mim. Church não parecia se importar com elas. Não que eu fosse aposentá-las, caso se tornassem um problema. Sentiria falta do pau dele, mas sentiria ainda mais daquela partezinha de mim.

Bati na porta do quarto em que Elma Mae estivera no dia anterior e me preparei para o que viria.

– Podem entrar – ela disse, com seu sotaque sulista adocicado.

Eu sabia que Elma Mae não ia gostar de estar presa comigo, em vez de com Church, mas estava determinada a manter uma expressão animada e forçar a velha afiada a gostar de mim.

– Oi, Elma Mae. Church foi ajudar Dalen e me pediu para buscá-la. Desculpa, mas agora está presa com esta ianque...

Ela estava sentada na cama, como no dia anterior, só que a estampa da blusa era de corujas, e não de gatos. Não apenas corujas, mas corujas usando fones de ouvido. Corujas que aparentemente estavam esperando pelo refrão. Não consegui conter uma risadinha e quase morri quando Elma estreitou os olhos ao dar uma olhada em meu cabelo bagunçado e em minha roupa desleixada.

– Deus te abençoe, querida. Não precisava ter vindo correndo para me pegar, podia ter se arrumado antes. Não vou a lugar nenhum com essa perna machucada.

Ela parecia doce, mas eu já tinha convivido o bastante com Asa e sua irmã, Ayden, para saber que quando alguém do sul abençoava qualquer coisa não estava consagrando você ou rezando pelo seu bem-estar. Muito pelo contrário. "Deus te abençoe" basicamente significava "dane-se você e o cavalo que te trouxe". Eu não havia ganhado nenhum ponto com Elma Mae.

– Church não queria que você ficasse esperando aqui depois de receber alta, então vim correndo. O médico precisa te ver ou já está liberada?

Eu me recusava a deixar transparecer um pouquinho que fosse da irritação que sua antipatia me causava. Meu sorriso se manteve firme, e usei o mesmo tom apaziguador de quando precisava convencer alguém bêbado a desistir de tomar mais uma dose quando o bar estava fechando. Raramente falhava, mas Elma me lançou um sorriso afiado, o qual me mostrou que ela sabia o que eu estava fazendo. Eu não ia vencê-la com minha doçura, pelo menos não naquele dia.

– Não se preocupa com o médico. Ele é um homem ocupado. Vou ligar para a enfermaria para que tragam a cadeira de rodas e me ajudem. Tenho que estar em casa antes do meio-dia. É quando o cuidador e o fisioterapeuta vão chegar a fim de deixar minha casa pronta para uma inválida. O que aconteceu com Dalen? Ele se machucou no treino? Vivo dizendo para o Julian que futebol americano é muito violento. O garoto é esperto e bonito demais para ficar rolando na lama com outros meninos da mesma idade.

Abri a boca para negar, para dar uma vaga explicação sobre o que seria uma emergência séria o bastante para Church não estar lá para levá-la para casa. Antes que eu conseguisse, no entanto, ela apontou para mim e falou:

– Nem vem mijar na minha perna e dizer que foi a chuva, garota. Me diz agora onde meus meninos foram e se estão bem ou não.

Me encolhi diante daquela imagem e limpei a garganta.

– Bom, eu nunca faria xixi na perna de ninguém, então tudo bem.

Ela soltou um suspiro exasperado e lançou os braços finos no ar.

– Eu só quis dizer para não tentar mentir para mim. Consigo ver as engrenagens girando em sua cabeça.

Inconscientemente, levei uma mão ao cabelo e puxei um cacho até que ele se esticasse, só para depois soltá-lo. Aquela mulher era dura. Ninguém nunca tinha sido tão abertamente desagradável comigo antes, a não ser pela mãe que ficara de vela naquele encontro dos infernos. Suspirei e contei tudo o que podia.

– Dalen matou aula e se meteu em alguma encrenca. Acho que uns caras o cercaram e começaram uma briga. Ele se machucou, mas estava preocupado que fosse meter os amigos em confusão caso ligasse para a polícia ou fosse para a escola. Jules está em algum lugar chamado Holler, então Dalen chamou Church. Ele está bravo, muito bravo. Os caras que mexeram com Dalen escolheram a pessoa errada, porque o irmão dele está de volta e não vai tolerar esse tipo de coisa.

– Lowry é uma cidade tranquila. Temos nossos problemas, como qualquer outro lugar, mas Dalen mora aqui há quinze anos, e ninguém nunca nem tentou assustar o garoto. A maior parte do pessoal das redondezas sabe que ele é filho do xerife, e os outros sabem que ele vai entrar para o *hall* da fama no futuro. O único motivo pelo qual o garoto poderia se encrencar é o irmão ter voltado para casa e trazido você junto – ela pegou o controle do lado da cama e apertou um botão. – Tem algo errado.

Suspirei de novo e me esforcei para colocar a armadura de volta no lugar. Ela fazia aquilo parecer impossível, e eu odiava que fosse tão fácil me derrubar de minha fachada normalmente animada.

– Tenho certeza de que Church e Jules vão dar um jeito.

Ela estreitou os olhos e cruzou os braços.

– Você é uma coisinha bem otimista, não? Não achei que fosse o tipo de Dashel. Quando era mais novo, ele gostava das doces moças do sul. Do tipo das que sabiam se vestir e falar direito. Você tem um emprego pelo menos? Ou está planejando sugar a pensão do Exército pelo resto da vida? Ela fungou e contorceu o nariz. A maneira arcaica de me esnobar foi a gota-d'água. Estava cansada de bancar a boazinha enquanto aquela mulher me atacava sem parar e sem ser repreendida.

Levei as mãos aos quadris e inclinei a cabeça para o lado.

– Tenho um emprego. Sou garçonete em um bar – levantei a mão antes que ela pudesse arrastar a profissão que eu tanto amava na lama. – E nem começa a dizer que não é um trabalho de verdade, porque ganho mais dinheiro em uma semana cheia do que muitas pessoas que conheço que são formadas na faculdade. Gosto de trabalhar com gente. Adoro meu chefe e nunca teria conhecido Church se não trabalhasse no bar. Nunca vou ter um iate ou poder passar as férias em Saint-Tropez, como se fosse Harry Styles ou uma Kardashian, mas levo uma vida boa e estou feliz na maioria dos dias – era a minha vez de apontar para ela e torcer o nariz. – Entendo que ache que de alguma forma mantive Church em Denver quando você o queria em casa, mas espero que compreenda que estamos falando de um homem feito, alguém que serviu o país, que escolheu ir embora tantos anos atrás, independentemente de ser a coisa certa ou errada a fazer. Também foi ele quem escolheu não voltar durante todo o período no Exército, quando eu nem o conhecia. Pode me culpar o quanto quiser por ter atrasado seu retorno, porque me importo com ele e quero tornar sua estada aqui o mais fácil possível, mas precisa entender que a responsabilidade de todas as escolhas que vieram antes de mim são dele. Sei que é mais fácil ficar brava com uma desconhecida que não vai ficar muito tempo por perto, mas eventualmente vai ter que dirigir toda essa raiva ao ponto certo: Church.

Ela soltou uma risada do fundo da garganta e pareceu se transformar diante dos meus olhos. A mulher que usaria aquela estampa ridícula de coruja se mostrou. Suas feições frágeis e severas evoluíram para um sorriso que era tão luminoso quanto o que eu costumava manter no rosto. Fiquei tão chocada com a mudança que meu queixo caiu e não consegui evitar que meus olhos piscassem repetidamente.

– Então você tem uma espinha em algum lugar abaixo de todo esse lindo cabelo. Eu estava começando a me perguntar se não ia mesmo perder a paciência. Meu garoto precisa de uma mulher que se coloque e o salve de si mesmo. Ele tem um bom coração, como a mãe, e é corajoso como o pai, mas em algum ponto do caminho se esqueceu disso. Quero uma boa mulher para ele, que o lembre de quem foi, e essa luta não se pode vencer apenas com um sorriso no rosto, por mais bonito que seja.

– É uma luta que vale a pena lutar independentemente das armas às quais eu tiver que recorrer para vencer.

Não era uma batalha na qual eu soubesse estar envolvida até

que Elma Mae apontasse o que estava em jogo, mas eu estava nas trincheiras desde que aceitara me atirar de olhos fechados no meio do retorno de Church.

Eu sabia que ele não conseguia ver além do garoto assustado que havia feito tantas escolhas ruins para se proteger da dor e de um coração partido. Ele não via o homem que eu via, o homem que amava antes mesmo de saber quanto ele tinha para amar e desprezar ao mesmo tempo. Church não reconheceria o homem que Rome via e a quem confiaria sua vida e sua subsistência se estivesse de frente para um espelho. Não conseguia ver o homem que seu irmão mais novo venerava ou o homem de quem seu pai tinha orgulho. O homem que Elma Mae amava como um filho, aquele que havia largado tudo e vindo correndo no minuto em que soube que ela precisava dele. Só podia ver o garoto que fizera a mala e dera as costas a todo mundo que precisava dele. Eu queria estar lá quando ele finalmente abrisse os olhos e visse a claridade, a luz que esperava para brilhar para ele.

– O que impede você de ser feliz nos dias em que não sorri, srta. Dixie?

Ela parecia genuinamente curiosa. Agora que eu havia começado não conseguia guardar a verdade no lugar doloroso em que normalmente ficava.

– Amo meu trabalho e minha vida, mas queria algo diferente. Queria que alguém me amasse de um jeito que eu saberia que nunca poderia deixar de amar. Queria uma família, bem grande, e uma casa bonita com flores no jardim. Queria o tipo de felicidade que só acontece quando seus sonhos se tornam realidade – minha voz perdeu a intensidade quando me dei conta de que ela estava me olhando séria, como se tentasse ver dentro da minha cabeça e do meu coração ao mesmo tempo. – Meus pais tiveram isso, então cresci com algo lindo e especial à minha volta. Minha irmã também encontrou, então sempre assumi que também encontraria.

E havia encontrado, só que a pessoa por trás de todos aqueles sonhos e de toda a expectativa não tinha ideia de que era minha alma gêmea.

– Querida, você é jovem demais para jogar a toalha. Se tudo o que quer são flores e uma casa bonita, pode muito bem conseguir sozinha. Não precisa de um homem para isso. E, depois de passar tanto tempo com Dashel, você deve saber que mesmo um amor que parece destinado a durar para sempre pode ser interrompido cruelmente. Não importa quanto se agarre a ele.

Dei um sorriso torto, gostando daquela fagulha de ousadia feminina depois de a ter ouvido dizer como uma mulher deveria parecer e se comportar. Fiquei feliz que Elma Mae não estivesse presa a velhos ideais e tradições. Agora que não estava pegando no meu pé para me testar, dava para ver como era fácil gostar dela. Era uma figura e não tinha nenhum problema em dizer o que pensava.

Os enfermeiros que entraram com a cadeira de rodas me salvaram de precisar pensar em uma boa resposta. Estavam todos sorridentes, e ficara claro para mim que *aquela* era a verdadeira Elma Mae. Aquela era a mulher de bom coração que morava no coração de Church, a mulher de quem todos aqueles enfermeiros haviam cuidado e agora ficavam tristes de ver ir embora. A bruaca que me cumprimentara, a megera que me dera uma bronca, não passava de uma personagem. Ela me escrutinara para ver se eu era digna de seu menino, e por algum milagre passei no teste.

– Está pronta para ir pra casa, Elma?

Um enfermeiro abaixou a proteção da cama e a ajudou a botar as pernas para fora. A imobilização que mantinha sua perna reta e firme só terminava no quadril e parecia muito incômoda e desconfortável de movimentar.

– Mais do que pronta. Perdi uma porção de episódios de *The Blacklist*. Mal posso esperar para tirar o atraso.

Ele riu, enquanto fiquei lá parada, boquiaberta e incapaz de me mexer.

– Você é a melhor, Elma. Eu e Jenna vamos te visitar com as crianças e uma fornada de *cookies* quando estiver recebendo visitas. Se precisar de qualquer coisa, liga.

Foi necessária uma manobra feita com toda a delicadeza para acomodá-la na cadeira de rodas. Uma vez que se sentiu confortável com a perna esticada à sua frente, ela deu um tapinha no ombro do enfermeiro e abriu um sorriso caloroso para ele.

– Faça isso. Mas, agora que tenho meus garotos em casa, não preciso de mais nada – ela levantou a sobrancelha para mim e inclinou a cabeça na minha direção ao fingir um suspiro. – E Dashel até trouxe essa linda moça para me ajudar com as coisas que não está disposto a fazer. Ele tem bom gosto, não acham?

Todos os enfermeiros se viraram para mim. Daquela vez, os olhares não pareceram cheios de julgamento, só de reconhecimento.

– Dash sempre escolheu as mais bonitas. Parece que as coisas não mudaram tanto. Quando ela entrou, ficamos todos nos perguntando se ela havia assaltado seu armário.

O enfermeiro riu, e eu olhei para a vaca na minha camiseta, então para as corujas de Elma. Não consegui segurar a gargalhada quase histérica que explodiu. Não era à toa que haviam me vigiado como um falcão. Eu os lembrava de sua excêntrica favorita. A peculiaridade era algo fofo mesmo na faixa dos oitenta. Era bom saber.

Passei as mãos pelo cabelo e dei um puxão para me colocar de volta nos trilhos.

– Vou levar a caminhonete para a frente do hospital. É alta pra caramba, então espero que estejam preparados para pegar Elma Mae no colo.

O enfermeiro assentiu e disse, como se fosse óbvio:

– A gente conhece o monstro que Jules dirige. Por isso me certifiquei de pegar esse turno. Cuidamos uns dos outros por aqui.

Era como algo tirado de um filme. Só faltava Tom Hanks comendo chocolate, Brad Pitt ficando cada vez mais novo ou Julia Roberts morrendo tragicamente. Aquilo fazia com que me sentisse aquecida e borbulhante por dentro, pensar em como cuidavam uns dos outros e se preocupavam com o bem-estar da comunidade como um todo. Aquela cidadezinha do sul tinha absolutamente tudo o que eu queria na vida, inclusive o homem complicado que eu não conseguia fazer meu coração teimoso esquecer.

– É claro que vocês cuidam uns dos outros, porque isso é perfeito, e este lugar é feito de mágica e sonhos. Encontro vocês lá fora.

Enquanto me dirigia ao carro, percebi que todas as pessoas

que eu acreditava estarem me olhando feio na verdade seguravam o riso diante do fato de que a garota que Church havia percorrido meio mundo para encontrar possuía a mesma noção de estilo pouco comum e o mesmo tipo de charme sem esforço que a mulher que havia sido a única constante em sua juventude. Eu não tinha a elegância longilínea de Elma Mae, mesmo confinada a uma cadeira de rodas, mas ficava claro, apesar das diferenças físicas e de idade, que ambas queríamos cuidar daqueles que mais precisavam e amá-los.

Refiz o caminho até o estacionamento perdida em pensamentos. Refletia sobre a felicidade boba de ter passado pelo teste de Elma, ainda que isso não importasse. Ela podia gostar de mim depois de tudo o que fora dito, mas aquilo não mudava o fato de Church achar que podíamos ter apenas uma amizade complicada e sexo de virar a cabeça. Claro que eu estava gostando de explorar aquelas duas coisas, mas não podia negar que, quanto mais nos aproximávamos, física e emocionalmente, mais eu queria construir cada fantasia que eu tinha com ele e cercá-lo de promessas. Church havia me dito que eu merecia me colocar em primeiro lugar, ter tudo o que eu queria, mas era ele quem mantinha o que eu mais desejava irritantemente fora de alcance.

Eu tinha as chaves da caminhonete na mão e a cabeça nas nuvens, então quase não consegui me desviar quando uma SUV preta enorme passou perigosamente perto de mim. O bastante para que eu pudesse sentir o calor do motor e para eu conseguir ver meu próprio rosto assustado na pintura reluzente. O bastante para, se eu não estivesse viajando, ficar cara a cara com o motorista. Minha reação imediata me fez derrubar as chaves ao pular para trás e bater a bunda na lateral da caminhonete emprestada enquanto olhava para a SUV como uma idiota. Eu não havia ouvido sequer uma buzina. Não havia ouvido o barulho do motor diminuir ou os freios chiarem com a aproximação. Foi como se o motorista tivesse mirado em mim enquanto andava. Parecia querer me ver pular e me assustar. Talvez quisesse que eu sentisse medo, porque, se quisesse mesmo me atropelar, a oportunidade perfeita teria se apresentado enquanto eu fantasiava sobre o futuro que não poderia ter com o único homem com o qual já desejara ter um.

A similaridade com o que acontecera com o carro que havia tentado tirar a Harley da estrada era preocupante. O bastante para assustar, mas não para matar. Olhei para minhas mãos trêmulas e me xinguei alto por não ter pensado em anotar a placa do carro ou dar uma boa olhada no motorista. Sabia que Church ia ficar ainda mais bravo do que já estava quando eu contasse o que havia acontecido. Ele podia não querer brincar de casinha comigo, mas não havia dúvida de que era protetor e intenso em relação a mim, uma das coisas que me fez me apaixonar por ele, para começar.

Elma Mae estava certa. Havia algo de errado ali, e ficava cada vez mais claro que isso estava diretamente relacionado com Church ter me levado para casa com ele.

CAPÍTULO 14

Church

Encontrar Dalen na loja de conveniência foi fácil. Ele estava agachado na calçada, diante do congelador que ficava do lado de fora, com o capuz da blusa cinza cobrindo a cabeça e as duas mãos envoltas em faixas que ele deve ter comprado na própria loja. Ele parecia um pugilista profissional que havia lutado alguns *rounds* contra um adversário à altura. Eu sabia por experiência própria que seus dois olhos iriam ficar de um tom escuro de roxo antes que o dia acabasse. Seu lábio inferior já estava duas vezes maior por conta do inchaço, e havia uma linha de sangue seco saindo do meio dele, onde havia sido cortado. Ia ficar dolorido, mesmo parecendo que ele havia sido duro na queda. Por mais puto que eu estivesse, também sentia uma boa dose de orgulho masculino ao constatar que ele havia sido capaz de se cuidar quando as coisas engrossaram.

Ele levantou com cuidado quando estacionei a moto e fui em sua direção.

– Falei com Jules. Parece que a chamada de Holler era falsa, então já estava voltando quando liguei. Vai chegar a qualquer minuto.

Nenhum de nós deixou de notar que a ligação responsável por

tirar o xerife da cidade fora perfeitamente sincronizada ao ataque a Dalen. Alguém estava manipulando os fios do meu retorno, fazendo com que todos dançássemos como marionetes. O que começou como irritante e problemático rapidamente tinha se tornado perigoso.

– Eu disse que não era gente daqui. Não reconheci a caminhonete ou qualquer um dos caras. Era um bando de caipiras, do tipo que não entrava em uma cidade fazia tempo. Meio como no filme *Amargo pesadelo* – ele abaixou o capuz e lambeu o corte no meio do lábio. – Mas rolou um negócio estranho, na verdade.

– O quê?

Havia um raspado feio na lateral da cabeça dele e uma marca vermelha furiosa em seu pescoço, como se tivessem tentado estrangulá-lo. Aquilo fez meu sangue subir. Não consegui conter a careta e a onda furiosa de xingamentos que saiu de minha boca.

Dalen arregalou os olhos para mim e pareceu desconfortável. Enfiou as mãos enfaixadas no bolso da camisa, encarou o chão e franziu a testa quando tentou se concentrar.

– Bom, eu deveria estar na escola. E não costumo matar aula, hoje foi uma exceção. Mas, quando eles pararam, o cara que estava na caçamba disse "Olha ele aí!" Dalen levantou os ombros e os deixou cair em seguida. – Era como se estivessem procurando por mim, mas isso seria impossível, porque eu não deveria estar aqui. Eles não pareciam estar atrás de alguém que não se parecesse com eles para pegar no pé. Quer dizer, não há muitos negros em Lowry, mas o bastante para que eu não fosse o primeiro que eles encontravam hoje. Parecia que eles estavam procurando por alguém com uma cor específica – ele apontou para o próprio rosto. – Esta cor.

Soltei o ar devagar e senti um medo, rígido e frio, subir por minha espinha, saindo da escuridão na qual costumava espreitar. A voz que me lembrava do que acontecia quando eu estava perto das pessoas que amava sussurrou insinuações e provocações horríveis em meu ouvido. O veneno que infectava as pessoas com quem me importava estava começando a se revelar, e só fazia um punhado de horas que eu havia voltado.

Olhei para o jovem que tinha uma semelhança marcante com a imagem com a qual eu me deparava todos os dias no espelho. Os anos a menos eram óbvios, e ele possuía traços de Julian que eu não tinha, mas ninguém poderia duvidar de que éramos parentes. Eu estava certo de que os caras que haviam batido em Dalen estavam procurando por mim e se confundiram. A loja de conveniência era uma das primeiras paradas quando se chegava a Lowry. Eu podia apostar que o tinham visto do lado de fora e achado que estavam com sorte.

Meu irmão mais novo havia levado uma surra destinada a mim.

Dez anos de paz e tranquilidade.

Dez anos de uma infância relativamente normal, a não ser por ter perdido mais de uma mãe.

Anos de segurança e serenidade, coisas que o pobre garoto merecia mais do que a maioria, e só foi preciso um dia para que o mal que sempre parecia capaz de se esgueirar para a minha vida mandar tudo para o inferno.

– Tenho quase certeza de que estavam procurando por mim. Você só deu o azar de ser parecido demais comigo – balancei a cabeça e baixei os olhos para o chão. – Você apanhou no meu lugar. Sinto muito.

Eu sentia muito por meu irmão ter se machucado. Sentia muito que a culpa fosse minha. Sentia muito por levar a crueldade para onde quer que eu fosse.

Ele soltou um sorrisinho de escárnio que me fez levantar a cabeça para encará-lo. Era como olhar para uma versão melhorada de mim mesmo. Dalen havia passado pelos mesmos horrores do amor e da perda que eu, mas, ainda que fosse apenas um menino na época, havia lidado com tudo de uma maneira muito melhor.

– Não sinto muito por me parecer com você – ele estendeu o lábio machucado, tentando sorrir. Aquilo fez seu lábio voltar a sangrar e seu rosto se contrair em uma careta de dor. Dalen usou a faixa em volta da mão para conter o fluxo de sangue e levantou as sobrancelhas. – Quando você não estava por perto, às vezes olhar para mim mesmo era a única forma de me lembrar de você, Dash – direto na porra do coração. Aquele garoto ia ser meu fim, com suas verdades explosivas e sua honestidade sem disfarces. – E eu mal consigo dar conta de todas as meninas em cima de mim. Ser parecido com você tem suas vantagens.

Uma risada me escapou, mas a seriedade da situação e de suas palavras não permitiu que a leveza durasse muito.

– Quando fui embora, não era minha intenção não voltar mais. Primeiro eu não podia sair no meio do treinamento, então fui mandado para o exterior e sofri com tudo o que precisei aprender. De repente pareceu mais fácil manter distância, porque eu tinha um trabalho a fazer e não conseguia pensar ao mesmo tempo em me manter vivo e em tudo o que poderia estar acontecendo aqui.

Ele estreitou os olhos machucados e me encarou sério.

– Foi mais fácil pra você, Dash, não pra gente. Talvez o país precisasse de você, mas sua família também precisava. – ele me olhou feio e apontou um dedo enfaixado na minha direção. – Tem alguma ideia de por quanto tempo fiquei achando que era culpa minha?

Aquilo me fez dar um passo para trás, como se ele tivesse me atingido com um soco no rosto.

– Quê? Por que pensaria isso? Você só tinha cinco anos quando eu fui embora, Dalen.

– É, e você foi embora por causa da doença de Caroline. Sei que a amava, mas eu também, e sua perda me feriu tanto quanto a perda da mamãe feriu você. Caroline foi a única mãe que eu conheci, e sei que ela nunca teria conhecido papai se eu não tivesse nascido. Sou esperto o bastante para perceber que vocês dois não teriam perdido a mamãe se não fosse por mim. Ela queria tanto um filho que isso custou sua vida. Eu era o motivo pelo qual você havia perdido a mamãe e o motivo pelo qual Caroline havia entrado na sua vida. Isso só podia indicar que você foi embora por minha causa. Eu costumava chorar por causa disso. Sentia sua falta. Papai também. E Elma Mae também. Mas ninguém conseguia te encontrar, e eu me culpava por isso. Papai levou anos e anos para me convencer de que suas escolhas não tinham nada a ver comigo e tudo a ver com você. Ele ainda me diz o tempo todo que, mesmo que tenha perdido a mamãe, pôde ficar comigo e ter Caroline em sua vida, mesmo que por pouco tempo. Ele sempre me diz que ganhou tanto quanto perdeu.

Graças a Deus meu irmão teve Jules para botá-lo no caminho

certo e lutar contra a culpa na qual eu havia me permitido afundar. Ele não permitiu que Dalen se tornasse vítima de todo o luto e o sofrimento que me rasgavam por dentro.

– Fui embora porque fui um covarde, Dalen. Não posso mentir. Não tinha o que era preciso para ajudar Jules a suportar o peso de perder outra mulher que ele amava, ainda que lhe devesse pelo menos a tentativa. Fui patético e digno de pena... Honestamente, ainda sou, porque *deveria* ter ficado aqui. O Exército me aceitou, me deu propósito e disciplina. Eu estava perdido, mas eles me colocaram em um caminho fácil de seguir, enquanto aqui eu sentia como se cada movimento me levasse para mais perto da catástrofe. O Exército me dizia onde estar, o que fazer, como agir, que aparência ter. Eu nem precisava pensar: tudo o que precisava fazer era seguir ordens, o que funcionava para mim. Eu sabia que, se viesse para casa, tudo aquilo desapareceria. Já desapareceu, aliás – fiz um gesto abarcando seu rosto. – Olha o que aconteceu com você menos de um dia após a minha chegada. As coisas vão ladeira abaixo sem que eu precise me esforçar.

Seus olhos inchados se arregalaram. Ele deu um passo na minha direção, saindo da calçada e nos deixando quase peito a peito, olho no olho. Dalen era alto para a idade, mas eu ainda tinha uns bons sete ou oito centímetros a mais. Isso não impedia que, em sua raiva, ele parecesse muito mais velho e maior do que era. Ele cutucou o centro do meu peito e levantou a voz, cuspindo as palavras furiosamente.

– As pessoas que perdemos, a tristeza em que mergulhamos... nada disso nos torna únicos ou especiais. Todo mundo perde gente que ama o tempo todo. Coisas ruins acontecem com gente boa todos os dias.

Pensei no pai de Dixie e em todas as famílias com quem havia entrado em contato enquanto estive em serviço, e um filho, um marido ou um pai morria na mão do inimigo. Homens bons morriam fazendo aquilo para que haviam sido treinados. Pensei na bala que atingiu o meio do peito de Rome quando ele estava em casa, por ter deixado o sujeito errado bravo em uma briga no bar. Ele poderia ter facilmente morrido e deixado Cora e a filha para trás, quando estava vivendo uma vida civil, supostamente segura e tranquila. Eu não podia ignorar que meu irmão, jovem, inocente e livre de qualquer culpa, acabara de pagar um preço alto simplesmente por estar no lugar errado na hora errada. Coisas ruins aconteciam com pessoas boas todos os dias, porque o destino era foda e não havia como controlá-lo, por mais desesperadamente que se tentasse.

– Sabe o que nos torna especiais, o que nos torna únicos? – ele colocou ambas as mãos no centro do meu peito e me empurrou. – A oportunidade de ter duas mães, e não uma, que nos amaram incondicionalmente pelo tempo que puderam – Dalen me empurrou de novo. Segurei seus pulsos para que ele não se machucasse ainda mais. – Ter um pai que nunca desistiu de nós, que nunca nos deu as costas. Ele perdeu tanto quanto nós dois, até mais, porque perdeu você também, mas sempre esteve aqui e sempre vai estar. Ele pode levar um tiro amanhã, enquanto estiver no trabalho, Dash. Pode ser levado com tanta facilidade quanto mamãe e Caroline foram, mas não penso nisso, porque ele não deixa. Ele quer que eu aproveite o tempo que temos juntos, em vez de me perder no que poderia acontecer, porque, se um de nós dois fizesse isso, deixaríamos de viver, deixaríamos de nos preocupar um com o outro... como você fez. Faz ideia da sorte que temos, Dash? Quando você fugiu de tudo que perdeu, virou as costas para tudo o que ainda tinha. Talvez tivesse uma desculpa a princípio, porque tudo o que aconteceu com Caroline foi horrível, assustador, e você ainda nem havia superado a perda da mamãe, mas todas as vezes em que escolheu não vir para casa foi a escolha errada, porque ainda estávamos aqui – ele se soltou e me deu as costas, puxando o capuz para cobrir a cabeça de novo. – Então é verdade. Você é patético.

Eu tinha encarado terroristas armados e homens-bomba. Tinha ficado frente a frente com extremistas e militantes, me envolvido em brigas de bar e em combates corpo a corpo. Tinha levado tiros e tido minha pele cortada por uma faca. Tinha sofrido nas mãos de sargentos durões e da oposição, mas nada daquilo havia me desestabilizado e derrubado como meu irmão mais novo acabara de fazer. Dalen acabara de abrir feridas que não iam se curar, mas que eram necessárias para que o veneno dentro de mim começasse a vazar. Ele havia isolado a infecção que vivia dentro de mim fazia muito tempo ao me mostrar como um homem que havia ido ao inferno e voltado pareceria se seguisse em frente. Meu irmão e Jules continuaram avançando independentemente da altura das chamas e do calor do fogo. Eu havia parado e deixado que o calor me consumisse. Simplesmente desistira, enquanto todos os outros continuaram marchando. Era hora de levantar a bunda do chão e acompanhar o passo do restante de minha família.

Apoiei a mão no ombro rígido de Dalen. Demorou um pouco para que ele se virasse para mim, mas quando o fez eu o puxei para um abraço do qual ele ficou tentando se livrar. Eu não era muito de abraçar, mas estava começando a me acostumar com aquilo, considerando o tanto que Dixie me enlaçava em seus braços. Foi esquisito e desconfortável, mas continuei segurando meu irmão até que ele se desse conta de que não ia soltá-lo.

– Tudo o que você disse é verdade. Fiz inúmeras escolhas erradas, mas juro por tudo o que amo que vou trabalhar nisso agora que estou em casa.

Eu o apertei até sentir um pouco da tensão se esvair de seu corpo. Seus braços se levantaram hesitantes. Como era adolescente e tinha certa reputação na cidade, só recebi um tapinha duro nas costas, como se fôssemos amigos, e não irmãos. Soltei uma risada, mas não me incomodei. Então o soltei e olhei sério para ele.

– É verdade. Devo a você e a Jules o mundo que lutei tanto para tornar um lugar melhor. Vou dar as caras, Dalen, e vou continuar dando. Vou estar aqui.

Dava para ver que ele não acreditava muito em mim, e eu não podia culpá-lo. Havia mentido para todo mundo por tanto tempo sobre tantas coisas que era difícil saber se finalmente estava sendo sincero.

– Vamos ver. A garota que você trouxe é muito linda. Aposto que vai correr atrás quando ela for embora.

Viramos a cabeça quando uma viatura entrou no estacionamento e parou ao lado da Harley. Mesmo de longe era fácil ver que Jules não estava nada feliz, nem como policial nem como pai.

– Ela é linda, mas não é minha.

A mera ideia de um homem aparecer e dar a Dixie tudo o que ela queria, aquele futuro nebuloso cheio de armadilhas, despertava meu instinto assassino e possessivo ao extremo. Jules saiu do carro e bateu a porta com força o bastante para chacoalhar a viatura inteira.

– Tudo bem, filho? – ele foi direto para Dalen, pegou seu rosto nas mãos e o virou de um lado o outro a fim de avaliar o dano. – Eles acertaram você algumas vezes, hein? Melhor a gente ir ao médico. Não estou gostando desse galo na sua cabeça.

Dalen afastou as mãos de Jules, envergonhado.

– Estou bem.

Jules fez uma cara feia e levou as mãos aos quadris.

– Talvez esteja, mas, se quiser terminar a temporada, vamos ter que nos certificar de que não sofreu uma concussão. Acha que aprendeu a lição no que diz respeito a matar aula?

Meu irmão fez que sim, com jeito de inocente.

– Aprendi, pai. Foi burrice minha.

– Preciso do nome dos garotos que estavam com você. Também preciso de uma descrição dos caras que te atacaram e do carro em que chegaram. Não quero nem saber dessa história de não criar encrenca para os seus amigos. Isso é mais importante que o próximo jogo, Dalen.

Eu podia ver meu irmão se preparando para argumentar, então o interrompi antes que as coisas esquentassem.

– Vou entrar e ver se o caixa notou alguma coisa. Talvez a gente dê sorte e eles tenham câmera de segurança. Podem ter gravado a briga e a placa do carro.

Jules concordou e me dispensou com um gesto.

– Bem pensado. Já vou lá.

Atravessei as portas de vidro e franzi a testa quando a garota atrás do balcão sequer levantou a cabeça quando uma campainha soou alertando-a de que alguém havia entrado na loja. Ela estava apoiada no balcão, assistindo a alguma coisa no celular com o queixo apoiado na mão. Tampouco se deu ao trabalho de olhar quando me aproximei. Quanto mais perto eu chegava, mais evidente ficava que ela estava alheia a tudo o que acontecia fora da telinha à sua frente. Os ladrões deviam fazer a festa nos turnos dela. Se não houvesse nenhum tipo de câmera de segurança instalado no lugar, o dono era um idiota.

– Com licença – bati no balcão diante da moça até que ela levantou os olhos excessivamente maquiados. A princípio parecia irritada, mas, assim que deu uma boa olhada em mim, se empertigou. Decidi tirar vantagem daquilo, olhando-a de modo sedutor com um meio sorriso falso no rosto. – Queria saber se por acaso você notou a comoção lá fora agora há pouco. Você viu alguma coisa?

Ela sorriu de volta e endireitou a coluna. Devia ter a idade de Dixie, mas toda a maquiagem e a camisa vermelha pouco lisonjeira do uniforme faziam com que parecesse mais velha. A garota empinou o peito e bateu a unha esmaltada no queixo. Aproveitei para olhá-la de cima a baixo. Não era feia, mas eu não tinha nenhum interesse no que pudesse oferecer. Podia não ser o homem certo para Dixie, mas aquilo não queria dizer que ela não fosse a garota certa para mim.

– Não. Fica muito tranquilo por aqui até o meio-dia, quando

os alunos são liberados para o almoço. De vez em quando vem um caminhoneiro, e sempre passam alguns turistas, mas nada de muito excitante acontece pela manhã. Ou pelo menos não até você entrar – ela bateu os cílios e apertou os lábios brilhantes. – Você é novo na cidade? Tenho certeza de que me lembraria se já tivesse te visto.

– Cresci aqui. Minha família é da região. Na verdade, o garoto que acabou de ser atacado na frente da sua loja é meu irmão – a maior parte do tom amistoso já havia se perdido quando comecei a falar de Dalen. – Você não estava atenta. Não chamou a polícia quando um adolescente foi atacado por três adultos racistas. Um adolescente que por acaso é filho do xerife. Tenho certeza de que percebe como isso pode acabar mal para você – li o nome na camisa dela por entre os olhos estreitos. – Allison.

– Merda. Dalen apanhou? Isso não é nada bom. Meu namorado gosta de apostas, e Dalen é a espinha dorsal do time – ela levou uma mão nervosa à garganta e me encarou com seus olhos arregalados quando percebeu quão insensível soara. – Hã... quer dizer... ele está bem?

Não respondi à sua falsa preocupação pelo bem-estar do meu irmão.

– Espero que tenha câmeras apontadas para o estacionamento.

Ela fez que sim apressadamente.

– Temos. Adolescentes enchem o tanque e vão embora sem pagar o tempo inteiro, então instalamos câmeras há alguns anos. Vou ter que ligar e pedir permissão para mostrar as imagens.

– Já liguei, uma vez que esta é uma investigação criminal. Vamos lá, mostre o que queremos ver.

Virei a cabeça para Jules, que entrava na loja e se colocara ao meu lado no balcão. Ele estava no modo policial sério, mas dava para sacar que, por baixo daquilo, era um pai furioso que queria o troco pelo que haviam feito com seu filho.

Seguimos a caixa até os fundos e prendemos o fôlego quando ela aumentou a janela da câmera que apontamos e voltou as imagens até o começo da briga. Foi difícil ver. Minhas mãos se fecharam em punhos enquanto Jules soltava um xingamento a cada cinco segundos. Os caras que haviam atacado Dalen não eram uns fracotes. Eram homens rústicos e corpulentos que pareciam acostumados ao trabalho duro e à realidade da vida. Fiquei contente que não houvesse som, não apenas porque seria difícil suportar o barulho dos punhos acertando a carne do meu irmão, mas porque sabia que as coisas que diziam para ele iam me deixar louco. Já queria machucá-los, mas aquele tipo de ódio injustificado direcionado a um garoto me dava vontade de matar alguém.

A filmagem era clara o bastante para que identificássemos a placa do carro. Jules não perdeu tempo em dar um telefonema, mas foi a caixa desligada que acabou sendo a maior fonte de informações. Depois de vermos o ataque inteiro duas vezes, ela disse com certo nervosismo que o tal namorado ia a um bar chamado Sassy's em uma cidade vizinha para apostar. Aparentemente, o lugar era um antro de homens rústicos que trabalhavam no campo. Ela me olhou ao dizer que provavelmente não se tratasse de um lugar no qual eu seria bem-vindo.

– Já ouvi falar, mas está fora da minha jurisdição, então nunca entrei.

Jules me lançou um olhar que falava alto. Ambos sabíamos aonde aquilo ia parar, e ele não queria que eu fosse desprevenido para lá. Bom, Jules estava com sorte, porque eu estava totalmente preparado e mais do que disposto a deixar que os desgraçados que haviam batido em meu irmão encontrarem a pessoa que de fato procuravam.

– Já vi essa caminhonete no estacionamento. E acho que vi o motorista grandalhão uma ou duas vezes na porta. Nunca entro, porque o lugar parece nojento e meu namorado diz que não é seguro, mas acho que vocês podem encontrar esses caras lá – ela ficou olhando de um para o outro, inclinou a cabeça e perguntou:

– Então, vocês acham que Dalen vai jogar no fim de semana?

Grunhi para ela e fiz menção de dar um passo à frente, mas fui impedido pelo braço de Jules, que mais parecia uma barra de metal no centro do meu peito.

– Mocinha, se estivesse fazendo seu trabalho, meu filho não teria chegado ao estado em que se encontra agora. Se tivesse ligado para a polícia quando aqueles homens estacionaram com uma intenção muito clara, Dalen não precisaria ter lutado sozinho contra três adultos. Vou falar com seu chefe, e você deveria dizer a seu namorado que ele vai ter que encontrar outro lugar para fazer suas apostas, porque o Sassy's está prestes a ser fechado.

Continuei a olhar para a moça, mesmo após Jules descer o braço e começar a me conduzir para a porta, como se eu fosse uma criança.

– Vamos, Dash.

Assim que voltamos ao estacionamento, passei a perna por cima da Harley e a soltei do apoio. Jules botou a mão em cima da minha no acelerador e a apertou de leve.

– Sei que acha que deve ir atrás desses homens, que precisa defender seu irmão. Sei que não tem medo de briga ou da mente fechada e do fanatismo daqueles homens. Mas se começar alguma coisa, se for a faísca que vai me colocar em uma posição complicada, filho...

Eu não deveria ficar surpreso que minha intenção de bater na porta de todos os bares do país até achar os caras que haviam machucado Dalen estivesse evidente em meu rosto. A fúria e o desejo de retribuir o que haviam feito estavam engasgados em minha garganta.

– Eles estavam procurando por mim, mas pegaram Dalen no meu lugar. É por minha causa que ele está machucado, e não posso deixar isso passar.

– Filho, sei exatamente do que você é capaz e sei que isso pode representar mais problemas ainda. Precisa ser inteligente e pensar direito em qual vai ser o próximo passo. Talvez ache que, só porque não me disse onde estava ou o que andava fazendo, não mantive os olhos em você. Mas você é meu filho, Dash. Sempre soube exatamente onde estava e em que tipo de lugar havia se metido. Não tenho orgulho de usar minha posição e meu distintivo para conseguir informações que meu filho não está disposto a fornecer. Nunca quis que se alistasse, porque não achava que você estivesse em condições de dar conta de perder companheiros de armas ou ver o que os horrores da guerra podem fazer com as pessoas. Você já tinha tanta morte em sua vida que não conseguia acreditar que estava buscando mais. Eu deveria ter percebido que estava atrás de uma razão. Sua mãe e Caroline morreram sem motivo, mas, quando você foi para o deserto, bom, todas as mortes e a própria destruição tinham uma causa – olhei para ele como se o estivesse vendo pela primeira vez, o que talvez fosse verdade. Eu não havia aprendido a enxergar na escuridão, simplesmente me acomodara a ela, encontrando o caminho com os olhos fechados. Agora que Dalen me havia pressionado o bastante para que os abrisse, via uma porção de coisas pelo que elas eram. – Não queria que você fosse um soldado, mas acabou sendo o melhor soldado que poderia ser.

Apertei os dentes e soltei os dedos um a um do acelerador.

– Nós dois sabemos que alguém encontrou aqueles caras e os mandou me darem uma surra. Alguém ligou para a delegacia e fez com que você saísse da cidade sem precisar, então colocou o plano em curso. Está tudo relacionado às coisas que vêm acontecendo desde que eu e Dixie deixamos Denver.

– Concordo, mas ainda não acho que esteja relacionado com algum tipo de vingança de um traficante de drogas.

– Então o quê? Não deixei mais ninguém puto em Denver, a não ser por alguns bêbados que incomodavam as garotas. Deixei o namorado abusivo de uma das garçonetes morrendo de medo, mas ele foi preso. O que mais poderia ser?

Jules riu e levou a mão até meu ombro, então deu uma leve sacudida nele e me olhou com as sobrancelhas levantadas.

– Você é um sujeito esperto, Dash. Pense a respeito. Se você não irritou ninguém em Denver e os problemas vêm te seguindo desde lá, então o problema deve ser com a outra pessoa correndo risco. Dixie é ótima, mas isso não significa que todo mundo vai amar a garota. Todos temos um passado, mesmo que o dela pareça ser cor-de-rosa e fofinho.

Eu não conseguia acreditar que Dixie pudesse ter algum

tipo de inimigo. Ela era a melhor amiga de todo mundo. Ela era a eterna animadora de torcida, o sol que nunca se punha.

– Vou perguntar. Duvido que ela esteja escondendo alguma coisa, mas temos que dar um jeito antes que alguém morra.

– Concordo. Vou levar seu irmão ao médico e depois o deixo em casa – ele me olhou por cima do ombro, com um sorriso no rosto. – Foi uma boa ideia as câmeras de segurança. Nem todo mundo tem esse tipo de instinto. Se decidir ficar por aqui, estamos sempre precisando de mais gente na polícia. Você teve mais treinamento que a maioria dos caras. Como começou no Exército como policial militar, só teria que fazer uma prova e o exame físico.

Eu o encarei por um longo minuto antes de balançar a cabeça.

– Você não me queria no Exército, mas não se importa que eu seja policial?

Ele deu de ombros e parou na porta da viatura.

– Que pai não quer que o filho siga seus passos? Vou mandar um carro para o Sassy's. Aviso quando tivermos localizado os suspeitos, embora algo me diga que você vai fazer isso antes. Faça as escolhas certas, filho.

Fiquei olhando para o carro até ele sumir de vista. Todos os meus instintos gritavam para ligar o motor da Harley e ir atrás de justiça pelo meu irmão. Meus músculos estavam tensos, minha mandíbula estava travada, meu coração batia tão rápido que era tudo o que eu conseguia ouvir. Eu estava acostumado a deixar minha família na mão. Ficava confortável em fazer a coisa errada pelos motivos certos. Havia prometido a Dalen que ficaria por perto. E era exatamente o que ia fazer.

CAPÍTULO 15

Dixie

Levei Elma para casa sem nenhum outro incidente. Entrar com a cadeira de rodas exigiu tanto força quanto jeito, mas consegui. Ia perguntar a Church se ele levava jeito com martelo e serra, porque ela ia precisar de uma rampa para facilitar a entrada e a saída da casa até que melhorarsse o bastante para usar um andador. Assim que a acomodei no sofá de couro surpreendentemente chique (nada de estampas floridas ou em cor pastel), com um dos programas que estava gravado na TV de tela plana que a maioria dos homens invejaria, fui terminar de lavar as roupas que haviam causado a queda que dera origem a tudo.

Após cuidar daquela simples tarefa, percebi que o corrimão da escada estava solto e concluí que Church também poderia dar uma olhada nisso. Pedi a Elma Mae uma lista de coisas que eu poderia fazer para ajudar enquanto esperávamos que ele voltasse. Church havia deixado uma mensagem sobre Dalen estar com Jules, o qual havia dado uma de pai superprotetor e insistira em levar o filho ao médico. Church, por sua vez, estava a caminho de casa, e dava para ver que Elma estava muito animada com a possibilidade de finalmente passar algum tempo com ele.

Ela me pediu para organizar toda a comida que o pessoal do bairro havia levado e deixado na geladeira. Não havia chance de Elma conseguir comer tudo antes de estragar, então ela me pediu para encontrar alguma coisa que desse para todos nós mais a enfermeira que ia lhe fazer companhia na hora do jantar e congelar o resto. Elma também me pediu para regar as plantas do jardim e descer tudo o que ela precisaria do andar de cima, uma vez que não teria como subir enquanto estivesse imobilizada. A cozinha dela era algo que deixaria até um profissional impressionado, então não me importei nadinha de fazer o que precisava nos refinados balcões de mármore, usando artigos de aço inoxidável.

Separei algo que parecia uma travessa enorme de lasanha para o jantar e fui lá para fora regar as flores enquanto o sol se punha. Sendo da cidade e tendo morado em apartamento a maior parte da minha vida adulta, eu nunca havia tido um jardim. Tínhamos sorte de possuir um pequeno quadrado de grama na entrada de casa para brincar quando éramos crianças, de modo que o terreno espaçoso e luxuoso de Elma Mae parecia algo saído de um conto de fadas. Era fácil imaginar Alice tomando café com o Chapeleiro Maluco entre aquelas plantas. Passei mais tempo tocando as pétalas macias e aveludadas e cheirando os botões enquanto sonhava acordada com o casamento perfeito ao ar livre do que regando as plantas de fato. Era tão fácil se perder em todas as maravilhas que a cidade natal de Church tinha a oferecer que eu nem conseguia imaginar quão magoado e quão assustado ele deveria estar para haver deixado tudo para trás sem nem uma última olhada. Sabia que Church odiaria aquilo, mas sentia pena dele. Ele estava absolutamente certo quando dizia que havia muitas coisas boas ali para as quais virar as costas.

Perdida em meu mundinho, não ouvi a moto ou as passadas pesadas da bota. Tampouco devo tê-lo ouvido me chamar, porque, quando sua mão pousou em meu ombro, levei um susto. Pulei. Gritei. Sacudi os braços como uma doida. Quando virei para confrontar quem supostamente me atacava, acertei seu rosto com a água da mangueira que ainda estava em minhas mãos.

Surpresa que fosse um amigo, fiquei parada com a mangueira ainda apontando em sua direção, enquanto ele xingava, gritava meu nome e tentava fugir da água. Não funcionou. Church ficou ensopado. Dos pés à cabeça, completamente molhado do banho que eu havia lhe dado. Ele tirou a arma das minhas mãos e dobrou a borracha verde até conseguir impedir o fluxo de água. Então balançou a cabeça morena, com pingos de água caindo em todas as direções, enquanto seus olhos mais que avelã se estreitaram ameaçadoramente.

– Sério?

Ele passou a mão pelo rosto enquanto eu lutava para segurar a risada. A graça se perdeu quando Church tirou a jaqueta de couro com uma careta, ficando com nada além de uma camiseta ensopada que se agarrava a cada músculo bem definido de seu corpo. Todo molhado e um pouco bravo, ele nem precisava se esforçar para ficar lindo. Tudo o que fazia de mim uma mulher notou aquilo. O *jeans* se agarrava às partes dele que eu não queria compartilhar e me deixavam com água na boca e as bochechas vermelhas. Queria tirar uma foto dele para quando o Church verdadeiro estivesse longe e o Church movido a bateria fosse tudo o que me restasse. Talvez nem precisasse mais de um vibrador, na verdade. A foto seria o bastante para me fazer gozar.

Ele balançou a cabeça de novo e levou uma mão à nuca, onde a água escorria e entrava pelo colarinho da blusa.

– Não me ouviu chamar?

Joguei as mãos para o alto, exasperada.

– Claro que não! Você me assustou.

Ele olhou para as roupas pingando e então outra vez para mim.

– Tem certeza de que não queria me molhar de propósito?

Ri e revirei os olhos.

– Bom, não estou exatamente triste com o resultado…

Ele levantou uma sobrancelha, e eu me senti uma idiota por não adivinhar o que viria. Antes que eu pudesse gritar ou levantar as mãos em minha defesa, ele soltou a mangueira e fui atingida no rosto por um jato de água. Estava fria, então eu gritei e tentei escapar, mas ele foi mais rápido. A água fria grudou minha blusa no peito e fez meus cachos caírem pesados na frente do rosto.

– Para!

Levantei as mãos, me rendendo, cobrindo a ordem com risadas. Sacudi os cabelos para tirá-los do rosto e olhá-lo, então meus joelhos fraquejaram. Não havia ali um sorriso completo; a luz não chegara a seus olhos ou se espalhara por seu corpo, tampouco fizera sua testa perpetuamente franzida se atenuar, mas, meu Deus, transformara seu rosto de algo lindo em algo ainda mais lindo. O menor sinal de dentes, a mais leve covinha em sua bochecha, indicando que talvez houvesse uma de cada lado, o relaxamento de uma sobrancelha... tudo aquilo fazia meu coração se revirar e solidificava o fato de que eu podia querê-lo só para mim, mas seu sorriso deveria abranger o mundo todo. Ninguém deveria ser mantido distante de algo tão assombrosamente especial.

Enquanto eu estava presa em sua armadilha e incapaz de me mover, Church foi até a torneira e a desligou. Ao voltar, carregava a blusa na mão e tinha o sol do fim da tarde beijando seus ombros morenos, parecendo uma estátua de bronze antiga que ganhara vida.

– Com o que estava sonhando que não ouviu a Harley nem seu nome?

Era uma pergunta inocente, mas eu não podia respondê-la com sinceridade, porque Church não precisava saber que eu o visualizara sob uma arcada coberta de flores no jardim de Elma, esperando que eu fosse até ele com um buquê na mão. Tinha medo de que aquilo matasse o sorriso glorioso que acabara de ser ressuscitado.

– Hum... tive um probleminha no hospital.

Puxei a blusa para desgrudá-la da barriga e a enrolei nas mãos. Eu deveria tirá-la tendo Deus e todo o mundo por ali como testemunha para lhe ensinar uma lição, mas não queria dar um motivo para Elma Mae voltar a me tratar mal. Estava certa de que uma ruiva seminua correndo por seu jardim despertaria comentários dos vizinhos, desde que conseguissem desviar os olhos da glória dourada que era Church.

– Que tipo de problema? – sua voz já grave ficou ainda mais baixa, e todo o humor desapareceu de seu lindo rosto. A expressão carrancuda com que eu estava tão acostumada voltara. – Elma Mae ainda está pegando no seu pé?

Balancei a cabeça, espirrando água em todas as direções. Ele deu um passo para trás para não se molhar.

– Não. Chegamos a uma trégua. Ela só estava me testando. Quando finalmente demarquei meu território, passei no teste. Somos meio que melhores amigas agora.

Levantei as sobrancelhas para ele, mas sua expressão severa não se alterou.

– O que aconteceu no hospital, Dixie?

Não havia espaço para enrolação ou explicações.

– Eu estava no estacionamento, indo para a caminhonete, com a cabeça nas nuvens, como sempre – também sonhava com ele naquele momento. Era como um vício, do qual teria que me livrar em breve. – Uma SUV preta saiu correndo de uma vaga a poucos metros de distância. Quase me pegou. Passou perto o bastante para que eu visse meu reflexo na porta. Não havia outros carros por perto, porque só encontrei lugar para aquela merda gigantesca bem longe. Acho que foi de propósito – levantei a mão antes que ele pudesse falar. – E não, não vi quem estava dirigindo ou anotei a placa, porque estava ocupada demais agradecendo aos céus por não ter sido atropelada.

– Dixie – meu nome saiu coberto de preocupação e exasperação. Ele largou a camiseta ensopada na grama e esticou um braço para me puxar para seu peito nu. Fiquei tão atordoada que a princípio não reagi, mal podendo acreditar que estava me abraçando por vontade própria. – Você está bem?

Soltei um suspiro trêmulo e me apoiei nele. Descansei o rosto em seu peitoral nu, sentindo sua pele como seda quente esticada sobre ferro e pedra. Envolvi sua cintura estreita com os braços e deixei que meus dedos traçassem preguiçosamente a leve reentrância logo acima de sua bunda. Foi o melhor abraço da minha vida, em parte porque não havia pedido por ele, mas principalmente porque viera de Church, e eu sabia que alguns dias antes ele nunca teria me puxado para si. Ele se importava. Talvez não tanto quanto eu queria, mas mesmo assim se importava.

– Estou bem. Fiquei um pouco abalada e meio nervosa de ter Elma a meu lado na vinda para cá, mas nada aconteceu.

Ou pelo menos nada de que eu tivesse consciência.

– Você sabe que tudo isso está conectado de alguma forma, né? Você quase ser atropelada, alguém mandar uns caras virem me bater e acabarem pegando Dalen por engano. Alguém está bravo por termos deixado Denver. Quanto mais coisas acontecem, mais parece que alguém ficou puto por termos vindo para cá juntos. É pouco provável que seja o tal traficante, mas Jules vai dar uma conferida nele. Passei a tarde inteira procurando os caras que bateram no meu irmão, mas devem estar escondidos, então não vamos obter nenhuma informação deles até que os encontre. Tudo está parecendo apontar para alguém que você irritou, linda.

Eu me afastei e encontrei seus olhos bem abertos.

– Eu nunca irrito ninguém, Church.

Na verdade, eu movia mundos e fundos para garantir aquilo.

Ele soltou um grunhido e enfiou os dedos na bagunça dos meus cachos molhados, então afastou ainda mais minha cabeça para que pudéssemos nos olhar nos olhos.

– Sei que você não faria isso de propósito, mas preciso que se concentre e avalie se alguém pareceu te mandar vibrações negativas nos últimos tempos. Alguém do bar parecia incomodado ou nervoso? Sei que você andou saindo com caras de aplicativos, e dá para encontrar gente bem maluca na internet. Algum dos seus encontros pareceu esquisito?

Quase fiz uma careta diante da pergunta. Queria esquecer o desastre que aqueles encontros haviam sido, queria esquecer que a razão pela qual eu estava tão desesperada se devia ao medo irracional de Church de se aproximar de qualquer pessoa.

– Só saí com alguns caras, mas todos foram bem esquisitos.

Soltei minhas mãos de sua cintura e tentei dar um passo para trás, mas Church não deixou. Seus olhos multicoloridos me mantiveram ancorada no lugar enquanto me pedia para explicar o que eu queria dizer com "esquisito". Grunhi e levantei as mãos para segurar seus pulsos enquanto falava.

– O primeiro cara parecia legal, mas no meio do jantar fui ao banheiro e, quando voltei, ele havia desaparecido, assim como minha carteira. Ele a pegou da minha bolsa e foi embora.

– Quê?

Seu rugido ultrajado me fez sorrir.

– Bom, mas prefiro ele ao cara seguinte, que não se deu ao trabalho de me contar que era casado. Ele e a mulher gostavam de suingue e procuravam alguém, aproveitando que as crianças estavam viajando. Ele também havia usado uma foto beeeeem antiga no perfil. Quase nem o reconheci. Era tipo... da idade do meu pai.

Franzi o nariz diante da lembrança. Church xingou de novo e segurou minha cabeça com mais firmeza entre suas mãos.

– O último cara até que era legal. Quieto. Tímido. Acho que nunca havia saído com ninguém – os olhos de Church se estreitaram até parecerem fendas, e sua boca se contorceu para baixo de um jeito que eu tinha certeza de que assustaria homens muito maiores e mais ferozes do que eu jamais seria. – Talvez tivesse dado uma chance a ele, ou pelo menos concordaria com um segundo encontro, se... – fiz uma pausa quando um ruído animal saiu alto e possessivo do fundo de seu peito. – Se ele não tivesse levado a mãe junto. O encontro inteiro foi supervisionado e monitorado. E, embora ele até fosse simpático, ela era uma bruxa horrorosa – senti minhas sobrancelhas se aproximarem enquanto as lembranças daquela noite eram repassadas em minha cabeça. – Na verdade, ela ficou brava quando não deixei que entrassem no meu apartamento para tomar alguma coisa. Muito mais brava do que faria sentido. Ficou óbvio que quem havia marcado o encontro e estava por trás de tudo era ela, que pareceu muito mais chateada do que ele quando encerrei a coisa toda.

– Você tem o nome deles? Pode não ter nada a ver, mas talvez seja um ponto de partida.

– Mas isso é maluquice. Nem foi um encontro de verdade. Ela não pode ter ficado tão brava a ponto de nos seguir até aqui e tentar nos tirar da estrada. Quem faz esse tipo de coisa?

Ele se inclinou e beijou minha testa antes de dar um passo para trás e levantar os ombros pesados.

– Você ficaria surpresa com quão pouco basta para alguém perder o controle, principalmente se já for meio lelé da cuca.

Ri da expressão de cidade do interior usada por Church e apontei para ele.

– É melhor tomar cuidado, porque o sul está começando a se mostrar em você – o arrastar sensual de sua fala sempre me atraíra, mas, agora que ele estava de volta ao lugar em que todos falavam igual, seu sotaque ficava mais pronunciado e ele recorria a frases familiares e a padrões que não usava em Denver. – Vou dar uma olhada no celular e te passo o nome e o número do filhinho da mamãe. Eu pretendia deletar todos os aplicativos de relacionamento, mas nunca consegui, porque aí você apareceu no meu apartamento e virou tudo de cabeça para baixo.

Aquele sorriso enferrujado e pouco treinado passou por seu rosto.

– É isso que eu faço – e era mesmo. Havia ficado doidinha por ele desde o primeiro dia. – Chega de aplicativos, Dixie. Você não precisa disso. O homem certo vai aparecer e ser tudo o que você precisa – ele se agachou para pegar a camiseta molhada e a jogou em cima do ombro. – Vou entrar para dar uma olhada em Elma. Tenho certeza de que ela tem uma lista de afazeres que esperou dez anos para me entregar.

Eu o dispensei e disse que precisava terminar de regar as flores e me secar antes de entrar. Também disse que iria cuidar do jantar e que ele precisava ligar para o pai e o irmão e dizer que íamos todos jantar com Elma naquela noite e provavelmente todas as noites daquela semana, a fim de ajudá-la a consumir tudo o que os vizinhos haviam levado. O que eu não disse a Church foi que o homem certo para mim estava bem à minha frente e tinha tudo o que eu queria, mas também tinha muitas coisas que eu não queria, porque era como o mundo funcionava. Ninguém tem garantia de nada, então é preciso se virar com as poucas bênçãos recebidas e fazer o seu melhor para não as desperdiçar. Acho que Church começava a aprender essa lição, mas o tempo que eu tinha para que ele absorvesse aquilo e se desse conta do que poderíamos ter se acreditasse nele, em mim, em nós dois um pouco que fosse, estava acabando.

O JANTAR FOI ÓTIMO. a enfermeira, que não devia ter mais de dezenove anos, se ocupou de Elma e de um Dalen machucado. Assistir à velha senhora e aos Churchill reunidos encheu meu coração feliz de todas as coisas por que ansiava. Church estava relaxado, ou pelo menos tão relaxado quanto conseguia. A mudança era enorme: ele brincava com o irmão e trocava soquinhos camaradas com o pai. Elma não conseguia parar de sorrir. Em certo momento, ela pediu minha ajuda para ir ao banheiro, então se sentou na tampa fechada da privada e começou a chorar. Aquela reunião lhe havia sido negada por muito tempo e obviamente era demais para ela.

Tudo o que eu conseguia fazer era acariciar suas costas e esperar que a enxurrada de emoções passasse. Ajudei-a a apagar todas as evidências do choro e servi a todo mundo uma fatia da torta de coco que encontrei na geladeira como se nada de mais tivesse acontecido. Depois da sobremesa e de alguns episódios de *The Blacklist*, Julian disse que iriam para casa para Dalen terminar a lição, lembrando-o de que teriam uma reunião logo cedo com o diretor e os amigos com quem ele havia cabulado aula. Como um típico adolescente, Dalen tentou usar seus machucados como desculpa. Seu rosto de fato parecia ter sido chocado contra um muro implacável, e ele implorou ao pai para não ir.

Church interferiu, dizendo que o único motivo pelo qual não queria ir para a escola era que o treinador ia pegar no pé dele por ter matado aula e ainda se machucado no processo. Ele abrandou o comentário garantindo ao irmão que garotas adolescentes não conseguiam resistir a um atleta machucado. Incentivou-o a aceitar sua punição e as belas recompensas que também viriam.

Quando pai e filho foram embora, também me retirei, para que Church e Elma pudessem ter algum tempo juntos. Ao sair pela porta, vi que ele estava sentado ao lado dela no sofá, com o braço em seu ombro, a cabeça dela em seu peito, enquanto lhe contava sobre todos os lugares em que havia estado e todas as lembranças do último ano. O fato de sua voz ter se abrandado e seu tom se amaciado ao falar de Denver e todas as pessoas que o tinham recebido tão bem me deixou tocada. Fiquei feliz que todos os esforços feitos para o incluir, para fazê-lo saber que ele era um de nós mesmo que não estivesse pronto para retribuir o sentimento, não haviam passado despercebidos.

Subi o quarteirão até a casa dos Churchill e bati de leve na porta. Não houve resposta, então entrei. Não havia ninguém na sala, então fui tomar um banho rápido e decidi dar uma conferida em Dolly e Poppy. Abri o aplicativo de chamada de vídeo e esperei pelo que pareceu uma eternidade para que minha vizinha atendesse. Seu lindo rosto estava um pouco mais corado que o normal ao aparecer na tela.

– Oi, Dixie. Como está o Mississípi?

Ouvi Dolly latir ao fundo e uma pontada de saudade me atingiu. Sentia falta da minha garota e de sua companhia constante. Ela era meu raio de sol quando eu estava cansada de jogar luz sobre todos os outros.

– Na verdade bem incrível. É como algo tirado de um filme do Nicholas Sparks – era uma péssima referência. Ninguém naqueles filmes tinha um final feliz antes de algo horrível acontecer. – É muito bonito, e todo mundo tem aquele sotaque arrastado do sul. Estou amando. E minha garota, como está?

Poppy assoviou e de repente a tela foi tomada pelo rosto feliz e babão de que eu tanto sentia falta. Dediquei toda a minha atenção a Dolly, dizendo que ela era uma boa menina e prometendo que voltaria logo. Ela se remexia e latia como se entendesse o que eu dizia, mas foi embora correndo quando Poppy jogou uma bolinha para ela.

– Dolly está ótima. Vai comigo para clínica quase todos os dias, mas Wheeler pediu para ficar com ela ontem. Ele a levou para o trabalho também. Acha que fica muito solitário lá. Tudo o que faz é trabalhar e dormir… ah, e pedir pizza. Talvez você precise dar uma arejada no apartamento quando voltar. Já está cheirando a homem.

Ri e levantei os olhos quando Church abriu a porta. Ele notou que eu estava ao telefone e meio que sussurrou e gesticulou que ia passar na academia montada na garagem antes de tomar um banho. Quando você tinha uma estrela do esporte em potencial em casa, a musculação precisava ser levada a sério, e fiquei feliz que Church tivesse se afastado sem submeter mais uma amiga minha a uma rodada de sexo pelo telefone sem pedir. Especialmente aquela amiga.

– Você entrou no meu apartamento com Wheeler lá?

Não consegui evitar o tom de surpresa. Ela evitava desconhecidos, principalmente homens, como a praga.

– Algumas vezes, rapidinho. Queria pegar a caminha e o ossinho da Dolly e sabia que estavam no seu quarto. Ela não gosta da minha cama. Sua irmã apareceu enquanto eu estava lá. Não foi legal.

Ela mordeu o lábio inferior e inclinou a cabeça, que ficou parcialmente na sombra.

– Não se preocupe com Kallie. Minha irmã pode ser uma vaca, mas não é do mal. As coisas estão bem complicadas entre ela e Wheeler agora, e você calhou de estar no lugar errado na hora errada. Ele ficou bem preocupado com você por causa do que aconteceu.

Não comentei com ela que achava que as prioridades de Wheeler estavam meio invertidas, porque não cabia a mim fazê-lo.

– Ele é bem legal.

Era verdade. E acabara de ter o coração partido e ficar solteiro. Se encontrava à deriva após passar tanto tempo com a mesma pessoa e não estava pronto para ficar pensando na minha vizinha quieta e complicada. Mas, de novo, não era da minha conta.

– Ele é um sujeito muito legal. Fico contente que esteja tudo bem com ele enquanto não estou por perto.

Eu ia perguntar sobre a irmã dela, que estava grávida, quando meu celular emitiu um toque de alerta que eu não reconhecia. Agradeci a Poppy por cuidar de minha garota e garanti que estava tudo bem comigo também. Talvez fosse exagero, mas achei que ela não precisava saber daquilo.

Ao encerrar a chamada, congelei ao ver que o aplicativo de

relacionamentos que deu origem a todos aqueles encontros desastrosos acusava um *match*. Ele estava programado para selecionar candidatos a uma distância de trinta quilômetros de onde o celular estava. Aquilo queria dizer que havia homens usando o aplicativo em Lowry que atendiam todas as exigências que eu havia apontado quando comecei a usá-lo. Também indicava que todo mundo que usasse o aplicativo era capaz de me encontrar se o celular estivesse na mesma área.

Fiquei olhando para a tela em choque ao me dar conta daquilo. Levantei e praticamente corri pela casa até a porta que levava à garagem. O espaço havia sido convertido em uma academia caseira que rivalizava com a academia vinte e quatro horas que eu pagava, apesar de nunca usar. Estava repleto de aparelhos complexos e pesos enormes, indicando que os homens daquela família eram muito cuidadosos com o próprio corpo. A porta bateu atrás de mim, chamando a atenção de Church, que me olhou por entre os braços, cujos músculos saltavam com o esforço de levantar deitado uma barra carregada que parecia mais pesada do que eu.

– Acho que sei como quem quer que esteja nos rastreando sabe onde estamos desde que saímos de Denver.

Olhei admirada enquanto ele levantou e abaixou a barra mais algumas vezes antes de devolvê-la ao apoio com um barulho alto. Sabia que Church era forte, mas assistir a todos aqueles músculos se movendo e trabalhando me deixou hipnotizada e com água na boca.

Levantei o celular para ele enquanto ele virava a cabeça para trás para me olhar.

– O aplicativo de relacionamento em que encontrei todos aqueles caras tem um localizador. Acho que deve servir para quem quer descolar uma transa na hora, mas manda uma notificação quando alguém em quem você está interessado ou que atende às suas preferências está a menos de trinta quilômetros do seu celular. Você tem acesso a um mapa que indica exatamente onde a pessoa está. Se for mesmo um do caras com quem eu saí, ele só precisa se manter a menos de trinta quilômetros de distância para saber minha localização precisa.

Ele pegou uma toalha que estava no chão, ao lado de uma garrafa de água pela metade, e levantou um dedo para mim. Estava brilhando de suor, com as veias se destacando sob a pele.

– Então se você der uma olhada nos caras com quem deu *match* o mapa vai mostrar onde estão agora?

Parei ao lado da barra e apoiei a mão trêmula no metal frio.

– Se eles tiverem deixado esse serviço habilitado.

Abri o aplicativo. Church ficou me olhando enquanto passava pelos perfis e pelas conversas que tive com os caras com quem concordara em sair. O primeiro era o ladrão. Ele ainda estava em Denver, e eu queria me matar por não ter usado o aplicativo para encontrá-lo e recuperar minha carteira. Depois vinha o suingueiro. Parecia estar em algum lugar ao sul de Denver, na direção de Colorado Springs, bem longe de Lowry. Por último, o filhinho da mamãe. Procurei e procurei, mas não consegui encontrar nenhum registro dele no aplicativo. O perfil havia sido excluído, assim como todas as interações que havíamos tido.

– Os dois primeiros ainda estão no Colorado, ou pelo menos o celular deles está. O último, o que apareceu com a mãe no encontro, sumiu. Não consigo localizar seu celular ou recuperar nossas conversas. É como se tivesse desaparecido, o que não chega a ser surpresa, considerando que era a mãe quem cuidava do perfil dele.

– Qual é o nome desse cara?

Church pegou o celular da minha mão e deu um monte de toques na tela, mexendo com os aplicativos e as configurações.

– Joseph. O sobrenome era comum… – franzi a testa enquanto tentava me lembrar de como ele havia se apresentado, ou melhor, de como a mãe o havia apresentado. – Erikson. Joseph e Marie Erikson.

Church me devolveu o celular. Eu o enfiei no bolso de trás da calça enquanto ele me olhava, sério e intenso.

– Qualquer um deles poderia ter feito um novo perfil, escolhido você e te seguido até aqui. Faria sentido. Todas as coisas que vêm acontecendo parecem ter a intenção de te assustar, talvez para que volte a Denver. A surra que Dalen levou era para mim. Eles me querem fora do caminho, para que você fique sozinha e com medo.

Levei a mão vacilante ao pescoço, nervosa.

– E o que fazemos agora? Preciso me livrar desse aplicativo.

Ele balançou a cabeça e voltou a deitar no banco, ficando na altura das minhas coxas. Tudo o que eu precisava fazer era dar um passo adiante para que aquela boca pecaminosa que não sorria estivesse bem onde a costura do *jeans* já se encontrava levemente úmida por tê-lo observado levantar aqueles pesos como se fosse Hércules.

– Não deleta ainda. Eu desliguei o localizador, mas mantive seu perfil. Talvez a gente precise dele para descobrir onde estão os outros caras com quem você saiu. E não vai fazer mal ver quem mais está no aplicativo enquanto você está aqui. Um dos novos *matchs* provavelmente é o perfil falso da pessoa que está te seguindo desde Denver. Talvez a gente possa ver a localização dela sem que ela veja a sua.

Ele colocou as mãos sobre as minhas, que descansavam na barra. Inclinei a cabeça para olhá-lo e senti o sangue começar a esquentar com a intenção ardente que fazia o marrom em seus olhos escurecer de desejo.

Não vou deixar que nada de ruim aconteça com você – era uma promessa que ele não tinha como cumprir, mas gostava que a fizesse mesmo assim. – Quer dar uma suada comigo? Fiz umas comprinhas enquanto estava no posto com Dalen.

Meus cachos caíram em meu rosto conforme continuei a olhar para onde ele estava deitado, com o corpo bem perto da parte em mim que mais gostava daqueles lábios cheios e de sua língua esperta.

– Garotas não suam. Só ficamos brilhantes.

Ele soltou minhas mãos, segurou minha cintura e depois minha bunda.

– Vou ficar feliz em fazer você brilhar todinha.

Suspirei. Seria preciso uma mulher com muito mais força de vontade e muito menos apaixonada por ele para recusar uma oferta daquelas.

CAPÍTULO 16

Church

OLHEI DE CABEÇA PARA BAIXO E COM AS PÁLPEBRAS PESADAS ENQUANTO ela se movia de forma deliberada e sem pressa, abrindo o botão do *jeans* e descendo o zíper devagar. Eu teria dado meu testículo esquerdo, ou talvez o direito, que parecia ser seu preferido, para ela estar usando um vestidinho leve de verão, ou, melhor ainda, as proteções de couro e nada mais. Apenas o *jeans* e uma renda fina impediam minha boca de estar onde ambos queríamos que estivesse. Eu precisava dela nua e pairando sobre minha língua, como ontem. Principalmente agora que sabia quão perto o perigo estava. Esperando, insidioso, enganador, escondido e declarado ao mesmo tempo. Eu não gostava de ataques-surpresa quando era minha fortaleza que estava vulnerável.

Ela levou alguns minutos para se desfazer das roupas, e um segundo para correr pela garagem, nua como veio ao mundo, e trancar a porta. Eu não achava que meu pai ou meu irmão seriam inocentes o bastante para entrar em qualquer cômodo em que eu estivesse com ela sem se anunciar, mas, se assim ela se sentia melhor e isso a fazia se sentar na minha cara mais depressa, então não ia dizer que não precisava se preocupar.

Ao voltar, pude ver o modo como sua pele branca e linda tremia com a proximidade. Ela apoiou as mãos na barra que estava apoiada a alguns centímetros do meu peito e deu os últimos passos necessários para alinhar perfeitamente minha boca e sua entrada molhadinha. Soltei o ar, fazendo seu corpo inteiro tremer. Abri um sorriso cheio de dentes e más intenções. Segurei atrás de seu joelho e o levei para a lateral de minha cabeça, reprimindo um gemido quando ela se inclinou de leve para a barra, com os cachos vermelhos caindo sobre o rosto e as pontinhas tocando minha barriga. Seus seios pesados pendiam diante de meus olhos vorazes enquanto meus dedos subiam por suas coxas em uma carícia e a puxavam mais para perto.

Ela já estava molhadinha e brilhante. Sua carne escondida estava do meu tom favorito de rosa, obviamente excitada e pronta para mim. Beijei a parte interna de sua coxa e a senti arfar de leve. Ela era tão reativa, tão fácil de agradar e excitar. Eu gostava da ideia de ter um toque especial quando se tratava do seu prazer. Algo mágico e místico que só ocorria quando *minhas* mãos estavam nela, quando *minha* boca a lambia e devorava.

Meu queixo investiu contra sua vagina, onde vivia todo o prazer. O contato fez seus olhos se fecharem e os músculos de suas coxas se contraírem nas laterais de minha cabeça. Soltei uma risada satisfeita, que vibrou baixa por suas dobras macias. Deixei minha língua deslizar por toda a sua entrada úmida e parar em sua abertura aveludada, para que pudesse entrar e sair de seu doce calor. Seus quadris se acomodaram em minhas mãos e seus seios balançaram tentadores acima de mim. A calça fina de treino que havia pego emprestado de Jules pouco fazia para conter minha ereção crescente enquanto eu continuava a enfiar minha língua nela e tirar, enquanto ela arfava baixo e se esfregava no meu rosto. Ela era sempre muito desinibida e pronta para receber o que viesse quando estávamos juntos. Era o único momento em que parecia gananciosa e nada hesitante em tomar exatamente o que queria.

Eu precisava colocar minhas mãos naqueles mamilos rígidos. Precisava lamber seu clitóris sedento. Precisava enfiar meu pau naquele canal sedoso que se agitava a cada lambida e investida, em uma deliciosa carícia. Não parecia que ela ia aguentar muito, o que fez com que eu me sentisse selvagem, uma estrela sexual. Havia algo de especial na capacidade de fazer uma garota chegar ao limite tão rápido, desde que ela soubesse que a coisa toda não iria terminar tão cedo.

Dei um tapinha em sua bunda, fazendo-a gritar. Seus olhos se abriram e se estreitaram para mim de onde estava montada, enquanto eu continuava a devorá-la. Não tive descanso enquanto a lambia e chupava. Fui brutal enquanto a preparava e a ajudava a montar em meu rosto como se ela fosse ganhar o grande prêmio e ser coroada a rainha do rodeio depois de gozar ali. Era naqueles momentos que eu desfrutava de não precisar ser gentil na maneira como a tratava. No dia a dia, eu sabia que iria destruí-la, que todos aqueles sentimentos iriam ser o meu fim, mas ali, com ela gemendo e indo para a frente e para trás como se sua vida dependesse daquilo, não havia lugar para um toque suave ou um coração hesitante.

Eu estava me esforçando para vencê-la quando seu corpo se moveu de repente, levando minha língua a pontos ainda mais secretos e escondidos, aos quais não achei que ela já estivesse pronta para me dar acesso. Dixie soltou uma mão da barra e a apoiou nas linhas rígidas de minha barriga. Os músculos já contraídos se contraíram ainda mais. Ela conseguiu ultrapassar a barra entre nós para assumir uma posição quase ajoelhada. Assim que se equilibrou na nova posição, soltou a outra mão da barra e a usou para baixar o tecido leve da calça, até que a enorme extensão do meu pau saiu de seu confinamento. Tive que levantar um pouco os quadris, o que era difícil, porque eu era a única coisa que a segurava. Por sorte, eu não havia largado a academia depois de deixar o Exército, ou aquele meia-nove explosivo pra caralho seria impossível.

Dixie envolveu a base do meu pau com os dedos, me olhou com um sorrisinho sexy que fez minha ereção inchar ainda mais em sua mão e então inclinou a cabeça, e eu esqueci imediatamente de como respirar. Ela enfiou a cabeça do meu pau na boca, envolvendo-a com os lábios, e passou a língua sobre a pontinha, como se estivesse tomando um sorvete de casquinha. Eu não ia derreter na boca dela, mas havia uma boa chance de eu explodir naquela língua rápida e esperta. Ela começou a mover a mão com uma leve torcidinha para cima e para baixo, e precisei de um bom minuto para me lembrar de que deveria continuar com a minha parte do trato.

Precisei levantar a cabeça para voltar a toda aquela luxúria suculenta, então congelei em uma espécie de abdominal. Meus músculos queimavam e meus ombros gritavam, mas eu não ia desistir de jeito nenhum. Não quando Dixie estava pegando ainda mais do meu pau e descendo os dedos por entre minhas pernas para passá-los delicadamente pelo saco sensível que implorava por algum tipo de alívio. Meti a boca nela, enfiei a língua e consegui segurá-la com uma mão enquanto com a outra provocava as pontinhas rígidas de seus mamilos, que balançavam de forma sedutora na minha direção. Ela gemeu com o membro grosso em sua boca enquanto eu tocava sua carne rosada, e a vibração fez minha visão embaçar e meu saco ficar ainda mais apertado ao toque de seus dedos.

Joguei a cabeça para trás e soltei uma baforada de ar quente que fez seus quadris se remexerem em minhas mãos, buscando aquele beijo-fantasma.

– Dixie, preciso entrar em você. Por mais gostosa que seja sua boca e sua entrada mágica, quero sentir você gozar no meu pau.

Ela me soltou com uma última lambida e me olhou, praticamente deitada sobre meu corpo.

– Tá.

Sua concordância sussurrada me obrigou a lutar contra a urgência de jogá-la no chão e comê-la como um animal. Ela não devia me dar sinal verde. Eu assumiria tudo, porque era um cretino egoísta e necessitado.

Assim que ela ficou de pé, saí de debaixo da barra e me inclinei para o *jeans* que havia trocado pela calça de ginástica e largado no chão. Peguei uma camisinha que havia enfiado ali antes e entreguei para Dixie abrir enquanto tirava o restante da roupa de ginástica. Então peguei sua mão e a puxei até o banco, fazendo-a se sentar na beirada. Meu pau ficou na altura de seu rosto, exigindo atenção.

Envolvi minha extensão rígida com meus próprios dedos e dei algumas bombeadas rápidas, escorregando pela umidade deixada pela boca de Dixie. Ela passou a língua no lábio inferior e levantou os olhos para mim enquanto abria o pacotinho e puxava o círculo de látex. Eu ia odiar entrar nela com aquela barreira entre nós depois de ter sentido o gostinho dela crua aquela manhã, porém, por mais que quisesse deixar tudo o que tinha dentro de Dixie, sabia que não seria justo.

Ela afastou minhas mãos do meu pau para colocar as suas. Me deixou pronto em segundos e, em vez de se deitar, se inclinou para a frente e plantou o beijo mais doce e suave abaixo do meu umbigo. Meu estômago se contraiu e minhas coxas ficaram alertas como se eu estivesse esperando um ataque, e era mais ou menos aquilo mesmo.

Apoiei uma mão no centro de seu peito, abri bem os dedos e a forcei a se deitar. Segui seu corpo e puxei seus quadris para a beirada do banco, de modo que apenas sua coluna fazia contato com a superfície, enquanto eu apoiava o resto de seu corpo em minhas mãos. Ela enlaçou minha cintura com as pernas e se inclinou para encontrar meus lábios enquanto eu deixava que a gravidade e a umidade que havíamos produzido me conduzissem até o calor que me esperava. Eu a beijei. Lábios se procuravam e línguas giravam enquanto Dixie me recebia por completo. Tive que soltar sua boca para levantar e iniciar um movimento.

Segurei seus quadris contra os meus, iniciando um ritmo estável e poderoso. Ela levantou os braços acima da cabeça e os esticou, de modo que os seios balançavam a cada investida. Eu não conseguia desviar os olhos e fico feliz em dizer que tampouco parecia que alguma coisa fosse capaz de fazer com que ela tirasse os olhos de mim.

Nossos corpos se chocavam, ela presa ao ritmo que eu imprimia, mas empurrando os calcanhares na minha bunda em uma indicação de que queria mais velocidade e mais força. Eu gostava de ver a maneira como as investidas lentas e deliberadas faziam seus olhos escurecerem até ficarem quase pretos. E gostava de que, quanto mais devagar eu fosse, mais demorava para sair dela, mais vermelha ela ficava, mais sua pele branca brilhava. Ela se lançou contra mim, os quadris lutando, as pernas apertando, mas eu a mantinha cativa, e aquele era meu truque de mágica.

Movi suas pernas de modo que seus joelhos ficassem apoiados na dobra dos meus cotovelos, me dando uma visão perfeita do ponto em que estávamos unidos. Eu gemia toda vez que seu corpo tremia contra o meu ao me receber. Ela era tão receptiva, tão disposta a me aceitar como eu.

– Preciso de uma mão aqui, linda. As minhas estão ocupadas.

Um gemido baixo de satisfação saiu do fundo de sua garganta, então ela começou a deslizar as mãos pelo próprio corpo. Parou para brincar com os seios, sabendo que aquilo ia me impedir de manter o ritmo estável que eu usava para nos torturar. Meus quadris investiram contra ela. Dixie gemeu e então sorriu para mim e continuou com a dança de seus dedos pela pele cheia de sardas. Circulou seu umbiguinho tão lindo e, após o que pareceram horas, finalmente tocou aquele seu ponto que eu mantinha aberto e que brilhava do sexo e da saliva. Observei seu toque, que era como o de uma borboleta. Ela traçou círculos e círculos com a ponta do dedo, até sua respiração ficar entrecortada e seus olhos ficarem embargados.

Quando senti que ela começava a se contrair contra mim, quando vi suas pernas tremerem e seu ritmo ficar errático e descontrolado, finalmente me liberei. Mergulhei nela, enfiando meu pau até o fim e sentindo o saco atingir sua bunda. Ela murmurou meu nome e procurou algo em que se segurar enquanto eu investia com tanta força que a afastava cada vez mais no banco. Sua pele úmida fazia o vinil chiar, mas nenhum de nós parou para ajeitar a posição.

Eu a comi com mais força e brutalidade do que já havia usado com outra mulher. Sabia que era motivado pelo fato de não querer que ela conseguisse me esquecer quando fosse hora de seguirmos caminhos separados. Queria fodê-la melhor do que qualquer homem que viesse depois.

Senti o orgasmo se acumular na base de minha espinha na forma de um jato que estava mais do que pronto para se soltar.

– Dixie.

Era um aviso, mas também uma súplica. Não queria que ela se sentisse enganada quando estávamos juntos daquele jeito, não depois de todas as promessas que eu havia feito a ela sobre lhe dar o melhor sexo de sua vida, mas o modo exigente e sério como ela me fodia de volta estava me desvelando e mandando toda a contenção para o inferno. Eu queria lhe dar o que ela merecia, mas Dixie parecia igualmente determinada a me dar todas as coisas que eu *não* merecia.

Ela abriu um sorriso trêmulo, então senti seus dedos se contraírem e seu corpo ceder sob o meu. A onda de prazer de seu orgasmo me levou de maneira implacável ao meu.

Eu havia tido mais do que minha cota de experiências sexuais desde que perdera a virgindade, aos quinze anos. Mas nenhuma se comparava àquela. Não ia me lembrar de nenhuma outra, porque aquela parecia ser a única que importava.

O sexo com Dixie havia se provado diferente, mais profundo do que qualquer outro, mas eu não havia percebido até aquele momento que era porque ela se esforçava para torná-lo algo para mim tanto quanto eu me esforçava para torná-lo algo para ela. Eu queria que ela gozasse primeiro, queria que estivesse em primeiro lugar de um modo geral. Mas ela queria que gozássemos juntos. Queria se certificar de que fosse tão bom para mim quanto eu tentava fazer ser para ela.

Soltei suas pernas e vi a gravidade afastar seu corpo do meu. O sexo caía bem nela. Sexo comigo ficava perfeito nela.

Deixei meu olhar passear por cada centímetro saciado e satisfeito de Dixie, sem conseguir conter um daqueles sorrisinhos que ela me havia forçado a encontrar com sua insistência.

– Você brilha mesmo, linda.

Eu já não tinha certeza se conseguiria entregá-la a uma pessoa que cuidaria melhor dela se aquilo significasse não ver mais seu brilho.

O RESTO DO MEU TREINO PRECISOU SER ADIADO, PORQUE TODOS OS meus músculos pareciam feitos de *marshmallow* e meus ossos estava tão rígidos quanto água depois que Dixie havia acabado comigo. Ela mesma bocejava e mal conseguia manter os olhos abertos, então a levei até o quarto. Já eu não ia conseguir dormir, por mais que tentasse. Minha mente girava com o que ela havia me dito sobre o aplicativo de relacionamento, mais do que com a constatação de que deixá-la ir embora, entregá-la de bandeja para outro homem, não seria tão fácil como eu me convencera. Eu estava acostumado a tomar cuidado com meu próprio coração, mas de alguma forma ela havia derrubado as barreiras de ferro e emprestado parte do seu otimismo e de sua crença inabalável àquela parte de mim que eu acreditava ser tóxica e contaminada. Tudo precisava da luz do sol e de atenção para crescer e florescer. Dixie tinha ambas de sobra e não se entregava em sua luta para transformar meu interior de algo ermo e sem vida em algo que resplandecesse luz e cor.

Depois que sua respiração ficou estável, me soltei de seus membros cheios de sardas, vesti a calça que havia pegado emprestada de Jules e, sem fazer barulho, fui para o quarto dele. A caminhada em silêncio também era um passeio pela ladeira da memória. Eu parecia ter me esgueirado no dia anterior pelo mesmo piso em busca de conforto durante uma tempestade ou depois de um pesadelo. Mesmo depois que minha mãe morreu, Jules sempre estivera lá, com a porta aberta, pronto para oferecer consolo e palavras suaves que faziam qualquer coisa no mundo parecer melhor. Eu sempre pensara que ele conseguia manter os monstros a distância, até perdemos outra mulher maravilhosa. Foi então que me dei conta de que havia algumas coisas que nem o homem mais valente podia combater, e, em vez de ficar e lutar, eu fugi.

Não consegui chegar ao quarto, porque a porta de correr dos fundos estava entreaberta, deixando entrar o cheiro forte de um charuto aceso. Havia um amplo deque ali, onde fazíamos os maiores churrascos do mundo. Desde que eu era pequeno, Jules gostava de sentar lá fora com os pés apoiados para fumar um charuto após um dia particularmente longo no trabalho. O cheiro era reconfortante e evocava boas memórias. Fazia com que eu sentisse que, não importava quanta coisa houvesse mudado, a maioria, as mais importantes, permanecia igual. O cheiro também trazia remorso e arrependimento por todas as noites que eu havia perdido, pelos momentos em silêncio que deixara de compartilhar com o homem que me criara.

Abri a porta o bastante para que meus ombros passassem e me dirigi à cadeira ao lado daquela em que Jules relaxava. A única iluminação vinha da lua acima e do brilho avermelhado da ponta do charuto preso em seus dentes.

Botei as pernas para cima e as cruzei nos tornozelos, copiando sua postura sem nem pensar a respeito. A vida inteira eu vinha imitando ele, tentando me manter à altura do grande exemplo que ele dava. Mas, em retrospectiva, sabia que falhara em ser o homem que ele me criara para ser.

– Preciso que você descubra tudo o que puder sobre mãe e filho de sobrenome Erikson. Marie e Joseph. Tenho um amigo – uso o termo vagamente – em Denver que namora uma policial e vou pedir que faça o mesmo. Dixie conheceu o sujeito por um aplicativo e saiu com ele uma vez, mas deu errado. Talvez possam ser os culpados.

Uma nuvem de fumaça se formou à sua frente e seu queixo caiu para assentir quando tirou o charuto da boca.

– Vou fazer isso. Tem uma viatura estacionada do lado de

fora do Sassy's, esperando pelos caras que bateram em Dalen. Nenhum sinal deles ainda. Provavelmente estão sendo discretos, ou talvez tenham descoberto que pegaram a pessoa errada e estão se escondendo para que quem os contratou não apareça para recuperar seu dinheiro – ele devolveu o charuto aos dentes. Quando falou, a ponta que queimava balançou para cima e para baixo. – Mantenha a garota por perto. Ela é especial, e não quero que nada lhe aconteça.

Enlacei os dedos atrás da cabeça e me balancei na cadeira, deixando-a precariamente equilibrada nas pernas de trás.

– Sou mais do tipo que devolve o peixe ao rio depois de pegar – na verdade, eu não era do tipo pescador: os peixes meio que se jogavam para dentro do barco sem que eu fizesse nada. – Prometi a ela que não ia deixar que nada de ruim lhe acontecesse enquanto estivesse comigo. E pretendo honrar essa promessa.

O charuto balançou quando ele virou a cabeça para me olhar. Jules soltou um suspiro longo e alto, fazendo as cinzas se espalharem à sua volta.

– Isso não é algo que você possa prometer, filho. Às vezes não temos controle sobre as coisas que acontecem com as pessoas que amamos. A única coisa que pode garantir é que não vai ser *você* a razão pela qual a outra pessoa vai se machucar. Isso dá para controlar. Se você a machucar, a culpa vai ser toda sua, Dash, e não poder se dar ao luxo de culpar Deus ou maldizer a sorte.

Suas palavras se enterraram fundo em minha pele. Era um aviso de pai, só que mais importante que aquilo. Era uma dura verdade, que eu não podia enterrar a cabeça na areia e ignorar. Eu estava sempre esperando que o mal estragasse o que havia de bom em minha vida. Raras vezes parava para me perguntar se *eu* não seria o mal acabando com o que havia de bom na vida de outra pessoa, graças aos meus traumas anteriores e à minha recusa de deixar qualquer um se aproximar.

– Devo desculpas a você. Sei que falar não repara minhas ações, mas sinto muito – inclinei a cadeira ainda mais para trás, de modo a olhar para o céu noturno. – Desculpa por não ter dito qual era o risco que realmente corria quando fui mandado para o exterior. Por não ter voltado para casa. Desculpa por ter ido embora do jeito que fui, e sinto muitíssimo por não ter estado aqui quando você mais precisou. Você sempre foi o melhor exemplo de pai que uma criança poderia pedir. Sinto muito que tenha acabado comigo em vez de um filho que te merecesse.

O homem ao meu lado se manteve em um silêncio absoluto. Virei a cabeça e o vi se acomodar na cadeira para me olhar diretamente. Ele tirou o charuto da boca e o colocou com cuidado no cinzeiro de vidro apoiado no braço da cadeira.

– Alguma vez eu disse que amava sua mãe desde antes de ela concordar em sair comigo? – fiz uma careta surpresa diante da abrupta mudança de assunto, então balancei a cabeça. – Bom, eu amava. Achava que ela era a garota mais linda que eu já tinha visto quando estudamos juntos. Eu ficava olhando para ela no corredor e tinha uma foto dela de um concurso de beleza publicada por um jornal colada no espelho do meu quarto. Daria qualquer coisa para que ela me notasse, para que visse em mim o que eu via nela, mas nunca aconteceu.

Fiz uma cara irônica.

– Provavelmente porque os pais dela teriam pirado se ela tentasse levar para casa um namorado negro enquanto ainda morava com eles. Ela não devia achar que você fosse uma opção viável na época.

Ele concordou e ergueu um ombro, então o deixou cair.

– Pode ser, mas eu não sabia daquilo. Não sabia que tinha sido criada por dois racistas que a haviam ensinado que uma cor de pele diferente era algo inaceitável. O que eu sabia era que a família dela tinha dinheiro, e a minha não. Eu vinha do Holler. Minha casa tinha rodas e paredes de alumínio. Eu dividia o espaço com uma mãe viciada em drogas e um pai que batia nela e em mim quando estava em casa. Eu não tinha muito, e o que tinha não era o tipo de coisa de que alguém iria se vangloriar, então nunca chamei sua mãe para sair. Não arrisquei – seus olhos continuavam fixos nos meus enquanto falava. – Quando a vi de novo, quando ela voltou para a cidade, o rumor de que havia largado a escola e tido um filho já se espalhara. É uma cidade pequena, então não era segredo que os pais haviam rompido com ela porque o bebê não se parecia com eles o bastante. Àquela altura, já fazia alguns anos que eu estava na polícia, havia feito faculdade, comprado uma casa e levava uma vida de que um homem podia se orgulhar. Mas, quando vi sua mãe, todos aqueles sentimentos voltaram. Eu não era bom o bastante para ela e não tinha nada de impressionante a oferecer. Não merecia uma mulher daquelas, nem sabia o que faria se ela me desse uma chance. Minha vida havia sido violenta e dura, aquela era a realidade das coisas. Não sabia se tinha o que era necessário para ser um tipo de homem diferente do que havia sido criado para ser, o que me deixava aterrorizado.

– Que merda.

Nunca havíamos falado muito da infância dele, considerando que seu foco sempre fora garantir que a minha fosse ótima, antes e depois da morte de minha mãe.

– Era mesmo, mas, no fim, eu queria sua mãe mais do que queria mantê-la distante de todas as coisas de que eu tinha medo. Eu a chamei para sair sem nenhuma esperança e quase tive um ataque do coração quando ela aceitou. Já era apaixonado por ela, então fiquei surpreso com a facilidade em ser o tipo de homem que ela precisava que eu fosse. Quando as coisas ficaram sérias e ela me disse que era hora de conhecer você… – ele parou de falar para limpar a garganta. – Eu me lembrei de cada ocasião em que meu pai havia me batido. Tudo em que conseguia pensar era em como vivia bravo, em como sua paciência comigo era curta. Eu sempre havia gostado da sua mãe, mas você era um completo desconhecido, pequenino e inocente, que eu teria que enganar para que acreditasse que eu era digno de amor e afeto. Não achei que fosse conseguir. Só conseguia pensar que ia fazer a coisa errada com você, estragar tudo a ponto de sua mãe me largar, ou, pior ainda, que ela fosse me largar porque no fundo eu estava certo e não era bom o bastante para ela – ele me lançou um olhar afiado que eu conseguia distinguir bem até mesmo no escuro. Era como se olhasse dentro de minha alma. – Terminei com ela antes que pudesse me apresentar a você. Só dei uma desculpa furada sobre as coisas estarem indo rápido demais, menti que não estava pronto para ser pai, disse que não era ela, era eu… todas as idiotices a que os homens apelam quando sabem que estão partindo o coração de uma boa mulher.

Senti minha testa se franzir e os cantos de minha boca virarem para baixo.

– Não me lembro disso.

Eu tinha vagas lembranças de minha mãe triste depois que voltamos a Lowry, mas sempre achei que isso estava relacionado à ignorância dos meus avós e às coisas terríveis que as pessoas diziam a meu respeito quando achavam que eu não estava ouvindo. Talvez tivesse havido um tempo antes de Jules fazer parte de minha vida em que ela chorava mais do que o normal, mas eu era novo demais para ter uma boa lembrança daquilo.

– Porque não durou muito. Logo percebi que estava sendo um idiota. O medo pode levar uma pessoa inteligente a fazer coisas cruéis, mas eventualmente o coração se sobressai, porque o medo é passageiro, e o amor dura para sempre. Precisei de seis meses para reconquistar sua mãe e mais seis e uma aliança de noivado antes que ela me deixasse te conhecer. Ela disse que sobreviveria a outro coração partido, mas de jeito nenhum permitiria que eu mexesse com sua cabeça. Mas sua mãe não precisava se preocupar. Eu me apaixonei por você à primeira vista, filho. Dei uma olhada e já soube que faria tudo para ser o melhor pai possível para você. Sabia que o que meu pai havia me ensinado não importava, que ter um filho é algo em que você pode escolher ser bom e fazer um esforço para melhorar a cada dia. Ele não queria todo o trabalho, mas eu sim. Ainda quero.

Foi minha vez de limpar a garganta.

– Você foi o melhor. E, a julgar por Dalen, ainda é. Não precisava ter continuado por perto quando as coisas ficaram difíceis. Na verdade, acho que ninguém teria te culpado se tivesse caído fora.

Bom, *ele* provavelmente teria se culpado, como eu vinha fazendo nos últimos dez anos. Era um fardo pesado para carregar.

Jules riu, mas sem achar nenhuma graça.

– E você acha que eu não quis? Eu era um policial de cidade pequena com dois filhos cuja mãe havia acabado de morrer. Tinha perdido o amor de minha vida e não sabia o que fazer. Às vezes eu estava em patrulha e pensava em continuar dirigindo e dirigindo até que Lowry e tudo o que estava aqui ficasse para trás. Havia noites em que eu nem me lembrava de ter colocado vocês na cama, e dias inteiros que sumiam de minha mente. Comecei a fazer coisas no trabalho que levaram meus superiores a ameaçarem me confinar ao trabalho burocrático. Eu não estava vivendo por mim e mal estava lá por vocês. Graças a Deus Elma estava, porque senão eu provavelmente teria estragado tudo e perdido vocês dois.

Eu tampouco me lembrava daquilo. Depois que minha mãe morreu, eu havia ficado restrito à névoa do meu próprio luto e do meu sofrimento. Também tinha as mãos cheias, com um irmãozinho que precisava de cuidado e supervisão constantes. Para piorar, eu era um adolescente e precisava lidar com a puberdade que me atingia em cheio. Talvez Jules tivesse se distanciado um pouco ou se mostrado menos afetuoso do que antes, mas achava que era como homens de verdade, homens como ele, lidavam com a perda de um ente querido.

– Foi Caroline quem me mostrou quanto eu tinha a perder. Levei Dalen para uma consulta, e ele estava abaixo do peso, com as unhas compridas e uma escamação na cabeça. Ela gritou comigo, disse que era horrível que tivesse perdido minha esposa, mas que meu filho ainda estava ali. Eu ainda tinha a oportunidade de segurá-lo nos braços, mas, se não ficasse esperto, iria perder aquilo – um leve sorriso tocou sua boca ao falar da segunda esposa. – Ela abriu meus olhos, e eu precisava desesperadamente daquilo, porque havia desistido, filho. Estava ali física, mas não mentalmente... – ele soltou o ar e apontou para as estrelas. – Já tinha ido – ele me lançou outro olhar cortante. – Eu não queria me apaixonar por Caroline. Não queria amar mais ninguém. Tinha meus filhos, meu trabalho, e aquilo me deixava feliz. Quando senti seu interesse, resisti – ele levantou a sobrancelha para me olhar de um jeito que me dizia que ele se lembrava bem de minha resistência à sua entrada em minha vida. – Eu me lembrava de como Caroline havia sido tirada da escola quando fora diagnosticada pela primeira vez. Ela era uns anos mais nova que eu, e imediatamente pensei que era impossível alguém tão novo ficar tão doente. Mas, como eu disse, o amor sempre dura mais que o medo.

Ele não falava de ter medo como se fosse algo de que se envergonhar. Como se o tornasse, ou me tornasse, fraco. Falava daquilo como se fosse um fato da vida com o qual tínhamos que aprender a conviver, assim como com as coisas dolorosas que nos faziam, da mesma forma que precisávamos aceitar que não escolhíamos a pessoa a quem amávamos.

– Eu a amei mesmo sem querer e não me arrependo nada disso. Mas me arrependo da mesma coisa da qual você se arrepende agora. Me arrependo dos momentos que permiti que o medo me roubasse. Me arrependo de cada segundo, de cada minuto, de cada hora em que o medo me manteve afastado de sua mãe, desde quando eu era pequeno até quando ela me aceitou de volta.

Me arrependo de todo o tempo que perdi com Caroline porque estava aterrorizado com algo que não conseguia controlar. Ela teria adoecido com ou sem a gente, e agradeço a Deus todos os dias por ela ter podido passar os últimos anos de sua vida com nossa família, porque éramos a única coisa que ela queria, e ela nos devolveu tudo o que havíamos perdido e ainda mais.

Senti um nó de emoção entalado em minha garganta. Tive que piscar por causa da dor. Minhas mãos seguraram com tanta firmeza os braços da cadeira que o plástico grunhiu em protesto.

– Odiei quando você foi embora. Por você e por nós. Devia ter ficado por perto para que eu pudesse acompanhar sua transformação no homem que é hoje, Dash, mas deixou que o medo tirasse isso de você e deixou que o medo o mantivesse afastado do restante de nós. Fica por sua conta deixar ou não que o medo tire de você ainda mais coisas – ele pôs a mão em meu ombro. – Faça boas escolhas, filho.

Aquele parecia ser seu conselho favorito agora que eu havia voltado.

Cerrei os dentes. Quando minha voz conseguiu passar pelo nó em minha garganta, soou como uma lâmina sendo passada em lixa.

– Eu estava assustado. Com medo de que alguma coisa fosse acontecer com você, com Dalen... com Elma. Todo mundo com quem eu já tinha me importado havia ido embora, e doía pra caralho. Achei que seria mais fácil se fosse eu a partir, para variar. Me deixei levar para um lugar onde as coisas eram sempre ruins, então quando acontecesse alguma merda não seria uma surpresa. Não parecia que meu coração estava sendo arrancado do peito, porque lá... – balancei a cabeça. – Você só vê coisas ruins.

Suspirei e levantei a mão. O luar iluminava minha pele. Havia sempre uma luz na escuridão se você abrisse os olhos e procurasse.

– Demorou mais do que eu gostaria, mas você está encontrando o caminho que precisa seguir, filho.

Eu estava, mas só porque uma ruiva endiabrada tinha invadido minha vida e iluminado o caminho. Joguei a cabeça para trás, sem pensar no fato de eu estar apoiado em apenas duas pernas da cadeira, e soltei um grito surpreso quando ela começou a virar. O céu estrelado e negro girou diante de meus olhos e me preparei para o impacto de minha cabeça contra o chão duro de madeira do deque.

Mas minha queda foi interrompida por uma mão forte nas costas da cadeira. Como se ela e eu não pesássemos nada, Jules segurou as ripas do encosto e me devolveu a uma posição sentada.

Olhei para ele com o canto do olho e observei enquanto ele se agachava para pegar o charuto.

– Obrigado... pai.

Ele nunca havia me decepcionado, nunca me deixara cair e se recusava a me deixar ser menos do que havia me criado para ser. Eu havia precisado de trinta anos, duas mães, um irmão mais novo e a constatação de que, ainda que não quisesse e morresse de medo, estava me apaixonando por uma garota que eu não queria machucar mais do que queria me proteger evitando deixar as palavras me escaparem. Eu nunca havia precisado merecer o título de filho com ele. Eu havia sido um babaca por tê-lo feito acreditar que precisava merecer o título de pai. Ele fora isso desde o instante em que entrou em minha vida.

O charuto queimava entre seus lábios. Muito embora o que havia acabado de acontecer fosse monumental e impactante, ele agiu como se não fosse nada de mais, ao melhor estilo Jules.

– Imagina. Às vezes você tem que deixar os filhos caírem para que se lembrem de que você estará sempre lá para levantá-los. E às vezes você precisa interferir e segurá-los antes que atinjam o chão.

Mas havia uma queda que ele não podia evitar e com a qual não tinha como me ajudar. Uma queda que tivera início quando entrei no bar e senti o calor do sol depois do que parecera uma vida inteira de frio congelante. Escorregando, deslizando, derrapando, tropeçando, rolando, me debatendo… Eu havia caído de amores por Dixie Carmichael.

CAPÍTULO 17

Dixie

Fiquei surpresa por ter despertado antes de Church naquela manhã. Eu o sentira sair da cama na noite anterior, mas não acordara com seu retorno. Era a melhor sensação do mundo acordar abrigada em seus braços, envolta por sua força, como se ele não tivesse nenhuma intenção de me soltar. Mas esse sentimento logo foi afastado pela lembrança de que logo mais ele não apenas iria me soltar, mas iria me empurrar para longe.

Sem querer acordá-lo, levei um tempo para me soltar de sua pegada, conseguindo por pouco escapar ilesa, porque, quanto mais eu me movia, mais seus dedos se emaranhavam em meu cabelo. Ele murmurou alguma coisa em meio ao sono e acabou rolando para o lado, com a expressão em geral implacável abrandada pelo descanso de um modo que o fazia parecer quase acessível… mas apenas quase.

Peguei um *jeans* e uma regata do meu escasso guarda-roupa e fui na ponta dos pés até o banheiro para me trocar e arrumar meu cabelo. Quando terminei de escovar os dentes, ouvi sinais dos outros homens da família Churchill e fui até a cozinha, de onde o som da conversa masculina e das preparações para o resto do dia estava vindo. Jules estava no fogão fazendo panquecas. Ele dizia a um Dalen desanimado que não havia melhor momento como o presente para aprender que ações, não importava quão insignificantes pudessem parecer, tinham consequências. Dalen reclamou baixo que o jogo do fim de semana era vital para o time, mas Jules apenas sugeriu, sem emoção, que da próxima vez em que ele decidisse cabular aula talvez quisesse considerar quem mais estaria deixando na mão se fosse pego quebrando as regras.

Sentei em uma das banquetas altas no balcão, ao lado do irmão de Church, com uma expressão compreensiva no rosto. Seus olhos tinham um tom preocupante de roxo, contornado por uma auréola amarelo-esverdeada. O corte no lábio havia cicatrizado, mas a pele ao redor ainda estava vermelha e irritada. O arranhão na lateral da cabeça parecia sensível, uma vez que o curativo por cima fazia pouco para esconder o prejuízo. Dei uma ombrada de leve nele e disse:

– Deve estar doendo.

Ele se virou para mim com as pontas dos lábios para baixo e fez uma careta.

– É... Não foi fácil sair da cama hoje de manhã, mas meu pai insiste que a gente vá falar com o técnico e o diretor.

Ele estreitou os olhos para as costas do pai, com o biquinho típico de um adolescente.

Aquilo me fez rir. Jules se virou para olhar por cima do ombro com um sorriso sabichão nos lábios.

– Dash disse que você não era do tipo que acordava cedo, então só fiz o bastante para o saco sem fundo que está sentado a seu lado. Mas posso fazer um pouco mais se estiver com fome.

Balancei a cabeça, mas fiquei feliz em aceitar a caneca de café que Dalen serviu e empurrou na minha direção.

– Acho que vou ver se Elma precisa de ajuda com o café. Ela tem sua primeira sessão de fisioterapia hoje, e quero estar lá para dar apoio moral.

Dalen levantou uma sobrancelha para mim e grunhiu quando a ação repuxou seu rosto machucado.

– Você é tipo uma *cheerleader* da vida real.

Meus lábios se contorceram enquanto eu levantava a caneca e dava um gole.

– Às vezes as coisas do dia a dia são as mais difíceis. Mas precisamos acreditar que vamos dar conta. Fico feliz em dar algum encorajamento quando necessário.

Jules se virou e colocou um prato de panquecas diante de Dalen, que fez meu queixo cair. Parecia um prato de um daqueles concursos ultrajantes de quem aguenta mais, mas o garoto começou a comer como se fosse algo cotidiano, e não um café da manhã preparado para alimentar toda a linha ofensiva do Denver Broncos.

– Tenho certeza de que Elma vai gostar da companhia, mas talvez seja melhor esperar Dash acordar para te levar. Ele comentou comigo que os problemas recentes de vocês podem estar relacionados a um pretendente frustrado. Fiz umas ligações para ver o que consigo descobrir, mas, até que obtenha uma resposta, acho que é melhor evitar sair sozinha.

Fiquei rígida e olhei para ele por cima do meu café.

– Tá.

Jules assentiu e levantou as mãos para poder acariciar os dois lados do cavanhaque.

– Elma passou por poucas e boas nessas últimas semanas, e parece que a recuperação vai ser demorada. Odeio pedir isso, mas se puder evitar mencionar que as coisas estão meio imprevisíveis agora seria ótimo. Ela passou os últimos dez anos se matando de preocupação por causa do teimoso do meu filho. Queria que pusesse todo o foco em melhorar, não no fato de o perigo parecer seguir o garoto até aqui.

Devolvi a caneca de café ao balcão onde meu cotovelo estava apoiado e segurei o queixo na mão.

– Não vou entrar em detalhes, mas ela é bem sagaz. Me disse ontem saber que tinha alguma coisa de errado e viu o rosto de Dalen no jantar. Está óbvio para todo mundo que as coisas não estão exatamente tranquilas desde que chegamos.

– Ela ficaria enraivecida se soubesse que alguém está atrás de você e não se incomoda de machucar meus garotos para te atingir. Queria que Dash voltasse para casa desde o instante em que ele foi embora. Também queria que meu filho encontrasse a felicidade desde que a mãe dele morreu, e vamos ser francos, malandrinha, você é a melhor chance que ele tem nesse sentido.

Pisquei para ele, precisando de um segundo para recuperar o fôlego. Queria que Church fosse feliz para sempre, não só por um momento, mas ele não havia me dado um único sinal de que estava na mesma página.

– Bom, ele merece ser feliz, todos vocês merecem, depois de ter passado pelo que passaram. Gosto da ideia de poder dar um pouquinho disso a ele enquanto estamos juntos.

Jules se colocou diante de mim no balcão com os braços cruzados contra o uniforme. Seus olhos escuros se reviraram, e sua boca se retorceu em um sorriso que devia partir corações a quilômetros de distância.

– Acho que é fácil para as pessoas esquecer que às vezes é muito mais difícil ter um sorriso pronto do que franzir a testa. Você também precisa ser feliz, menina.

Jules era bastante perceptivo para o meu próprio bem.

– Eu sou feliz.

E, na maior parte dos dias, era mesmo. Mas nos dias em que eu era engolida pelas necessidades e pelos desejos de todos os outros, e me esquecia de focar em mim, sentia que estava perdendo alguma coisa. Eu tinha uma propensão a cuidar dos outros, mas a dedicação que reservava a mim mesma com frequência empalidecia em comparação com a que eu oferecia aos demais.

– Tenho muito pelo que agradecer e ainda posso ajudar a garantir que as pessoas com quem mais me importo vivam a melhor vida possível. Não existe felicidade maior para mim que essa.

Claro que eu adoraria finalmente ver os sonhos que nutrira a vida inteira se tornarem realidade, mas, assim como eu não podia ser a razão pela qual Church encontraria a felicidade, não podia esperar que ele fosse responsável pela minha. Eu teria que fazer o melhor possível da minha vida sem ele, mesmo sem a certeza de que aquilo era possível. Mesmo antes de estarmos romanticamente envolvidos, meu coração batia mais forte, minha alma brilhava mais, minha vida se tornava mais plena e interessante simplesmente por tê-lo nela. Quando fosse embora, eu estava certa de que haveria uma porção de dias sombrios em meu futuro, mas a verdade era que a chuva nunca impedia o sol de brilhar por muito tempo.

– Agora chega desse papo cansativo de adulto. Vou ter que aguentar horas de sermão quando o treinador botar as mãos em mim. Podemos andar logo com isso?

O tom ríspido de Dalen quebrou o clima melancólico que pairava entre mim e seu pai, de modo que pareceu o momento perfeito para encerrar a conversa. Peguei meu celular e meus sapatos no quarto, surpresa por Church ainda estar apagado. Me inclinei para dar um beijo naquela boca tentadora quando seus olhos se abriram e eu me vi perdida em um labirinto giratório de cor e confusão. Aqueles olhos não eram escuros e assombrados logo pela manhã. Eles revelavam um milhão de emoções que eu não conseguia nomear, e algumas que eu queria desesperadamente que fossem algo que ele ainda não me havia indicado.

– Bom dia.

Suas pálpebras tremularam de leve, e todos os músculos em seu peito se alongaram e flexionaram quando ele levantou o braço acima da cabeça. A visão me deu água na boca e me fez considerar a possibilidade de adiar a visita a Elma Mae, mas então o celular de Church tocou de algum lugar ao lado da cama.

Levei os lábios até seus ombros enquanto ele mexia na tela e levava o celular à orelha. Com um sorriso no rosto, deixei meus dedos passearem por sua pele macia, fazendo cócegas, então ele levantou a sobrancelha em alerta. Eu estava pensando em dar o troco quando ele ficou tenso. Afastei os cabelos do rosto enquanto ele fazia que não com a cabeça.

– Ela está bem? – fiquei congelada com a pergunta, franzindo a testa quando uma expressão séria tomou conta de seu rosto. – Chegamos em cinco minutos.

Ele largou o celular na cama e jogou as longas pernas para fora.

– Está tudo bem?

Ele me olhou enquanto pegava o *jeans* e enfiava as pernas nele.

– Era a enfermeira. Parece que Elma Mae caiu no banheiro hoje de manhã. Está se recusando a ir ao médico. A enfermeira pediu para eu ir até lá falar com ela.

– Ah, não – as palavras sussurradas pairaram entre nós. Eu estava preocupada com Elma, mas, honestamente, estava mais preocupada com Church. Se algo acontecesse com a mulher, ele não iria aguentar. Veria como mais uma evidência de que, toda vez que deixava alguém se aproximar, alguma coisa horrível acabava acontecendo com essa pessoa. – Bom, eu acabei de chegar, então não tenho problema nenhum em encarar a fera se for pelo bem dela.

Eu era boa em dar uma dura em alguém se fosse para ajudar. Também era uma maneira de demonstrar amor, meio que minha especialidade.

– A enfermeira disse que ela está de mau humor, então pode ficar aqui se quiser. Eu dou um jeito.

Ergui a mão e a pousei no centro de suas costas enquanto ele sentava na beirada da cama para calçar as botas.

– Sei que você consegue, mas estou aqui e quero te ajudar.

Ele me olhou por cima do ombro, e os cantos de seus lábios se contorceram quando ele pegou me pulso me puxando para mais perto de seu corpo quente.

– Sempre tentando consertar tudo, não é, linda?

Engoli em seco e dei um beijo em seu ombro.

– Bom, eu tenho que tentar.

– Não, não tem, mas sempre tenta. Por isso você é tão especial – ele me soltou e se inclinou para pegar uma camisa do chão. – Pode vir comigo, mas ela é teimosa. Se estiver machucada e insistir em ficar em casa, talvez eu precise colocar Elma à força no carro.

Limpei a garganta e me levantei da cama.

– Você vai dar um jeito. É o que você faz e o que te torna especial, Church.

Subimos o quarteirão de mãos dadas. Não falamos muito, mas ele nunca falava mesmo, e o fato de seus dedos entrelaçarem os meus parecia dizer muito mais do que quaisquer palavras.

Seus olhos não paravam de vasculhar a área ao nosso redor. Havia linha óbvias de tensão em seus ombros e em volta de sua boca. Era como se ele estivesse à espera de que algo acontecesse ou de que quem quer que estivesse nos aterrorizando desde que saíramos de Denver saltasse de trás de um dos arbustos das rosas perfeitamente cuidadas que se alinhavam nos jardins vizinhos. Seu estado alerta me deixou ansiosa e me fez retorcer o pescoço a fim de me certificar de que o perigo não estava à espreita quando viramos a esquina da casa de Elma.

O carro popular da enfermeira estava estacionado na frente da casa, e a grande porta de entrada estava aberta. A porta de tela permanecia fechada, e ouvimos o som da TV de Elma bem antes de chegar à varanda. Fiz menção de subir os degraus correndo, mas Church esticou a mão com delicadeza para impedir minha passagem enquanto subia degrau por degrau. Ele sempre fazia aquilo.

Me punha em primeiro lugar na cama. Me punha em primeiro lugar quando se tratava de eu conseguir o que ele achava que eu merecia. Me punha em primeiro lugar no que diz respeito a conforto e bem-estar e em relação à segurança, se colocando entre mim e qualquer linha de fogo que pudesse haver à nossa frente. Eu podia tomar conta de mim mesma, mas, quando estava com ele, nem precisava, porque ele sempre se apresentava para fazê-lo. Em algum ponto daquela jornada maluca em que havia me convencido a acompanhá-lo, sua necessidade de proteger e defender pareceu menos uma obrigação e mais uma honra, a qual ele estava mais do que feliz em assumir.

Church bateu os nós dos dedos na tela da porta e chamou por Elma. Não houve resposta por um longo minuto, o que o fez enrugar a testa.

– Acha que não consegue me ouvir por causa da TV?

Dei de ombros e abri a porta com um empurrão.

– Talvez ela estivesse sentindo muita dor por causa da queda. A enfermeira pode ter dado algum remédio para ajudar. Vai ver que fez efeito agora e ela pegou no sono. Pelo menos vai ser mais fácil sequestrar e levar a mulher até o hospital, caso opte por essa saída.

Ele estreitou os olhos para mim enquanto adentrava a casa, comigo em seu encalço.

– Não tem graça, linda.

Não tinha. Mas eu odiava a ideia de Elma machucada e odiava a ideia dele machucado porque alguém de quem gostava havia caído, tanto que essa ideia parecia pairar ali, pesada e escura como uma nuvem de tempestade.

Eu estava abrindo a porta para chamar a enfermeira quando ouvimos um estrondo que mais parecia um milhão de fogos de artifício sendo disparados. Em um segundo eu estava atrás de Church na entrada da casa imponente e com decoração romântica de Elma; no outro, eu estava sendo jogada contra a porta de tela fechada. Outro estrondo percorreu o ar, e ouvi Church xingar enquanto abaixava minha cabeça e continuava a me empurrar para fora da casa.

Eu o ouvi grunhir de dor e xingar, depois gritar para que eu corresse, apertando meus ombros com as mãos e me empurrando cada vez para mais longe dos estouros ensurdecedores que só então percebi serem tiros.

Tropecei e caí de joelhos ao fim dos degraus. O cascalho da entrada arranhou minhas mãos quando me apoiei nele. Vi então que Church ainda estava na varanda e gritei por ele. Ele tinha uma mão pressionada contra o bíceps oposto enquanto o líquido vermelho escorria grosso com rapidez por entre seus dedos.

– O que…

Não consegui concluir a pergunta. Church deu um passo para trás e a porta de tela já destruída foi aberta com um chute. Se debatendo e xingando, Elma Mae foi carregada para fora nos braços de um homem que reconheci de imediato. Ele parecia diferente. A insanidade e a fúria faziam isso. Distorciam feições e apagavam traços de humanidade que pudessem ter existido.

Elma tinha um olho roxo feio que não estava ali no dia anterior, e estava evidente que ela havia lutado por um tempo, mas que seu corpo frágil e já debilitado não havia sido páreo para a força irracional advinda da loucura.

Joseph tinha um pequeno revólver preto na mão, apontado para a parte central do peito de Church. Mesmo com a distância que nos separava, eu podia ver seu vacilar no gatilho enquanto lutava contra o demônio-da-tasmânia de cabelo branco.

– Ele machucou Dharma – a voz de Elma falhou ao falar com Church. – Fez com que ela ligasse e então bateu na cabeça dela com o revólver. Ela está sangrando muito.

Elma soava tão brava quanto Joseph parecia estar enquanto seus olhos arregalados se alternavam entre mim e Church.

– Ela deveria ter dito que viesse sozinho e não disse. Deveria ter dito que a velha não queria Dixie aqui, mas não obedeceu – seu olhar saiu de Church e se voltou para mim. – Preciso que saia do caminho. Você está entre mim e o que é meu por direito.

– Porra nenhuma! – Church grunhiu por entre os dentes.

Ele tentou dar um passo à frente, mas Joseph deslocou a arma que até então estava apontada para Church e a repousou ameaçadoramente na têmpora de Elma. Aquilo o fez congelar e os olhos da mulher se arregalarem. Puxei o ar, trêmula, e me levantei. Limpei o sangue das mãos no *jeans* e pigarreei para que Joseph focasse sua atenção em mim, e não nas duas pessoas que estavam entre nós.

– É uma péssima ideia, Joe – esperava que manter o tom calmo e usar o apelido que eu havia utilizado quando pensei estar trocando mensagens com ele ia fazer com que baixasse a guarda e ficasse mais suscetível à sugestão. – Alguém deve ter ligado para a polícia depois dos tiros. O pai de Church é da polícia. Elma Mae é parte da família. Isso não vai terminar bem para você.

– Não vai terminar bem para eles! – sua voz era estridente, e

a arma foi pressionada com ainda mais força contra a têmpora de Elma. Ela gritou, e Church deu um passo à frente. A arma foi afastada da cabeça de Elma e voltou a ser apontada para o peito dele.
– Alguém sempre se coloca no caminho do que eu quero. Alguém sempre fica com o que deveria ser meu. No trabalho, em casa, estou sempre em segundo lugar. A não ser com você, Dixie. Você foi a única que viu como sou especial, como poderia ser bom. Viu o melhor em mim. Eu só precisava de uma chance.

A arma sacudiu um pouco, e eu gritei ao ver seu dedo apertar o gatilho.

O tirou soou ainda mais alto sem as paredes da casa para abafá-lo, mas nada poderia atingir a altura do grito que saiu de dentro de mim quando a bala acertou o alvo e Church caiu de joelhos à minha frente. Elma Mae também gritou, mas o som se interrompeu quando ela foi jogada de lado e caiu na mesma posição em que eu havia caído. Joseph correu para onde Church estava ajoelhado, o sangue escorrendo livremente por seu braço e encharcando a camiseta enquanto seu enorme corpo se inclinava para o lado. Ele levou uma mão ao ombro e pude ver quando jogou a cabeça para trás a fim de encarar Joseph, que se debruçava sobre ele, agora mirando o rosto de Church.

Você está entre mim e o que eu quero. Ela foi legal comigo. Doce até. Gostou de mim, mas aí você apareceu e a levou embora.

Não havia sido exatamente daquele jeito, mas não parecia adiantar argumentar com ele.

– Se continuar machucando Church e outras pessoas com quem me importo, não vou mais ser legal, Joseph. Isso precisa parar.

Ele desviou o olhar de Church, que soltava um grunhido do

fundo da garganta e respirava com dificuldade. Estava ferido, mas também puto. Dava quase para ver as engrenagens girarem em sua linda cabecinha. Ele ia se culpar por aquilo. Ia pensar que tínhamos uma coisa boa e que então as coisas ruins não tardaram em nos derrubar. Ia pensar que aquilo era sua culpa, mesmo que fosse evidente que só tinha a ver comigo.

– Só quero que as coisas sejam do meu jeito uma vez na vida. Quero ganhar, para variar.

Ele choramingava e parecia digno de pena, o que era um absurdo, considerando que apontava uma arma de fogo contra o homem que eu amava.

Puxei o ar com tanta força que ele passou assobiando por entre meus dentes. Levei a mão machucada ao pescoço e fiz o que sempre fazia... tentei consertar as coisas.

– Deixe Elma e Church em paz que vou com você para onde quiser, Joe.

A cabeça de Church virou com tanta rapidez que imaginei que ele fosse ficar com torcicolo.

– Você não vai a porra de lugar nenhum, Dixie.

As palavras saíram em um rosnado cheio de fúria.

Me recusei a olhar para Church, porque havia homens raivosos e frustrados demais entre mim e meu objetivo. Eu sabia que ele ia odiar, mas não via outra opção. Ele havia levado um tiro, Elma estava machucada. Eu não sabia se alguém havia chamado a polícia e não ia ser o motivo de qualquer pessoa que eu amava se ferir ainda mais.

Joseph inclinou a cabeça e me considerou por um momento.

– Eles vão vir atrás de nós.

Era a coisa mais racional que ele dizia desde que o primeiro tiro fora disparado. Levantei as mãos à minha frente e rezei para que minha voz não tremesse tanto quanto o resto de mim.

– É só eu dizer que fui com você. Que escolhi você.

Seus olhos enlouquecidos se arregalaram ainda mais. Ele olhou para Elma, que ficava cada vez mais pálida.

– Machuquei gente. Eles não vão gostar.

Ele soava como uma criança. Imaginei que com "eles" estivesse se referindo à polícia.

– Vou dizer que foi Church. Que ele tentou me tirar de você contra a minha vontade. Vou dizer que você machucou essas pessoas tentando me proteger.

Eu soava desesperada e frenética, porque era exatamente como me sentia. Os olhos de Church me lançavam dardos em alerta. Podia senti-los perfurar minha pele, atravessar minha alma, mas me recusava a olhar. Não queria perder a atenção de Joseph.

Ele me considerou por um segundo, virando a cabeça para o lado antes de dizer:

– Talvez funcione.

Soltei o ar devagar e disse a mim mesma para me manter firme. Podia fazer aquilo. Podia consertar tudo.

– Vai funcionar, mas você precisa confiar em mim. Temos que ir agora.

A arma vacilou um pouco, e os olhos de Joseph se voltaram para Church e depois para Elma.

– Mas eles vão saber a verdade.

Ele estava sendo muito mais racional do que seria de se esperar de um lunático.

– Mas não vão dizer. Só querem que eu seja feliz. E, se você for comigo, serei feliz.

– Dixie.

Meu nome nunca tivera tanto significado do que ao ser arrancado do largo peito sangrando de Church. Ele morreria antes de me deixar ir, mas era meu trabalho mantê-lo vivo a todo custo.

– Joe, o que Church e eu temos não é real. Foi tudo uma fantasia. Ele nunca esteve no seu caminho. Church disse à família que não voltava para casa por causa de uma garota. Era uma mentira, e quando ele precisou voltar para casa ele me pediu para fingir ser essa garota. Ele vai me deixar ir, porque não sou dele.

Eu havia dito a Church que não queria que ele mentisse, mas lá estava eu, despejando falsidade em cima de falsidade.

Joseph continuou a olhar para Church e Elma, mas, em algum lugar ao longe, sirenes começaram a soar, indicando que alguém havia alertado a polícia sobre os tiros. O tempo estava acabando, e parecia que o psicopata com quem eu havia saído sabia daquilo.

– Você vem comigo.

Ele afirmou aquilo em vez de perguntar. E, em vez de passar por Church para chegar a mim, seguiu por onde Elma ainda estava caída, sem se mover, jogada no chão. Ele passou por cima da cerca da varanda e aterrissou nas flores dela. A mulher ia ficar puta quando pudesse fazer algo a respeito, mas, pelo momento, ela só podia levantar a cabeça com fraqueza e me olhar suplicante.

Em um instante, Joseph chegou ao meu lado. Suas mãos

estavam úmidas e tremiam ao pegar meu cotovelo. Ele encostou o cano da arma na lateral do meu corpo enquanto me empurrava para o sedã estacionado logo ali. Quando nos aproximamos, percebi que a chave estava na ignição e a porta da frente estava levemente entreaberta. Ele devia ter pego a enfermeira quando estava chegando ou saindo e a usara para entrar na casa. Eu tinha certeza de que ele iria atirar em Church assim que abrisse a porta, mas ele era péssimo naquilo. O que eu esperava que ajudasse meu soldado.

– Você dirige.

Ele colocou a mão na minha cabeça e tentou me enfiar no carro. As sirenes chiavam, chegando cada vez mais perto. Deixei que meus olhos encontrassem o de Church enquanto ele se levantava e ia na direção do carro.

– Ei, Church – sussurrei, sem muita certeza de que ele estava me ouvindo por cima das batidas do meu coração e da distância que nos separava. – Você sabe que eu te amo, né?

Eu nunca tentara esconder aquilo, mas tinha que colocar em palavras, caso fosse minha última chance.

– Você não pode fazer isso, Dixie. Não pode me dizer uma coisa dessas quando está arriscando seu pescoço como uma boba, dizendo mentiras.

Ele parecia tão bravo e tão ferido que aquilo doía mais do que a batida da arma na minha cabeça quando minhas palavras irritaram Joseph.

Deixei uma risada estrangulada sair e fechei os olhos por um momento.

– Sempre foi você. Faz séculos que sei disso. Mas você não.

– Entra no carro, Dixie.

Fiz o que Joseph mandara e me acomodei no assento. O carro era velho e o óleo precisava ser trocado, mas o motor pegou na hora. Saí para a rua, observando Church com meus olhos arregalados o tempo todo.

Sozinha no carro com a única pessoa que já havia conhecido que de fato queria me machucar, eu disse exatamente o que se passava em minha mente. Afinal, não tinha mais nada a perder.

– Sua mãe é muito dominadora e tem sérios problemas de controle. Se quer conhecer uma garota e ter algo especial com ela, sugiro que a deixe em casa da próxima vez.

Olhei-o de canto de olho e notei que ele estava assumindo um tom preocupante de vermelho. Suas bochechas enchiam e esvaziavam como se ele estivesse tendo problemas para respirar.

– Ela gritou comigo – a arma fez um arco e ao final estava apontada para a minha cabeça. – Me bateu... sempre me bate. Desde que eu era pequeno. Ela me dizia que eu nunca ia ser um homem, que nunca teria o que era preciso para satisfazer uma mulher. Ela me marcou a ferro – ele puxou a manga e me mostrou uma queimadura feia que ainda parecia estar cicatrizando. – Então me disse que eu era um inútil e que nunca lhe daria netos – ele começou a rir, histérico. O som estridente feria meus ouvidos e fazia meus pelos se eriçarem. – Bom, então cansei. Dei o troco. Então você não precisa mais se preocupar com minha mãe, ela não vai machucar nossos filhos. Já teve o que merecia.

Fiquei arrepiada e contive um grito. Ele havia tentando contratar alguém para matar Church, então eu não deveria me surpreender com ele ser capaz de tirar uma vida e ainda tentar fazer parecer que se tratava de um ato de cavalheirismo. Mas o que me fez realmente ficar tensa e disparar todos os alertas em meu cérebro foi ele falar em *nossos* filhos. Aquilo e quaisquer outros planos que tivesse em mente nunca poderiam acontecer.

Soltei o ar e levantei os olhos para o retrovisor. Precisei fechar os lábios para segurar um grito. Então, do nada, um carro branco com luzes vermelhas e azuis surgiu atrás de nós, entrando e saindo de vista, mas ali. Eu havia tentando me sacrificar pelo bem dos outros, mas aqueles outros não iam me deixar para trás com tanta facilidade. Não pude impedir a onda de lágrimas que escorreu por meus cílios e correu livremente por meu rosto.

– Sou uma boa pessoa, Joseph. Gosto de todo mundo que conheço. Se tivesse pedido, provavelmente teria aceitado sair de novo com você, porque sempre dou o benefício da dúvida. Não faça algo que não tenha como voltar atrás.

Não me mate como matou sua mãe. Não me machuque como machucou Elma e a enfermeira dela. Não atire em mim como atirou em Church.

Eu não conseguia parar de pensar naquilo. Meu coração se recusava a acreditar que o destino forçaria Church a ir ao enterro de outra mulher com quem se importava. Aquilo seria cruel demais.

Os olhos do meu sequestrador não se alteraram. Não havia nenhuma emoção ali. Nenhum arrependimento ou medo. Nada além de uma intenção fria e uma resolução controlada.

– Eu não me arrependo de nada, Dixie. Você é minha alma gêmea.

Deixei uma risada partida escapar quando levantei a mão

para enxugar as lágrimas. Só consegui espalhar a umidade e mostrar a Joseph como eu estava tremendo.

Sempre quis ser a alma gêmea de alguém. Era meu único desejo. Parece que eu deveria ter sido mais específica ao jogar a moedinha na fonte. Queria ser a alma gêmea da pessoa que eu acreditava ser minha alma gêmea, não de um lunático com a mente focada em violência e assassinato.

Se eu saísse daquilo viva, de jeito nenhum iria deixar o homem que era a *minha* alma gêmea escapar ou me mandar embora.

CAPÍTULO 18

Church

– EI, CHURCH. VOCÊ SABE QUE EU TE AMO, NÉ?

Não havia como impedir minha queda depois daquilo. Meus joelhos foram ao chão. Deixei a cabeça pender para a frente, e meu coração virou do avesso. Não conseguia respirar. Eu não conseguia ver além da névoa de tudo o que eu tinha a perder me sufocando e oprimindo. Não sabia como as palavras haviam escapado, mas, de alguma forma, consegui dizer:

– Você não pode fazer isso, Dixie. Não pode me dizer uma coisa dessas quando está arriscando seu pescoço como uma boba, dizendo mentiras.

Ela riu, mas essa foi a coisa mais triste que eu já ouvi na vida. Foi bastante final e fatalista quando ela sussurrou a maldita verdade e se despediu com algo com que eu seria fadado a aceitar:

– Sempre foi você.

Então ela foi embora e não havia volta. Soltei um rugido desumano e arrastei meu corpo ensanguentado e destruído pela entrada, ainda que não houvesse nenhuma chance de alcançar o carro que saiu levando toda a minha vida nele. Fiquei de joelhos de novo, levado pela emoção e pela dor, nenhuma delas vindo do ferimento no braço ou do buraco que queimava logo abaixo de minha clavícula. Eu já havia levado um tiro. Nunca era bom, mas eu sabia o bastante e já tinha sido ferido o bastante enquanto estava no Exército para entender que, embora doessem pra caralho, meus machucados não seriam o meu fim. Senti uma mão pesada no meu joelho e ergui os olhos desfocados para meu pai. Meus pulmões queimavam, e minha boca parecia cheia de ácido e bile. Ele me entregou alguma coisa que parecia uma camiseta e disse:

– Põe isso no ombro e levanta essa bunda daí. Precisamos ir atrás da sua garota.

Eu mal o ouvi. Estava perdido demais em minha própria espiral de pânico e remorso. Queria voltar atrás e fazer tudo de novo. Queria deixar Dixie em casa para ela não correr perigo. Queria levá-la para a cama na primeira vez em que me dera a oportunidade, de modo que conseguisse dizer com meu corpo aquilo para que me faltavam palavras. Queria que ela tivesse a certeza de que, se eu pudesse amá-la, iria fazê-lo. Esquecera como, mas estava disposto a aprender, por ela e com ela. Dixie me fazia querer encarar meu próprio medo. Era a única mulher que me fizera querer correr aquele risco. Queria acordar todas as manhãs com ela em meus braços e queria passar o dia todo, todos os dias, assegurando que ela soubesse que vinha em primeiro lugar. Ela era o sol no meu céu, e se algo lhe acontecesse nada voltaria a crescer e florescer na alma que vinha nutrindo e cultivando desde que nos conhecemos. Na verdade, todo aquele solo rico e fértil que ela vinha escavando e preparando para o cultivo voltaria a cinzas e pó se algo lhe acontecesse. Eu ficaria ermo e desolado, como era antes de sua luz brilhante abrir caminho por entre toda a minha escuridão.

– Se algo acontecer com ela...

Não terminei a frase, permitindo que Jules me ajudasse a levantar.

– Vamos garantir que nada aconteça, Dash.

Contraí o rosto com a dor que não tinha nada a ver com o buraco em meu ombro.

– Queria acreditar nisso, pai. Nosso histórico não é muito bom nesse departamento.

Eu o segui até a viatura enquanto ele gritava ordens e organizava os policiais. Batemos as portas com o carro já em movimento e corremos atrás do sedã. Jules jogou o rádio para mim e me pediu para narrar cada curva que fazíamos em nossa perseguição. Eu sabia que ele estava tentando fazer com que eu me sentisse ocupado e útil, mas eu só conseguia sentir o pânico e o medo ameaçando me engasgar. Dixie havia se sacrificado por mim, por Elma. Ela tomara conta de mim quando era meu trabalho tomar conta dela. Entregaria tudo pelo pedacinho de felicidade que havíamos tido.

– Talvez a gente não seja bom em manter nossas garotas por perto, mas somos os melhores quando se trata de trazer as melhores delas para a nossa vida. Acho que o cara lá em cima está nos devendo uma, filho. Mantenha a cabeça no jogo.

Eu estava tentando, mas me sentia sugado para dentro de um buraco profundo cheio de uma dor familiar e de desesperança.

– Ela disse que me ama – as palavras pareciam arrancadas do meu peito. Não podia ser a última coisa que Dixie me diria, não sem que eu tivesse retribuído. Eu precisava lhe dar aquilo independentemente do que acontecesse entre nós no futuro. – Ela me ama, e eu estava tão preocupado com a queda de Elma que não pensei em pegar a arma antes de sair de casa. Eu sabia que o perigo estava à espreita, mas dei mole.

Senti minha cabeça pender para a frente e a perda de sangue começar a sugar parte de minha energia. Ela me amava e talvez morresse por causa daquilo.

– Acho que estava óbvio desde o início que ela te ama. Não acho que teria concordado em vir até aqui e segurado sua mão enquanto procurava o caminho de volta se não te amasse. E, caso ainda esteja bancando o teimoso, é muito óbvio que você a ama também.

Suspirei e pedi que ele acelerasse o ritmo e virasse assim que chegássemos à longa faixa de asfalto plano que conduzia para fora da cidade e em direção às partes mais rurais da região. Era óbvio que nem Dixie nem o cara com a arma faziam a menor ideia de para onde ir. As estradas mal sinalizadas que pareciam se estender para sempre os obrigavam a fazer retornos e a acelerar perigosamente por vias que não levavam a lugar nenhum.

– Como você sabia que eu a amava antes que eu mesmo soubesse? – eu queria me socar e voltar atrás em cada segundo durante o qual a havia afastado. Aquele arrependimento me era familiar, e eu não conseguia acreditar que não havia sido esperto o bastante para aprender a lição com a primeira mulher que havia trazido apenas sol e luz à minha vida. – Parece que eles estão fazendo o retorno para pegar a via principal. Estão indo rápido demais. Todo aquele cascalho em uma estrada desconhecida...

Não terminei a frase, preocupado que Dixie pudesse perder o controle do carro.

– Vamos bloquear o carro deles. Vão chegar à junção da rota 9 em alguns minutos. Ele não vai a lugar nenhum com ela.

As sirenes soavam, e o carro voava tão rapidamente pela estrada que os pneus mal pareciam tocar o asfalto. Eu nunca ficara tão feliz de o homem que havia me criado ter um distintivo e uma arma. Ele se virou para mim e passou de policial a pai em um piscar de olhos ao dizer:

– Eu sabia que a amava porque a apresentou à família. Sabia que a amava porque ficou em Denver por causa dela, mesmo que tivesse outros motivos para não voltar. Não sou bobo. Assim que o vi com Dixie, soube que era a principal razão. Sabia que a amava porque, em vez de correr do que quer que esteja esperado quando a alcançarmos, você está bem aqui, em seu encalço. Você pode estar com medo de sair machucado, Dash, mas seu amor por aquela garota é mais forte que seu medo.

Eu não conseguia pensar em uma resposta para aquilo, porque ele estava certo. Mesmo tendo deixado o medo me roubar momentos importantes com minha família, eles ainda eram as pessoas mais importantes de minha vida. E, por mais que gostasse de Denver, o sul sempre me chamava de volta. Eu havia ficado em Denver mais do que planejara por causa dela. Não estava pronto para voltar aos dias cinzentos e às noites geladas sozinho, sem ela em minha vida. Ele também tinha acertado na mosca sobre eu não conseguir chegar a ela e ao perigo que enfrentava com a rapidez necessária. Sabia que Dixie estava nas mãos de um maluco e que não havia nada que eu pudesse fazer a respeito. Mas, em vez de perder o controle e fugir da possibilidade muito real de perdê-la, eu estava correndo na direção do que quer que viesse, de modo que qualquer tempo que tivéssemos juntos não fosse desperdiçado. Eu lutaria por Dixie até o fim. Não poderia desistir dela, mesmo que não tivesse a garantia do "para sempre".

Em um silêncio horrorizado, observamos o carro mais velho à nossa frente começar a derrapar e perder tração. Ele ia de um lado para o outro da estrada, engolido por uma nuvem de poeira. Quando voltou à vista, o veículo avançava contra a frota de carros de polícia que investia contra ele.

– Não parece que ele vá deixar ela tirar o pé do acelerador e se render.

A visão restou prejudicada através dos dois para-brisas e da nuvem de detritos da estrada que os pneus haviam levantado, mas consegui ver a expressão de terror no rosto de Dixie e a arma apontada para a lateral de sua cabeça.

Jules apertou as mãos no volante, até os nós de seus dedos ficarem brancos.

– Ele não vai a lugar nenhum.

Meu celular tocou, me tirando de meus pensamentos. Apesar de uma situação bastante corriqueira, levei um minuto para pegá-lo e conseguir tocar a tela. Fiz uma careta ao notar que sujara o aparelho de sangue ao ligar o alto-falante. Era um lembrete flagrante do tipo de violência de que o homem que estava com a minha garota era capaz.

– Agora não, Royal. Ligo depois.

Eu havia pedido à bela policial que conferisse o histórico de todos os caras com quem Dixie havia saído, mas já sabia que o culpado era Joseph, porque Dixie o havia chamado pelo nome quando ele a ameaçara com a arma.

– Isso é uma sirene?

Ela pareceu preocupada, mas eu não tinha tempo de tranquilizá-la.

– Estou no meio de um negócio. Como disse, agora não – falei com mais dureza do que pretendia.

– Vou falar rápido então, porque você precisa ouvir o que tenho a dizer – ela respirou fundo. As palavras saíram em um jorro tão rápido que eu mal pude acompanhar. – Todos os caras da lista que você me passou estavam ok, fora o Erikson – grunhi, porque ela não estava me dizendo nada que eu não soubesse. – Não conseguimos encontrar sua localização, mas tivemos uma surpresinha horrível ao entrar na casa dele. Havia um cadáver lá, Church. De uma mulher mais velha que identificamos como Marie Erikson. Foi horrível, pavoroso. Se o filho for mesmo culpado do assassinato, você e Dixie precisam tomar cuidado. Ele é doido.

– Merda – olhei para Jules. O maxilar de meu pai estava travado, e um músculo de sua bochecha pululava. – Obrigado pela atualização, Royal. Ligo quando tiver notícias.

Quando Joseph mencionou que todo mundo o afastava daquilo que ele queria, suspeitei que estivesse se referindo à mãe. Aquela era uma péssima notícia, mas àquela altura já estava longe de inesperada.

– Só me diga que você está no banco da frente do carro e não na traseira.

Ela parecia estar brincando, mas eu conseguia identificar

uma preocupação genuína em sua voz, querendo que eu assegurasse estar tudo sob controle. Não estava, mas não havia nada que Royal pudesse fazer para ajudar lá do Colorado.

– Estou no banco do passageiro. Meu pai é policial e estamos em meio a um negócio, mas já vamos cuidar disso. As chances são grandes de te entregar Erikson em uma bandeja no fim do dia.

Ela soltou um ruidinho.

– Quero o cara vivo, Church.

Eu não podia prometer aquilo.

– Ligo de volta.

Eu sabia o que estava em jogo e de jeito nenhum ligaria à família de Dixie para dizer que ela não havia sobrevivido. Não podia deixar que um maluco solitário a tirasse de nós. Estava determinado a vencer aquela guerra. Já havia perdido muitas batalhas em minha vida quando se tratava de amor.

– Há um comboio atrás da gente. Para onde ele acha que vai?

Apoiei a mão no painel enquanto a distância entre mim e minha garota diminuía perigosamente.

– Acho que ele não está pensando. Olhe para Dixie. Está tentando dizer que eles não têm para onde ir.

Jules soou tenso ao dizer aquilo.

A boca de Dixie se movia sem parar e seus dedos se curvavam em volta do volante, apertando-o com força. Eu podia ver as lágrimas rolarem por seu rosto e queria atravessar o espaço e o tempo para poder enxugá-las e dizer que tudo ficaria bem.

– Você precisa parar. Ele vai fazer Dixie continuar acelerando. Está com o dedo no gatilho.

Joseph balançava a arma descuidado, gritando com Dixie. Ela tremia, mas seus olhos não abandonavam os meus enquanto o sedã avariado continuava a se aproximar depressa demais.

– Acho que ele quer passar por aqui quer a gente saia do caminho ou não.

Jules começou a diminuir a velocidade, mas estava certo. Joseph não ia deixar Dixie tirar o pé do acelerador. Na verdade, quando a viatura reduziu a velocidade, ele apertou a arma com tanta força na têmpora dela que jogou sua cabeça para o lado. Chamei por ela. Ainda que não pudesse me ouvir, deve ter lido meus lábios, porque os dela se retorceram.

Ela virou a cabeça e encarou seu sequestrador. Não consegui entender o que Dixie falou, mas o que quer que tenha sido, deixou o cara puto. Ele chacoalhou a arma mais um pouco e então a segurou com ambas as mãos, apontada para a cabeça dela.

Gritei seu nome de novo, e ela se virou para me olhar. O sedã voltou a ganhar velocidade, com nossos olhos fixos uns nos outros. Seus lábios se moveram devagar e deliberadamente. Ela pronunciou "te amo" de novo e de novo. Meu coração parou e minha alma tentou pular para fora do corpo a fim de impedi-la de fazer o que quer que pretendesse fazer. Não podia vê-la se sacrificar por mim, mesmo que estivesse fazendo aquilo desde o princípio.

– Não!

Levantei as mãos e balancei a cabeça, mas Dixie só repetia "te amo". Eu podia ouvi-la, como se ela estivesse gritando, mesmo que o som não chegasse até mim. A viatura ficou na horizontal em relação à estrada. Eu desci e saí correndo na direção do outro carro antes que as rodas parassem de girar. Ouvi vagamente Jules gritar meu nome, mas tudo o que conseguia ver era Dixie e seu desejo incessante de salvar a todos, mas não a si mesma.

– Eu te amo! – gritei de volta, mas não fazia ideia se ela tinha ouvido e entendido, porque, no instante em que a última palavra saiu de minha boca, ela girou o volante com toda a força, fazendo o carro que até então se movia em altíssima velocidade derrapar para fora da estrada.

A tração se perdeu.

O motor sobrecarregado chiou.

Cascalho e pedras voaram e me atingiram, mas nem senti.

As rodas da frente bateram no fundo da vala. O impulso e a gravidade foram o bastante para lançar o enorme veículo no ar.

Ele pareceu capotar mil vezes. O som do metal sendo esmagado e do vidro quebrando era ensurdecedor. O cheiro de combustível e de borracha queimada atingiu minhas narinas com tudo.

Fiquei congelado no lugar, horrorizado, no meio da estrada, enquanto meu pior pesadelo se desenrolava diante de mim.

Ela havia me chamado de herói, e mais uma vez eu não estava à altura. Não pude salvar a garota que vivia tão desesperada para salvar a mim e a todos que acreditava poder ajudar. Ela era a heroína, e eu quase a odiava por aquilo, mas o fato de não conseguir deixar de amá-la finalmente fez meus pés se moverem, de modo que meu corpo não tinha escolha além de seguir meu coração na direção da mulher que era dona de cada pedacinho de mim.

CAPÍTULO 19

Dixie

EU ESTAVA VOANDO.

O carro havia saído da estrada em uma sinfonia gritada de metal e partes mecânicas ruidosas, levadas além dos limites. Mas não era por isso que eu me sentia sem peso, livre, flutuando acima de todas as coisas ruins que estavam acontecendo, no banco da frente do sedã que girava, virava, voava. Eu estava voando porque Church me amava, porque estava pronto para me deixar amá-lo. Mesmo se só tivéssemos um segundo daquele amor, seria o bastante. A luz havia afastado a escuridão, e ele estava sob o sol após se esgueirar nas sombras por tanto tempo. Era a única coisa que eu queria, e ele havia aparecido para me dar, caso fosse a última coisa em que eu botasse os olhos. Minha última visão seria de coragem e amor. De bravura e aceitação. Meus sonhos se tornando realidade.

Ao ouvir o vidro se quebrar à minha volta, soltei o volante e cobri o rosto com ambas as mãos. Joseph ainda gritava do meu lado, me xingando, dizendo que ia me matar, berrando que depois que eu estivesse morta assumiria como sua missão matar todo mundo que eu amava, mas então o barulho ensurdecedor voltou a tomar conta quando o metal fez contato com o chão enquanto capotávamos. Joseph parou de falar, e eu senti algo afiado rasgar minhas roupas, minha pele e meu ombro. Foi minha vez de gritar quando algo se soltou da parte abaixo do painel e prendeu meu pé entre seu peso e o acelerador.

Joseph queria que eu seguisse em frente.

Ele sabia que não havia para onde fugir, não com toda a polícia de Lowry ali. Ele disse que era culpa minha. Falou repetidas vezes que eu deveria ter lhe dado uma chance, que não deveria incentivar outros homens se já estava apaixonada. Tentei me manter calma e argumentar com ele. Tentei dizer que não era algo racional. Ele continuava me dizendo para ir mais rápido, para pisar mais fundo. Encostou a arma com tanta força em minha cabeça que vi estrelas e entrei em pânico, pensando que ele puxaria o gatilho por acidente. Eu não podia deixar que ele me matasse na frente de Church. Não podia permitir outro golpe em seu coração recém-remendado. Me recusava a deixar que culpasse a si mesmo pelo infortúnio atingir mais uma mulher com quem se importava. Não era culpa dele. Nada havia sido, agora Church enxergava aquilo, e eu não iria deixar ele ser arrastado de volta para a escuridão.

Eu disse que o amava. Em voz alta, inúmeras vezes. Repeti aquilo umas mil vezes, com cada palavra deixando Joseph com mais e mais raiva. Mas sua fúria não importava. Tudo o que importava era eu dizer o que precisava ser dito.

Vi Church correr em minha direção. Podia ver bem o medo e a preocupação em seu rosto. Eu disse que o amava e rezei para que conseguisse me ouvir. Assisti com o coração nos olhos e a determinação impressa em todas as partes do meu corpo ele dizer que também me amava. Eu nem precisava daquilo, mas fiquei extasiada que ele tenha dito. Havia tornado o que eu precisava fazer em seguida muito mais fácil. O amor era mais forte que o medo, e senti aquela força me preencher enquanto girava o volante do veículo o máximo possível. Não havia esperança para o sedã. Saímos da estrada e demos um salto mortal de imediato. A cerca que devia manter o gado da fazenda preso e impedir que desconhecidos entrassem não foi páreo para um veículo capotando.

Minha cabeça girava. Eu sentia gosto de sangue e poeira por toda a língua. Não havia uma única parte de meu corpo que não doía, e meus olhos não entravam em foco. Cada inalação fazia tudo queimar, e eu parecia não conseguir puxar ar suficiente. O mundo estava completamente invertido, mas desconfiei estar viva, se conseguia sentir todas as coisas que havia de errado comigo. Tentei virar a cabeça para ver se Joseph continuava no assento ao lado, ou, mais precisamente, para ver se ainda havia uma arma que poderia ser apontada para mim, então gritei quando uma dor avassaladora atingiu a lateral do meu pescoço ao tentar me mover.

– Dixie!

Ouvi meu nome, mas não como costumava soar. Church estava gritando, e parecia tanto uma prece como uma maldição. Não havia traço de seu sotaque gostoso. Só podia ouvir um homem frenético preocupado com a mulher que amava. Ele soava torturado e sem defesas. Era sua alma que gritava em busca da minha, mas eu não conseguia responder. Tentei, mas meus músculos não funcionavam. Não conseguia desgrudar a língua do céu da boca e não conseguia falar com o sabor do sangue acumulado no fundo de minha garganta. Por sorte, não precisei, porque, em segundos, aquele rosto familiar com olhos inesquecíveis, duas vezes maiores que o normal e inundados pelo medo, surgiu diante de mim. Ele estava de cabeça para baixo, mas eu conseguia distinguir os traços de preocupação em seu rosto enquanto ele se esticava pela lateral destruída do carro para pôr os dedos na lateral de meu pescoço.

Eu tinha pulso. Só podia ter. Sentia meu coração pulsar nos ouvidos, e cada batida fazia meu coração doer. Tentei piscar lentamente, a fim de indicar que estava bem, mas até aquilo se provou desafiador demais. Nada em meu corpo parecia cooperar.

– Ela tem pulso, mas fraco. Está saindo sangue de todo lugar, e um pedaço da merda da cerca entrou no ombro dela.

– Não mexa nela até que a ambulância chegue. Estão a dois minutos daqui.

Ouvi Jules como se ele estivesse falando através de um tecido grosso. Dava para ver suas pernas atrás de onde Church estava ajoelhado, segurando meu rosto.

– Estou aqui, linda – ele estava mesmo, e parecia querer me manter consigo. – Onde está Erikson? Não está no assento. Deve ter sido jogado para fora quando capotaram.

Joseph não estava de cinto. Aquilo e muitos filmes com Jason Statham tinham me dado a ideia de jogar o carro para fora da estrada. Achei que, se um de nós fosse sobreviver, seria eu, porque estava de cinto. Parecia que meu instinto estava correto. Não que sobreviver parecesse algo tão incrível no momento.

– Dói.

A palavra saiu chiada quando consegui levantar a mão que não estava esmagada contra o assento destruído atrás de mim, na direção do meu ombro.

Church segurou minha mão estranhamente pálida e fraca na sua e, com toda a delicadeza, a afastou do vidro cortante que estava embebido em meu sangue.

– Eu sei, mas não pode tocar – ele entrelaçou seus dedos nos meus e apertou de leve. – Você roubou uns cem anos de minha vida, sabia? – Church balançou a cabeça e se inclinou de modo que seus lábios tocassem os meus. Foi um beijo de cabeça para baixo e bastante rápido, mas juro que o toque de seus lábios contra os meus afastou parte da dor que dificultava meus pensamentos. – Já perdi dez anos, não quero perder mais.

Aquilo era bom, mas estava sendo muito complicado manter os olhos abertos. Via três dele, e todas as versões estavam meio borradas.

Ouvi vozes falarem rápido e alto. Ouvi Church resmungar e tentei protestar quando seu rosto foi substituído por um que eu não conhecia. Mas estava cansada demais para discutir e a dor era muito intensa para resistir. Podia sentir o esquecimento tentando me puxar e senti seu abraço caloroso e acolhedor.

– O pé está preso debaixo do painel. Deve estar bem machucado. Precisamos de aparelhos para soltar.

Ouvi Church ordenar que tomassem cuidado comigo. Um dos paramédicos bateu contra a lateral do meu corpo enquanto tentava abrir caminho para si mesmo, a fim de conseguir soltar meu pé. Não foi um empurrão forte, mas bastou para me fazer gritar como nunca na vida. Parecia que um raio tinha dividido cada órgão do meu corpo ao meio. Vi estrelas piscarem rapidamente na vastidão negra. A escuridão me chamava, me prometendo alívio da agonia ardente que destroçava meu corpo. Ouvi outras vozes também. Então veio um *pow* alto e senti cheiro de pólvora, além do de sangue e de gasolina que me faziam engasgar… então tudo ficou preto e finalmente parou de doer.

CAPÍTULO 20

Church

Eu queria pegar pelo pescoço o paramédico que havia feito Dixie gritar de dentro da carcaça destruída do carro e acabar com ele por lhe causar mais dor. Dixie parecia mal estar conseguindo se segurar. Seu rosto estava branco como giz, e sangue cobria a maior parte de sua pele. Gotas vermelhas escorriam por seus cachos a uma velocidade alarmante, e eu mal aguentava olhar para como seu ombro havia sido aberto pelo vidro. Eu tinha visto campos de batalha de perto, mas nada daquilo me preparara para ver a mulher que eu ousara amar se agarrando à própria vida enquanto tudo de vital e necessário vazava de dentro dela.

A ingênua havia arriscado tudo para salvar os outros em vez de a si mesma.

– Para trás, filho. Deixe que façam seu trabalho. Quanto mais rápido tirarem Dixie, mais rápido ela vai ter o tratamento de que precisa.

Deixei meu pai me afastar, sem conseguir tirar os olhos do veículo amassado em que seu corpo diminuto estava preso. A sensação de inutilidade, de não ser capaz de fazer nada para ajudá-la, fez com que todos aqueles sentimentos de inferioridade e injustiça levantassem suas horríveis cabecinhas. Eu queria ajudar, mas não podia. Se ela morresse... Nem queria pensar no que aquilo faria comigo, mas era quase impossível manter longe os pensamentos absurdos e aterrorizantes. Eu havia acabado de encontrar meu caminho para casa, mas sabia que, se Dixie não sobrevivesse, havia uma grande chance de acabar perdido e à deriva de novo, não importava quão firmes e fortes fossem minhas raízes.

– É tudo culpa sua!

Ouvi a acusação ser gritada para mim, mas estava tão perdido em meus pensamentos e preso à preocupação com a mulher presa nos destroços que levei um minuto para notar aquelas palavras, proferidas com selvageria a alguns metros de distância.

Me virei e me deparei com Joseph Erikson, ensanguentado, tombando para a direita, mas ainda de pé e com a arma que usara para aterrorizar Dixie em sua mão trêmula. Policiais se aproximavam lentamente dele por todos os lados, com armas empunhadas. Mais uma vez Joseph estava cercado e sem ter para onde ir, mas se recusava a desistir.

– Como ele conseguiu manter a arma ao ser atirado do carro? – perguntei baixo, e vi Jules sacudir a cabeça em resposta.

– Não faço ideia, mas a sorte dele acaba aqui – ele abriu o coldre onde ficava sua arma e a sacou com facilidade. – Joseph Erikson, você está preso pelo assassinato de Marie Erikson e pelo sequestro e aprisionamento de Dixie Carmichael. Abaixe a arma agora.

O homem riu, histérico, com as pernas vacilantes. Metade de seu rosto estava coberta de sangue. Eu não tinha certeza, mas ele parecia ter perdido alguns dentes. Não havia escapado ileso, mas queria que experimentasse todo o sofrimento e a dor com que Dixie lutava no mesmo instante.

– Ela podia ter me amado. Devia ter me amado. Eu fiz tudo certo.

Suas palavras eram absurdas. Ele começou a tossir, fazendo a arma sacudir. Os policiais que estavam mais próximos aproveitaram o momento para se aproximar, mas pararam quando Joseph recuperou o controle da arma e a apontou para mim. Ouvi Jules xingar baixinho, mas minha atenção foi roubada pelo corpo pálido e frágil de Dixie, que finalmente saía do metal retorcido que a mantivera presa. Ela foi colocada em uma maca, mas não estava se movendo, e eu não tinha como saber se ainda respirava ou não. Era tudo de que eu havia passado a vida correndo por medo. Aquela situação parecia me perseguir e me obrigar a encará-la. Eu havia feito tudo o que estava em meu poder para evitar aquela exata situação, uma mulher que eu amava à beira da morte, com meu coração entre as mãos, mas não havia como negar que aquele era o lugar onde eu deveria estar.

– Ela nunca poderia amar você, porque já me amava. Eu não queria isso, mas Dixie nunca faz o que é melhor para ela. Está sempre fazendo o que é melhor para os outros.

Me virei a fim de andar na direção da ambulância, sem me importar com o que aconteceria atrás de mim, porque só podia seguir na direção do que me esperava, da melhor coisa que já havia me acontecido. Não ia deixar que o mal que me ameaçava tirasse qualquer outra coisa de mim. Confiei em Jules para proteger não apenas a mim, mas a Dixie também.

Ouvi gritos, palavrões e o som do disparo. Não sabia quem havia puxado o gatilho, mas o discurso maluco de Joseph foi interrompido, então imaginei ter sido um dos mocinhos e, egoísta, torci para que tivesse sido meu pai, porque seria quase tão bom quanto se eu mesmo tivesse dado o tiro.

– Como ela está? – perguntei ao paramédico mais próximo enquanto colocavam Dixie na traseira da ambulância.

– Melhor do que parece. O corte no ombro foi feio e profundo. Provavelmente vai precisar de cirurgia. Ela perdeu bastante sangue, por isso apagou, mas já está voltando. O tornozelo ficou bem preso, mas por algum milagre foi apenas uma torção feia. Ela teve muita sorte. Precisei usar aparelhos muito mais complexos para tirar *corpos* em vez de pacientes dos destroços de batidas muito menos severas. Fragmentos da cerca contra a qual o carro se checou fizeram um estrago em sua clavícula, e posso apostar que ela quebrou algumas costelas. Está com dificuldade para respirar, então estamos imaginando pneumotórax, mas por enquanto não há necessidade de entubar. Vamos levá-la a Tupelo, mas talvez ela precise ser transferida de helicóptero para algum lugar mais bem equipado, onde irão tratar melhor de seu estado.

Assenti e dei a volta nele no intuito de subir na traseira da ambulância. Nenhum dos socorristas tentou argumentar comigo quando sentei no banco estreito e peguei a mão mais próxima de Dixie. Suas pálpebras se abriram, e ela me encarou enquanto os paramédicos corriam à sua volta e tentavam imobilizar seu braço.

Seus olhos caídos passaram por mim e pararam em sua mão presa à minha. O escarlate do sangue cobria nossos dedos e manchava as costas das mãos. Ela franziu a testa, e sua boca se curvou em um beicinho que eu fiquei louco para beijar.

– Você está sangrando.

Sua voz saiu como um fiapo. Dava para perceber que cada palavra era uma luta.

Olhei para nossas mãos unidas e não pude impedir a risada seca que escapou de meu peito. De fato saía sangue da ferida em meu ombro e do talho em meu braço, que pingava nas costas da mão que eu segurava. No minuto em que eu soube que ela estava bem, esqueci completamente dos meus ferimentos.

– Você acabou de escapar de um dos piores acidentes que esses caras já viram e está preocupada comigo? – suspirei e levei sua mão até meus lábios, para poder beijá-la. – É minha vez de cuidar de você, linda. Já fez tudo o que podia por mim, agora cabe a mim mostrar que sou digno do sacrifício que você fez para que eu visse que o amor não é algo de que se deve correr. Não quero ser um covarde. Quero ser o homem corajoso o bastante para amar uma mulher como você.

Seus olhos piscaram com rapidez, e vi que lágrimas se acumularam ali. Uma máscara de oxigênio foi colocada sobre sua boca, e ela não pôde mais responder, mas eu não precisava que me dissesse o que estava sentindo. Ela me dava aquilo desde o começo sem pronunciar uma palavra. Nem precisaria ter dito que me amava, porque tudo o que havia feito desde que concordara em viajar na traseira da minha moto me provava aquilo. Dixie amava porque era a pessoa mais corajosa que eu já havia conhecido, e seu coração era forte. Diziam que o amor era uma guerra. Se aquele era o caso, Dixie havia ganhado e estava no caminho certo para a invencibilidade.

CAPÍTULO 21

Dixie

Fiquei no hospital por pouco mais de uma semana. Meu ombro e os músculos e tendões machucados estavam mal e precisaram de cirurgia, mas todos os médicos que me viram estavam cuidadosamente otimistas, acreditando que eu recuperaria cem por cento dos movimentos assim que estivesse curada e fizesse fisioterapia para recuperar a força. De maneira surpreendente, meu tornozelo torcido provou ser a maior dificuldade. Estava inchado e com um tom grotesco de verde-escuro. Eu não podia colocar nenhum peso nele e não tinha como me equilibrar com um dos meus braços em uma tipoia, preso a meu peito. Aquela porcaria doía horrores sempre que eu tentava me mover, então passei uma semana parada e impaciente. Church mal saiu do meu lado, ele também com uma tipoia que descartou assim que seu próprio ferimento pareceu melhorar. Ele agia como se levar um tiro não fosse nada demais, o que eu achava exasperante. Insistia que havia sido atingido por uma arma de baixo calibre e que então a bala que atingira seu ombro era muito menos preocupante que o meu próprio ombro destruído. Como se aquilo melhorasse alguma coisa. Contrariada, falei que achava fofo termos cicatrizes iguais.

Eu não estava acostumada a ser o alvo de todas as atenções, então precisei de um tempinho. Não queria incomodar, mas eventualmente ficou evidente que havia muitas limitações no que eu podia fazer, então sosseguei e deixei o estardalhaço à minha volta continuar. Church e eu não falamos sobre o futuro: o fato de ele ter admitido que teríamos um era o bastante para mim. Ele não ia mais fugir de mim ou do meu amor. Na verdade, corria nessa direção e me perseguia com sua forma de afeto caótica e selvagem. Honestamente, eu achava que nossa história colocava a dos meus pais no chinelo.

Ele estava com as botas apoiadas na beirada da cama do hospital, olhando alguma coisa no celular. A tarefa de contar à minha família por que eu estava no noticiário nacional coubera a ele, assim como a de convencer metade de Denver a aguardar até que eu pudesse receber visitas, então ficava com meu celular nas mãos quase o tempo todo desde que eu saíra da cirurgia. Eu ia receber alta em uma hora e mal podia esperar par sair do hospital e voltar a algo que se aproximasse da realidade.

Meus pais haviam chegado no dia seguinte à batida e estavam alojados na casa de Elma Mae. Eles hesitaram a princípio, mas logo se deram conta de que Church não sairia do meu lado e passaram a maior parte de seu tempo no Mississípi se apaixonando por Lowry e pela família Churchill do mesmo jeito que havia acontecido comigo. Eu voltaria com eles para Denver no fim da semana.

Ainda tinha toda uma vida no Colorado que precisava organizar antes que Church e eu pudéssemos decidir qual seria o próximo passo. Sentia falta da minha cadela e não queria pressionar

Church quando finalmente o tinha onde tão desesperadamente queria tê-lo. Ele me amava. Me queria. Precisava de mim. Mas eu não sabia se planejava fazer tudo aquilo em Lowry ou se ia voltar comigo para Denver. Não podia imaginá-lo deixando sua família quando havia passado tanto tempo se escondendo dela, mas Church não havia dito nada em nenhuma direção.

Cutuquei sua bota com o pé bom até que ele me olhasse.

– O que está fazendo com o meu celular?

Não havia nada de preocupante naquilo, a não ser que ele conseguisse entrar no Pinterest e encontrasse meu mural temático de casamento. Seria constrangedor, mas, ao mesmo tempo, ele precisava saber que era naquela direção que o que tínhamos caminharia naturalmente para mim, independentemente do estado que escolhêssemos para chamar de lar.

– Estou olhando o aplicativo de relacionamentos – ele levantou os olhos e uma sobrancelha para mim. – Estou lendo o que você respondeu no questionário do homem perfeito.

Grunhi e levantei a mão boa.

– Para com isso. Preciso deletar esse negócio. Me dá aqui o celular.

Balancei os dedos, mas fui prontamente ignorada.

Um sorriso se insinuou em sua boca, e seus olhos brilharam em milhões de cores diferentes quando a graça os iluminou de dentro para fora.

– Mais de um e oitenta – ele levantou um dedo. – Confere – grunhi, exigindo o celular. – Agora, por que isso é necessário quando você mal passa de um metro e cinquenta eu não sei.

– Tenho mais de um metro e sessenta, babaca. Quer parar com isso?

– Aberta a todas as etnias – ele subiu e desceu as sobrancelhas, e senti minhas bochechas ficarem vermelhas. – Bom saber.

Levei a mão aberta aos olhos e suspirei, derrotada. Ele não ia parar até passar por toda a minha lista de exigências.

– Em forma, com alguma educação formal, empregado, com ou sem filhos. Você não estava sendo muito exigente, não? – ele estava rindo de mim, então fechei os olhos e tentei ignorá-lo. – Onde é que eles perguntam se você aceita psicopatas assassinos com problemas com a mãe?

Grunhi outra vez e virei meus olhos estreitos na sua direção.

– Devo ter pulado sem querer.

Church voltou a rir, mas então sua expressão ficou séria e suas sobrancelhas formaram um V acima de seus olhos coloridos. Ele tirou os pés da cama e se inclinou na direção do telefone, lendo com toda a atenção:

– Prefere o tipo forte e calado, porque, quando tem algo a dizer, sempre vale a pena ouvir. Procurando por um homem cavalheiro, aventureiro, com orgulho de si próprio e senso de dever – seus olhos encontraram os meus, e eu teria dado de ombros se conseguisse, mas só mordi o lábio enquanto ele continuava a ler. – Lealdade é imprescindível. Dá para dizer muito sobre um homem por suas companhias. À procura de alguém que reconheça a importância da família e de um lar, que esteja disposto a fazer qualquer coisa pelas pessoas com quem se importa. Em busca de amor eterno.

Engoli em seco enquanto ele tocava a tela, fechando o aplicativo e travando o celular antes de colocá-lo ao meu lado na cama. Church se levantou e veio até mim. O colchão afundou com seu peso quando ele apoiou o quadril perto do meu.

– Você me descreveu.

Olhei em seus olhos.

– Bom, é. Eu precisava descrever o homem perfeito e, mesmo quando estava me deixando louca e me obrigando a conter meu próprio coração, ainda era você. Você é o único para mim.

Church esticou a mão e tirou um cacho do meu rosto, para que eu não pudesse me esconder atrás dele.

– Como podia ter tanta certeza?

Soltei o ar e peguei sua mão.

– Eu só sabia. Não tinha como explicar. Tampouco dava para negar. Meu coração te escolheu.

Seus lábios se contorceram e então aconteceu.

Ele sorriu.

Eu sabia que aquilo seria minha perdição.

Aquela boca havia sido feita para ser feliz. Aquele rosto tinha sido criado para ter a alegria e o encantamento estampados nele. Church era muito mais que lindo com aquele sorriso. Era deslumbrante. Ele tirou meu ar e fez com que ficasse difícil pensar.

– Você está sorrindo.

Toquei a depressão em seu rosto, que não era exatamente uma covinha, mas quase.

– Acho que sim – ele pegou minha mão para beijar as costas dos meus dedos. – Ando tendo muitos motivos para ficar feliz.

Sorri de volta.

– Que bom.

– Preciso resolver um negócio rapidinho e já volto para te buscar. Temos pouco tempo juntos antes que seus pais te levem para casa.

Há dias ele não saía do meu lado, então fiquei surpresa que precisasse fazer alguma coisa agora que eu estava tão próxima da liberdade.

– Hum… tá.

Franzi a testa, mas ele apenas se inclinou e plantou um beijo em meus lábios.

– Já volto, linda. E sei que precisamos conversar sobre o futuro. Não estou fugindo. Vou estar bem aqui na sua frente mesmo que não consiga me ver. Confia em mim.

Era difícil não dar tudo o que ele pedia quando sorria para mim.

– Tudo bem, soldado.

Ele saiu do quarto em silêncio.

Eu não tinha ideia de para onde ele ia, mas tudo dentro de mim garantia que voltaria.

CAPÍTULO 22

Church

EU SABIA QUE PRECISARIA ACEITAR AS COISAS BOAS E AS RUINS DALI EM diante, mas havia uma coisa ruim que precisava ser lembrada de que eu podia e ia contra-atacar. Havia uma coisa ruim que precisava saber que não havia lugar para ela em minha vida ou na vida das pessoas que eu amava. Havia uma coisa ruim que precisava aprender que eu era maior e pior do que ela jamais poderia ser.

Além disso, eu havia prometido a meu irmão que compareceria e não podia voltar atrás. Na verdade, tratava-se de uma promessa que eu estava mais do que feliz em cumprir.

Ouvi a porta enferrujada do *trailer* abrir e me inclinei para a frente no horrível sofá marrom e creme com estampa de faisões. Ele havia saído direto dos anos 1980, a julgar pelo visual e pelo cheiro. Apoiei as mãos nos joelhos sem tirar os olhos da porta que se abria. Um homem corpulento com um *jeans* sujo e uma camiseta branca rasgada entrou. Ainda era cedo, mas ele cheirava a bebida barata. Não havia como esconder a surpresa e a confusão quando seus olhos pousaram em mim.

Ele abriu um sorrisinho de escárnio ao passar as costas da mão na boca, e suas pernas vacilaram. Então seus olhos encontraram a mesinha quebrada diante de mim e a arma letal que estava a centímetros dos meus dedos. Era um alerta claro, de modo que não precisei gastar meu tempo ou minha voz. Após atirar para matar o maluco que havia sequestrado e aterrorizado Dixie, Jules havia localizado o líder da turma que atacara Dalen. Rapidinho ele entregou todos os seus comparsas, incluindo aquele cara. E, embora decepcionado por não poder bater um papo com o sujeito que aceitara dinheiro para bater em um desconhecido só porque não gostava da aparência dele, fiquei feliz por Jules pelo menos ter me dado algum tempo com os outros cretinos que não tinham nenhum problema em espancar um moleque.

– O que você está fazendo aqui?

As palavras saíram juntas enquanto ele cambaleava, batendo uma mão gorda na parede fina do *trailer* no intuito de se manter de pé.

Suspirei pesadamente enquanto estreitava meus olhos para ele, que estava bêbado demais para qualquer coisa que eu quisesse lhe dizer. O cara antes dele havia dado uma olhada na arma e no meu rosto e se mijara de medo. Mal precisei dizer alguma coisa para que entendesse que havia mexido com o garoto errado. Ele estava encolhido em posição fetal e chorando no chão de sua quitinete deprimente quando Jules e seus homens chegaram com um mandado de prisão. Ele que deu a localização do *trailer* escondido nas profundezas do vale, o qual, de outra maneira, seria impossível achar. Por sorte, tive mais tempo para esclarecer as coisas com ele, uma vez que palavras eram desnecessárias.

Suspirei de novo e peguei a arma. Eu a guardei na calça e me levantei. Os olhos dele se levantaram… e se levantaram um pouco mais enquanto ele absorvia minha altura e a largura dos meus ombros enquanto eu cruzava os braços. Ignorei a dor na ferida que ainda cicatrizava. Teria que suportar muito mais quando terminasse com aquele sujeito.

– Meu irmão mais novo não vai ser adolescente por muito mais tempo.

Observei seu pomo de adão se levantar e voltar enquanto ele tentava se endireitar. Eu era muito mais alto que aquele cara, mas ele era forte, e não dava para saber como o medo e a bebida determinariam sua reação.

O desprezo surgiu em seu rosto. Ódio era algo feio. Ódio sem razão era tolice. Senti meus lábios se retorcerem e dei um passo para o lado quando ele se jogou de repente na minha direção.

– Sai da minha casa!

As palavras saíram cheias de fúria e em alto volume, mas perderam parte do impacto quando ele caiu sobre a mesinha já quebrada e perdeu o equilíbrio. Estiquei a mão para poder agarrar a gola de sua camiseta e usei o impulso para puxá-lo na minha direção.

Ele se debateu em minha pegada, levantando as mãos na tentativa de se soltar, mas eu era maior, estava com raiva e sóbrio.

– Você estava procurando por mim, mas encontrou meu irmão. Aceitou bater em um garoto por uns trocados e porque é um desgraçado de um racista. Se quer despejar toda a sua merda em alguém, tenta com alguém do seu tamanho, que possa contra-atacar. Despeja em um adulto que já viveu o bastante para saber que o mundo é cheio de babacas como você.

Suas mãos continuavam tentando tirar as minhas de cima

dele, enquanto seus olhos se arregalavam e seu mau hálito saía e voltava aos lábios que produziam ruídos, mas não palavras. Dei uma chacoalhada nele que fez seus dentes baterem e o levantei até apenas as pontas de suas botas tocarem o chão imundo do *trailer*.

– Se eu fosse outro tipo de homem, se fosse um homem como você, já teria lhe dado um tiro no meio da testa. Entende o que estou dizendo?

Os olhos úmidos do cara piscaram lentamente enquanto ele tentava se soltar.

– Não foi nada disso.

Suas palavras saíam com dificuldade por causa da minha pegada, então dei um empurrão nele, que o mandou voando pelo espaço reduzido. Ele sacudiu os braços em vão, porque nada podia impedir seu corpo largo de atingir a parede oposta a mim. O homem aterrissou com uma pancada e escorregou devagar até o chão, com as pernas estendidas à sua frente.

– Eu não queria ser arrastado para aquela confusão com os caras do Sassy's, mas não tive escolha – ele esfregou o cotovelo e fez uma careta. – Eu sabia que o garoto não era o alvo, mas aqueles idiotas não me escutaram. Estavam muito animados com o dinheiro e com a oportunidade de se afirmar ou sei lá que porra – ele balançou a cabeça e esfregou os olhos enquanto eu me debruçava sobre ele, com as mãos nos quadris. – O filho do xerife... o filho da porra do xerife. Não interessa a cor, não dá para mexer com alguém que é a lei. São todos uns idiotas.

Inclinei a cabeça e estreitei os olhos.

– Por que foi com eles se sabia que era a pessoa errada?

Ele jogou a cabeça para trás e soltou uma risada amarga e seca.

– Bebo demais. Aposto demais. Não tenho família ou dinheiro. Estou devendo uma grana no Sassy's. Ou participava do linchamento ou ia me foder. Pareço ser o tipo que faz as escolhas certas? – ele ergueu as mãos e as deixou cair. – Não tenho nada de bom em minha vida, então deixo que as coisas ruins tomem conta.

Eu o encarei em silêncio por um longo minuto enquanto me dava conta de que estivera perto de ser como ele. Havia ficado fácil demais ignorar as fagulhas positivas quando elas vinham, de tanto que as negativas me envolviam e consumiam. Eu sabia que para seguir em frente precisara fazer um esforço de focar no que importava, e não no que poderia ou não estar à espera no horizonte. Então meu celular vibrou no bolso, avisando que era hora de ir, antes que Jules e seus homens aparecessem com o mandado de prisão.

Passei por cima de suas pernas e olhei uma última vez para ele, que encarava o teto furado e manchado do *trailer*.

– Nem preciso dizer que, caso se meta de novo com alguém da minha família, você não vai terminar bem.

Ele me olhou nos olhos.

– Já não acho que vá terminar bem desta vez.

Ele não estava errado, mas eu não tinha um pingo de dó para gastar ali.

Desci pelo aterro que ficava atrás do *trailer* e passei pelo riachinho que corria por ali. A caminhonete estava estacionada atrás de um amontoado de pedras cobertas de musgos, fora de vista da cavalaria que chegava. Jules iria acabar comigo quando visse toda a lama nos pneus, mas achei que se dissesse estar considerando sua sugestão de entrar para a polícia poderia acalmar as coisas.

Queria cuidar das pessoas, ser o homem que ele me criara para ser. Queria dar uma utilidade aos anos de treinamento e sacrifício. Queria tudo o que agora sabia que importava. Parecia que usar um distintivo e concordar em proteger e servir era um belo jeito de conseguir tudo aquilo.

Quando saí do Holler e voltei para a cidade a fim de buscar minha garota, passei pelo cemitério onde minha mãe e Caroline estavam enterradas. Pensei em levar Dixie lá, para que pudéssemos os dois prestar nosso respeito antes que ela voltasse a Denver. Se aquelas mulheres não tivessem me amado com tanta intensidade e ferocidade, eu nunca teria descoberto como amar uma mulher que parecia ser tudo para mim. Eu devia o mundo a elas e queria deixá-las orgulhosas. Sabia que aprovariam a mulher que meu coração escolhera.

Eu seguraria Dixie enquanto ela chorasse, porque sabia que choraria.

E deixaria que me segurasse enquanto eu chorasse, porque já estava mais que na hora de me permitir o luto real e verdadeiro por tudo o que eu havia perdido. Então eu iria beijá-la até que não conseguíssemos mais respirar, porque já era hora de celebrar e reverenciar tudo o que eu havia ganhado.

Dixie me esperava quando cheguei no hospital. Eu queria me socar por não ter pensado em levar flores para ela. Precisava ser um homem mais romântico, aumentando a carga de galanteio das minhas técnicas de sedução. Não que seu sorriso ao me ver me fizesse pensar que eu havia dado mancada. Ela brilhava. Resplandecia. Cintilava. Era tão clara e vívida que ficava fácil esquecer os curativos que a mantinham firme e seu pé imobilizado. Qualquer dia em que a via sorrir era o melhor dia da minha vida, e eu esperava ter uma infinidade deles no futuro.

Ela me puxou para si em um abraço assim que me viu, e eu não hesitei em retribuir. Estava ficando bom naquilo. Era gostoso ter meus braços em volta de alguém que eu nunca queria soltar e era gostoso ser segurado como se ela também não tivesse intenção de me soltar.

– E aí? Tudo resolvido?

Ela fechou a mão boa em volta da minha enquanto uma mulher de avental empurrava sua cadeira de rodas para fora do quarto e na direção do elevador. Não me surpreendeu nadinha que toda a equipe do hospital se despedisse dela e desejasse uma recuperação rápida. Era o efeito que Dixie tinha nas pessoas.

Quando chegou a hora de colocá-la na caminhonete, não lhe dei a chance de tentar se levantar sozinha e se equilibrar em uma só perna. Peguei-a no colo e levantei-a enquanto ela ria no meu ouvido e enlaçava meu pescoço em um abraço estrangulado. Dei um beijo firme em sua boca, me demorando um pouco mais do que pretendia. Ela não pareceu se importar, porque escorregou a língua por entre meus dentes e deu uma mexidinha.

Eu me afastei e apoiei uma mão em sua bochecha.

– Deveria ter te trazido flores ou bexigas.

Ela sorriu e se inclinou para tocar meus lábios com os seus.

– Prefiro o beijo.

Como eu poderia não sorrir com aquilo?

Fui para o assento do motorista e dirigi para casa... ou para o que era minha casa naquele momento. Aquela era uma conversa que logo precisaríamos ter.

Estávamos nos limites da cidade, acomodados no que eu julgava ser um silêncio confortável, quando senti que ela me encarava. Olhei para Dixie de canto de olho e a observei me observar.

– O que foi?

Dixie pulou quando perguntei, levando a mão ao pescoço.

– Nada.

Ela virou o rosto e ficou olhando pelo para-brisa, mas seus lábios estavam apertados e ela tamborilava os joelhos, nervosa. Aquilo não parecia nada com ela, então procurei um lugar para encostar. Quando encontrei um ponto reservado e fora do caminho, tirei a caminhonete da estrada e estacionei atrás de uma fileira de ciprestes com galhos que chegavam até o chão. Ela me lançou um olhar curioso, mas não disse nada. Me virei no banco para encará-la.

– O que se passa nessa sua cabecinha linda, Dixie?

Estiquei o braço no assento do banco e toquei seus cachos com a ponta dos dedos.

– Eu só estava pensando. Mas não é nada importante e certamente pode esperar até que a gente chegue no seu pai.

– Se não fosse nada, você não estaria agitada e muda. Pode mandar, linda. Já falei que nada que disser vai me fazer fugir.

Fiquei olhando-a enquanto ela mordia o lábio e fazia um

beicinho. Sua boca fechada ainda estava molhada de saliva, e eu só queria mordê-la.

Ela inspirou fundo e então começou a falar tão rapidamente que fez minha cabeça girar.

– Bom, eu te amo e você me ama, mas tenho que voltar a Denver. Porque tenho um trabalho que talvez nem consiga fazer por causa do meu ombro, um apartamento que não é nada de mais, uma cadela que me faz morrer de saudades e uma irmã que é doida e ainda não contou ao noivo que é lésbica. Você não mencionou se quer que eu continue lá ou volte para cá e não disse nada sobre onde planeja morar a longo prazo, ou com o que quer trabalhar, considerando estar claro que não planeja ser segurança de bar para sempre. E sua família está aqui, então tenho certeza de que não quer ir embora, mas não quero abusar da receptividade do seu pai e quero casar e ter filhos, mas não sei se é o que você quer, porque você nem sabia que podia me amar de volta até, tipo, ontem, e é coisa demais para mim. Não quero te assustar, mas já faz algum tempo que penso em algumas dessas coisas, e o resto surgiu recentemente, quando você disse que também me amava.

Fiquei olhando para Dixie enquanto ela olhava para qualquer outra coisa que não fosse eu.

– É só isso?

Ela virou a cabeça e estreitou os olhos na minha direção.

– Quer mais?

Ri e saí da caminhonete, passando pela frente para abrir a porta dela. Dixie me olhou com uma expressão de interrogação, mas não resistiu quando a peguei no colo e a levei até a traseira do enorme quatro por quatro. Foi meio complicado abrir a caçamba com uma mão, mas consegui e a coloquei ali, me acomodando entre suas pernas. Seu braço seguia em meu pescoço, seus olhos estavam fixos nos meus. Eu me inclinei e beijei a ponta de seu nariz.

– Eu já disse que você merece vir em primeiro lugar, então vou para onde quiser. Se quiser ficar aqui, vou ficar. Se quiser voltar a Denver, vou voltar. Se quiser mudar para Austin e morar ao lado de Jet e Ayden, tudo bem. Só quero que seja feliz, Dixie.

Seus olhos se arregalaram. Era como se eu pudesse me afogar em todo aquele chocolate.

– Ah.

Afastei alguns cachos de seu rosto e afundei o meu rosto na curva do seu pescoço. Dixie inclinou a cabeça para me dar mais acesso e esfregou os dedos nos cabelinhos curtos de minha nuca.

– Não precisamos decidir nada agora. Vamos dar um jeito.

Ela murmurou alguma coisa e então me puxou pela orelha para que a olhasse.

– Estou falando sério sobre casar e ter filhos, Church. Quero você, mas quero tudo isso também. Você vive repetindo que preciso colocar minhas necessidades e vontades em primeiro lugar. Bom, é isso que eu quero.

Ri em seu ouvido e me afastei para poder ver seu rosto. Dixie estava falando muito sério, e cada esperança e sonho que já tivera brilhavam em seus olhos.

– Não tenho uma aliança, então não posso ficar de joelhos e te pedir em casamento agora, Dixie.

Ela desviou os olhos, mas segurei seu queixo para trazê-los de volta a mim.

– Mas isso não quer dizer que não vá acontecer. Só quero que seja certo. Estraguei uma porção de coisas no passado, linda, então estou determinado a acertar nisso. O momento certo, a hora certa, tudo certo. Mas precisa se lembrar de que você sempre vai ser a garota certa para este cara errado.

Seus lábios se retorceram um pouco e parte da seriedade desapareceu.

– Posso esperar pelo momento e pelo lugar certo, porque você é o homem certo para mim, Church. Não tem nada de errado nisso.

Levantei uma sobrancelha e me inclinei contra seus quadris, tomando o cuidado de não colocar pressão demais em seu tornozelo imobilizado. Subi uma mão por suas costas, do lado do braço bom que enlaçava meus ombros. Os machucados da perna e do braço ficavam de lados opostos, de modo que eu precisava tomar o maior cuidado com ela. Sua pele ela macia e quente, assim como seus olhos, que se derretiam e se liquefaziam em um desejo preguiçoso e em uma paixão lânguida.

– Então agora sua irmã gosta de mulher? Por essa eu não esperava.

Dixie riu, mostrando os dentes e aquele brilho que era parte inerente dela. Eu sabia que, enquanto vivesse, não poderia me cansar de sua alegria constante. Ficara triste por tanto tempo que nunca teria lembrado como a felicidade era boa se não fosse por ela.

– Pois é. Não sei se ela já contou para Wheeler, mas teve um caso com uma mulher. Quer dizer, ainda é traição e ela ainda deveria ter sido honesta sobre suas dúvidas e o que estava sentindo, mas espero que o fato de ter sido uma questão de orientação sexual reduza o golpe – ela soltou um suspiro fraco quando curvei a mão em seu pescoço e passei o dedão em seu maxilar para inclinar sua cabeça e tocar seus lábios com os meus. Quando me afastei, ela passou a língua na umidade deixada para trás e sorriu para mim. – De tudo que falei, essa foi a parte que chamou sua atenção?

Apoiei a testa contra a dela e levei uma mão até seu quadril, a fim de poder puxá-la ainda mais para o limite da caçamba. Nossas pélvis ficaram coladas, do osso à carne, e meu pau ficou dolorosamente consciente de que as únicas coisas que o separavam de sua entrada aveludada era meu zíper e o vestidinho leve de algodão que ela usava. Elma havia providenciado roupas para Dixie, então ela não precisaria entrar em seu típico uniforme de calça *jeans* e camisetas engraçadinhas. O tecido de verão grudava em todas as suas curvas, e o vestido era amarrado nos ombros, para ela não precisar pôr e tirar o braço machucado de uma manga.

– Vamos lidar com todo o resto conforme a hora chegar. Vamos atravessar todas essas pontes juntos de modo que fiquemos sempre do mesmo lado ou indo encontrar o outro no meio do caminho. Você não tem que se preocupar ou lidar com o que está acontecendo com sua irmã. Ou ela vai fazer a coisa certa e contar a verdade para o mecânico ou não vai. Não cabe a você resolver as coisas. Eles precisam chegar lá sozinhos. Além do mais, se sua irmã for minimamente parecida com você, a ideia de que esteja se pegando com outra garota é muito interessante.

Soltei um grunhido fingido quando ela bateu a testa de leve contra meu queixo.

– Não tem a menor graça.

Eu discordava. Achava graça, mas não ri quando ela balançou o quadris e se aproximou ainda mais da ereção que sequer tentava ser discreta do outro lado do zíper. Senti seus seios apertados contra meu peito e o braço que estava em meu ombro passar para o meu pescoço. Ela esfregou a testa contra meu queixo e soltou um suspiro sussurrado que fez cócegas em minha garganta.

– Eu podia ter morrido.

Seu corpo tremeu, e eu desci a mão por suas costas no intuito de acalmá-la.

– Não era sua hora, linda.

E eu faria tudo o que pudesse para estar a seu lado quando fosse. Eu estaria lá e seria tudo o que ela precisasse que eu fosse, porque o amor que eu tinha por ela era muito mais poderoso do que o medo de perdê-la.

– Na hora, nem senti medo. Sabia que estava fazendo a coisa certa, sabia que era a melhor opção, mas depois... – ela balançou a cabeça, e seu corpo inteiro tremeu contra mim. – Tudo em que eu conseguia pensar era em quão arriscado havia sido e em todo mundo que eu deixaria para trás – ela se afastou para me olhar. As lágrimas faziam seus olhos brilharem ainda mais. – A ideia de nunca mais estar com você, tocar você, dizer que te amo durante o sexo, doeu quase tanto quanto o tornozelo torcido ou a perfuração no ombro. Quero que saiba que te amo sempre, não só diante da preocupação de não ter mais a chance de te amar.

Suas palavras abriam caminho até as partes do meu coração que haviam se mantido juntas por fios frágeis e conseguido voltar a unir a coisa toda em algum tipo de ordem. Ela fazia com que ele batesse no ritmo certo. Conseguia conciliar a vida e as expectativas. Moldava-o em algo que era muito mais forte do que antes do seu toque delicado.

– Sei que me ama, Dixie.

Peguei seu rosto adorável e precioso nas mãos e a beijei até que não conseguíssemos mais respirar. Senti o gosto de cada erro e cada triunfo na ponta de sua língua enquanto se agitava contra a minha.

– Você não teria subido na traseira de minha Harley quando aquilo a deixava nervosa o bastante para tremer se não me amasse.

Escorreguei um dedo por baixo do laço que prendia o vestido em seu ombro e tracei de leve o osso da clavícula. Dixie suspirou e desceu a mão, apoiando-a no meu coração e batendo os dedos no ritmo da música romântica orquestrada por ela.

– Não teria deixado sua família, seus amigos e Dolly para se meter nessa viagem maluca comigo se não me amasse.

Soltei o lacinho delicado em seu ombro e observei o tecido fino se desprender e cair. Ela não estava de sutiã, e seus mamilos rosados de repente apareceram diante dos meus olhos. A pontinha enrijeceu de imediato, enquanto a penugem que cobria sua pele macia e clara se eriçou. Meus olhos passavam de sarda em sarda.

– Você não teria colocado meu pau na sua boca sem se importar com o local em que estávamos ou com quem poderia aparecer se não me amasse.

Usei o nó de um dedo para acariciar sua pontinha rosada e me inclinei para poder beijá-la de novo.

– Você não teria suportado o teste de Elma e a hostilidade entre mim e Dalen enquanto tentávamos descobrir como ser irmãos outra vez se não me amasse.

Abaixei a cabeça para passar a língua pela carne sensível que havia descoberto, plantando beijos leves como penas em todo o seu peito. Adorei cada mancha roxa, cada marca em sua pele perfeita, enquanto Dixie jogava a cabeça para trás e olhava para as árvores que nos cercavam.

– Você não teria arriscado sua vida para salvar as pessoas com quem sabia que eu mais me importava se não me amasse. Tudo o que fez, cada passo que deu, dizia que me amava, Dixie. Nunca duvidei disso. Só não queria ver porque sabia que não teria como não amar você de volta. Eu te amei desde muito antes de quase te perder, linda.

Escorreguei uma mão por baixo da barra de seu vestido e fui subindo pela pele sedosa de sua coxa. Ela tremeu ao meu toque, e seus olhos me encorajaram a continuar com meu discurso e minhas carícias. Eu não podia ser muito firme dada a sua condição, não podia ser bruto ou usar minha força. Ela precisava de um toque suave. Precisava de mãos leves e de um coração aberto. Precisava ser amada, não comida.

Meus lábios se curvaram em um sorriso que a fez sorrir de volta enquanto puxava o tecido de minha camiseta. Eu me afastei para tirá-la e me estiquei para colocá-la atrás de Dixie de modo que o metal da caminhonete não se esfregasse contra sua bunda nua enquanto eu enganchava um dedo na lateral de sua calcinha e começava a descê-la devagar.

– Fiz tudo errado, porque estava enferrujado e morrendo de medo, mas te amava desde o princípio.

Assim tirei o diminuto tecido por seus pés, o enfiei no bolso de trás da calça e apoiei minhas mãos em seus quadris, posicionando meu pau de maneira a me insinuar insistentemente contra seu sexo. A perna boa envolveu meu quadril e ela se apoiou na minha pegada, liberando a mão boa para traçar os músculos em meu peito. Dixie usou a pontinha da unha para arranhar meu mamilo. O movimento me fez puxar o ar enquanto o desejo se desgarrava de meus membros.

– E agora vou despejar todo o meu amor em você, porque estamos os dois aqui, juntos, e não vou perder essa oportunidade agora.

Aquela era a principal lição que eu havia aprendido com todos os meus erros e as minhas cagadas. Fazer o melhor com o tempo que eu tinha com as pessoas que importavam, porque o dia seguinte nunca era uma garantia, e as memórias manteriam você aquecido ou gelado.

Tudo em Dixie era quente. Seu sorriso. A expressão em seus olhos. A pele do quadril e da barriga tremendo em minhas mãos e ao toque de minha língua. O toque de seus dedos envolvendo meu pau quando ela finalmente conseguiu tirar meu *jeans* do caminho. Seus lábios estavam quentes quando pousaram na lateral do meu pescoço, e ela praticamente queimava entre as pernas enquanto meu dedão escorregava pela parte interna de sua coxa e entrava em seu sexo úmido. Seus músculos se contraíram, sua vagina tremulava, e o prazer encharcou meus dedos. Usei o dedão para abrir as dobras sedosas e encontrar o clitóris inchado. Esfreguei-o de leve, enquanto ela continuava a se dedicar ao meu pescoço.

Não queria sacudi-la ou que se mexesse além do necessário. Tomei cuidado com seu ombro machucado enquanto passei a ponta do nariz pela superfície do outro. Sussurrei promessas que pretendia cumprir em sua doce pele. Sussurrei em seu ouvido todas as safadezas que faria com ela assim que melhorasse. Planejei um futuro entre nossos beijos enquanto Dixie arfava no mesmo ritmo das estocadas dos meus dedos e movimentava os quadris devagar e com cuidado contra minha mão.

Eu a toquei com cada grama de delicadeza que consegui reunir. Acariciei-a com toda a contenção e a reserva que possuía. Brinquei com ela como se fosse algo raro e adorado, porque Dixie era aquilo de fato. Vi seu desejo aumentar, devagar e firme. Observei seu prazer começar a abrir caminho rumo à sua pele pálida e a seus olhos escuros. Seu peito subia e descia com a respiração rápida, e a leve pegada que ela mantinha em meu pau se apertou conforme seu corpo se inclinava mais na minha direção. Um leve sinal de desconforto passou por seu rosto quando parte do prazer se transformou em dor. Beijei sua testa franzida e peguei o clitóris escorregadio com dois dedos para dar uma apertadinha.

– Calma, linda. A ideia é aliviar a dor, não piorar.

Dixie sorriu e usou o sapato que estava apoiado na minha bunda para me puxar mais para perto. Sua umidade cobriu a cabeça do meu pau, e a sensação me fez gemer.

– Está aliviando. É tão gostoso que faz meus dedos dos pés se contraírem, e só agora isso dói. Você é bom demais no que faz, soldado.

– Você tira o melhor de mim – eu me apertei contra ela e nós dois gememos enquanto sua carne se abria e o calor se espalhava por nossos corpos. – Mas agora estou planejando me dar por completo a você de outras maneiras, não só no sexo.

Dixie me encarou enquanto eu começava a entrar e sair dela. Seu corpo se contraía contra o meu, apertando e agarrando. Meu pau pulou com toda a atenção e pulsou com a necessidade de extravasar. Meu saco doía. O prazer pulsava forte em minhas veias. Comecei a sentir um formigamento na base da coluna, que se espalhou por minhas costas, fazendo meus ombros se arquearem com o esforço de manter a velocidade baixa e todo o cuidado.

– Você está me amando, não me fodendo, lembra?

As palavras saíram falhas em meio à respiração. Ela se jogava contra mim tanto quanto os machucados permitiam. Nossas pélvis batendo uma contra a outra a faziam gemer. Mantive uma mão bem aberta no centro de suas costas para mantê-la ereta e pronta, então coloquei a outra entre suas pernas para poder dar a fricção e a pressão que ela tão avidamente buscava.

– Vou dar o meu melhor quanto te amar e quando te foder, Dixie. Nunca duvide disso.

Sua boca se abriu um pouco diante da declaração, e me aproveitei daquilo para beijá-la com força e bastante saliva. Nossos corpos mal se moviam, se esfregando um contra o outro de maneira sedutora e sensual, mas mergulhei em sua boca da maneira como meu corpo gritava para eu mergulhar. Eu a mordi, lambi e provavelmente machuquei um pouco em minha voracidade. Fazia amor com nossos corpos, enquanto nossas bocas fodiam frenética e furiosamente.

Senti suas paredes internas começarem a vacilar. Senti que ela ficava cada vez mais molhada. Senti sua mão se fechar no braço rígido que a segurava e senti suas coxas ficarem tensas e travarem ao redor dos meus quadris deslizantes. Ela murmurou meu nome nos meus lábios, e eu engoli o grito estrangulado enquanto ela gozava em mim.

Eu era cativo de sua beleza.

Ficava assombrado por ela conseguir fazer com que me sentisse daquele jeito.

Ficava honrado por ela me querer e planejar me manter consigo.

Ficava encanto com a vida e o amor que resplandeciam dela.

Dixie disse que me amava, e eu perdi o controle. De forma crua e irrestrita, explodi dentro dela, inundando-a com cada grama de desejo e paixão que me inspirava. Eu a mantive comigo enquanto meu coração acelerava. Enquanto apoiava a bochecha no topo de sua cabeça, a realidade começava a girar e a entrar em foco à nossa volta.

Suas mãos estavam nos meus quadris, traçando uma de minhas muitas cicatrizes.

– Talvez a gente esteja cruzando uma daquelas pontes antes do que você espera, Church.

Não havíamos usado preservativo. Quando finalmente dei um passo para trás e me separei dela, a evidência estava lá, brilhante e pegajosa em sua pele. Passei o dedão por sua bochecha e sorri.

– Vamos conseguir. Não se preocupe.

Ela concordou, sem parecer convencida, então decidi que era mais do que hora de lhe dar algo que ela sempre dava a todos: felicidade.

– Ei, Dixie.

Eu a ajudei a amarrar o vestido de volta no ombro e cedi minha camiseta para que pudesse se limpar.

Ela me olhou com as sobrancelhas ruivas arqueadas.

– O que foi?

– Você está bem?

Seus lábios se contorceram, e ela se inclinou para apoiar o rosto no meu peito, bem onde meu coração batia com um ritmo renovado.

– Sim, Church. Eu estou bem.

Bem era pouco. Ela era a melhor, e nada de ruim que pudesse ou fosse acontecer nunca poderia eclipsar aquela verdade.

EPÍLOGO

Tinha certeza de duas coisas enquanto ouvia Church me falar safadezas pelo telefone que eu apertava contra a orelha.

Uma era que sua mera voz, com a aspereza sexy do sul, era o bastante para me fazer gozar. Eu mal sentia o leve zumbido e a vibração do aparelho movido a bateria, um fraco substituto para a coisa real, ainda que eu circulasse meu clitóris e isso me deixasse maluca.

A segunda coisa era que, sem dúvida, relacionamentos a distância eram uma droga, e eu não era feita para aquela história de que isso só fazia a paixão aumentar. O espaço entre nós me deixava rabugenta e fazia com que minha disposição em geral ensolarada se tornasse melancólica e assumisse todos os tons de cinza. Eu sentia sua falta, e, por mais que ficasse à beira do orgasmo poucos minutos depois de ele começar a pronunciar suas palavras sujas e roucas e a me encorajar, era óbvio que meu corpo sentia sua falta tanto quanto meu coração.

– Não esqueça de trazer seu amiguinho quando começar a empacotar as coisas – ele riu, enquanto meu corpo inteiro tremia. O vibrador era bom, mas Church era melhor, e eu começava a me ressentir daquilo a cada arrepio de prazer, a cada tremor causado pelo desejo provocado por suas palavras ásperas se esfregando contra meu ouvido. – Da próxima vez que estivermos juntos, vou dar bom uso a ele. Andei pensando em maneiras novas de te dar prazer. Acha que consegue aguentar nós dois juntos? Aposto que sim. Aposto que já está molhadinha só com a ideia de me dar essa bunda linda e sardenta enquanto o vibrador brinca e tremula contra seu clitóris.

Sua voz foi saindo em um tom cada vez mais baixo, e ficou óbvio que as palavras cujo objetivo era me excitar acabaram tendo um efeito bem poderoso nele também.

Engasguei com uma risada e deixei a cabeça cair em cima dos travesseiros, enquanto meus dedos dos pés se contraíam, minhas pernas ficavam tensas e o prazer corria lento e constante por minhas veias. Não era o mesmo tipo de orgasmo de derreter o cérebro e revirar o corpo que eu tinha com Church dentro de mim, mas dava para o gasto até ter acesso à coisa real.

– Não faça promessas se não pretende cumprir. Vai ter muito trabalho da próxima vez que nos virmos, soldado.

Já havia se passado dois meses e ainda tínhamos mais um pela frente antes de eu jogar tudo para o alto e voltar para Lowry. Eu tinha ido visitá-lo de avião em dois fins de semana, mas não fora o bastante. Se a distância havia me ensinado alguma coisa era que ficávamos muito mais felizes juntos do que separados, independentemente do lugar que chamássemos de lar.

– Você devia ter feito uma chamada de vídeo.

Ouvi um grunhido do outro lado da linha, e minha respiração

ficou acelerada ao imaginar a expressão em seu rosto enquanto ele mexia o punho no pau duro e grosso. Podia ver os músculos de seu peito subindo e descendo. Podia ver suas coxas grossas se contraindo, uma perna dobrada para que eu pudesse ter visão perfeita de toda a sua impressionante masculinidade. Quase podia sentir a linha que dividia cada músculo abdominal e a flexão do V bem definido marcando suas laterais.

– Sua voz faz maravilhas. É mais que suficiente – ronronei ao telefone, então o ouvi arfar conforme se aproximava do próprio orgasmo.

– Pode ser, mas eu gosto do seu rosto. Gosto de ver seu sorriso suave ao gozar. Gosto de como seus olhos perdem o foco e suas bochechas ficam vermelhas, destacando ainda mais suas sardas, o que sempre me faz gozar, toda santa vez.

Suspirei e comecei a enrolar um cacho suado com o dedo.

– Sabe o que mais faz você gozar? – ele grunhiu, e eu ouvi o som de pele contra pele. Isso levava meu sexo já sensível a fazer um movimento gostoso de contração e relaxamento. – Quando a pontinha do seu pau alcança o fundo da minha garganta. Quando eu te chupo até o fim e olho para você admirada, porque ainda sobra um monte que não consigo pegar. Quando passeio a língua pela pontinha e seguro seu saco. Quando gemo, porque gosto da sensação e do sabor de te ter em minha boca. Isso sempre faz você gozar.

– Ah, porra.

Eu estava mais do que pronta, apesar dos quilômetros e quilômetros imbecis entre nós.

Ele arfou em seu próprio orgasmo e falou algumas baixarias para completar. Assim que recuperou o fôlego, disse:

– Eu daria minha moto agora mesmo só para poder gozar dentro de você. Ou em qualquer parte do seu corpo, aliás. Quero meu pau entre seus seios já faz tempo. Qualquer lugar seria melhor que minha própria mão e lambuzar toda a minha barriga.

Ouvi o barulho dos lençóis enquanto ele se mexia para se limpar. Não comentei que não me incomodaria em vê-lo gozar em si mesmo, porque era um tesão. Mas tinha que concordar que gozar juntos era mil vezes mais satisfatório.

– Não falta muito. Falando nisso, como anda o treinamento?

Ele havia decidido seguir a sugestão de Jules e fazer a prova do estado do Mississípi para entrar para a polícia e poder trabalhar com o pai. Os três meses de separação não eram apenas para que eu pudesse arrumar minhas coisas em Denver, mas para que ele pudesse focar no treinamento e em seu futuro profissional sem qualquer distração. A oportunidade de trabalho foi só uma das razões pelas quais acabei decidindo procurar um apartamento em Lowry, em vez de Denver. Por mais briguenta e forte que fosse, Elma Mae não estava ficando mais jovem, e eu não queria impedir Church de passar o tempo que lhe restasse com ela, considerando os anos que já havia se mantido afastado. Ele podia estar disposto a largar tudo e ir para onde eu desejasse, mas o que eu realmente desejava era ficar com ele enquanto acertava os ponteiros com as pessoas que amava.

E eu gostava de Lowry. Gostava do ritmo mais lento das coisas e da atmosfera relaxada, principalmente depois que Kallie finalmente contou aos meus pais que não ia haver casamento. Ela se recusou a dar um motivo, e o resultado foi que Wheeler se tornou *persona non grata* na residência dos Carmichael, graças à crença dos meus pais de que havia sido algo que ele fizera, que ele era o culpado por tudo ter sido arruinado. Implorei para minha irmã ser honesta, para dizer a meus pais e a Wheeler a verdade sobre o motivo de ela estar disposta a largar tudo, mas ela se recusou. Então tudo estava a maior confusão. Quando me vi no meio disso, decidi que Church estava certo: não cabia a mim me preocupar, porque eu não tinha nada a ver com aquilo. O que era meu estava em casa, aparando arestas.

Sinceramente, eu mal podia esperar para ver os jogos de Dalen e ajudar Elma a fazer *cookies*. Church já havia encontrado uma casinha fofa para alugar, bem parecida com a de Jules, em um bairro próximo. Então disse que ficava a meu encargo fazer dela um lar, porque ele mesmo não fazia ideia do que aquilo significava. Suas únicas exigências eram uma garagem para a Harley, uma TV grande com um sofá confortável em frente e, claro, uma cama enorme comigo em cima. Eram coisas que eu podia dar à casa e estava louca para fazê-lo.

– O treinamento está bem. Acho que é como andar de bicicleta. Você nunca esquece os conceitos básicos, não importa como sejam aplicados.

– Acho que é mais provável que alguns homens tenham nascido para proteger e servir, e você calhou de ser um deles. Não parece difícil porque é o que você foi destinado a fazer.

Ele deu uma risada irônica.

– Você sempre pensa o melhor de todo mundo, inclusive de mim – houve uma longa pausa, então Church suspirou. – Nunca deixe de fazer isso. É uma das coisas que mais amo em você.

Soltei uma risadinha e levantei ao ouvir Dolly na sala. Eu não podia fazer nada por ela naquele momento considerando a gelatina em que havia me transformado depois que Church me conduzira ao clímax com suas palavras.

– Sempre vi seu melhor, e agora todo mundo está vendo também, porque você não está mais se desdobrando para esconder isso – Dolly começou a latir e arranhar a porta enquanto alguém batia com a mão pesada na superfície de madeira. – Ei, preciso ir, tem alguém na porta – mantive o telefone na orelha enquanto vestia um *short* e uma camiseta comprida com um lobo estampado e as palavras "Lobo por você" rabiscadas em volta, torcendo para que minhas pernas ainda moles recuperassem sua força.

– Como assim? Já é mais de meia-noite. Por que alguém bateria na nossa porta a uma hora dessas?

Sorri ao perceber que seus instintos superprotetores foram despertados. Church odiava não estar por perto para manter os olhos em mim. Eu sabia disso por experiência, visto que Rome vivia me cercando como uma galinha faz com um pintinho. Quando finalmente pedi que parasse com aquilo, ele se fez de inocente, deu de ombros e disse que, quando um companheiro do Exército pedia para cuidar da garota dele por não poder fazê-lo, era preciso aceitar. Então me abraçou até parecer estar prestes a quebrar minhas costelas e me disse que ninguém nunca poderia me substituir. Eu sabia que ele não estava falando apenas do bar, o que havia me deixado com vontade de chorar.

– Não sei, mas se parar de latir aí do outro lado vou descobrir.

Eu tinha uma boa ideia de quem podia ser, considerando que tanto minha irmã quanto Wheeler haviam criado o hábito irritante de aparecer sem ser esperados para reclamar do outro e da tensão que o término havia causado na família e entre os amigos. Cancelar o casamento deveria ter resolvido tudo, mas parecia que, quando você termina com alguém com quem ficou por tanto tempo, desfazer os laços que uniam a vida dos dois era bastante complicado.

– Não abra a porta antes de saber quem é – Church ordenou, por cima do meu suspiro.

Fiz carinho na cabeça de Dolly e pedi para ela ficar quieta, então voltei a Church para responder secamente:

– Sei me virar sozinha, Church – dei uma espiada no olho mágico e não me surpreendi nadinha ao ver uma figura tatuada do outro lado. – É Wheeler. Te amo e te ligo amanhã.

Ele grunhiu.

– Também te amo e amanhã a ligação vai ser com vídeo.

– Eba!

Mandei um beijinho e desliguei para abrir a porta. Dolly o cumprimentou com o entusiasmo exagerado de sempre, mas Wheeler entrou e começou a falar de imediato, sem nem reconhecer a presença dela.

– Você sabia? Kallie contou? Se sabia, como pôde não me contar? Isso é maluquice, Dixie.

Ele arrancou o boné vermelho da cabeça e passou os dedos pelos cabelos. Seus olhos azuis queimavam, e a raiva subia vermelha por seu pescoço, por baixo de toda a tatuagem que havia ali. Eu nunca o tinha visto tão descontrolado e não podia acreditar que reagisse daquela maneira à descoberta de que Kallie era lésbica, ou pelo menos interessada o bastante em mulheres para ser considerada bissexual.

Fechei a porta e apoiei as costas contra ela. Levantei uma mão e lhe lancei um olhar afiado.

– Em primeiro lugar, não cabe a mim ficar falando a respeito com outras pessoas. É a vida dela, e a responsabilidade por suas ações também é dela. Não é o fim do mundo, Wheeler.

Ele jogou as mãos para o alto e deixou que caíssem logo em seguida.

– Como pode dizer isso? Muda tudo. E não são só as escolhas dela em jogo.

Fiz uma careta para ele e cruzei os braços, sentindo um impulso de defender minha irmã.

– Às vezes as coisas simplesmente acontecem e machucam pessoas com quem nos importamos, mas não conseguimos controlar isso. Não pode ficar bravo por ela ser quem é.

– Estou furioso porque ela escondeu isso de mim.

Suspirei e fui até ele com o intuito de botar a mão em seu ombro.

– Ela não contou a ninguém. Acho que tem medo. Descobrir que esteve enganada sobre sua própria identidade sexual a vida inteira deve ser assustador. Tenho certeza de que nunca foi sua intenção magoar você.

Seus olhos claros se arregalaram e suas sobrancelhas se

franziram. Sua boca se abriu e fechou como se ele fosse um peixe fora da água.

– Do que está falando?

Sua voz cortante me assustou, então dei um passo para trás.

– Hum... do fato de Kallie ter traído você com uma garota? Ela não te contou tudo?

Eu não conseguia imaginar o que mais poderia deixá-lo tão nervoso.

Wheeler soltou o ar e levou as mãos aos joelhos, começando a rir histericamente. Aquilo continuou por uns bons cinco minutos antes de eu botar a mão em suas costas e chamar seu nome.

– Não é com isso que está puto?

Franzi a testa confusa.

Ele enfiou o boné na cabeça e cerrou a mandíbula, batendo os dentes.

– Não, não era com isso que eu estava bravo, mas pelo menos agora não preciso duvidar se o bebê é meu ou não.

– Bebê? – a palavra saiu em um sussurro. Levei uma mão trêmula aos lábios. – Você só pode estar brincando.

Ele balançou a cabeça e levou ambas as mãos ao rosto.

– Não. Ela apareceu em casa esta noite para pegar o resto de suas coisas com um teste de gravidez positivo. A conversa não terminou bem.

– Não posso acreditar.

E não podia mesmo.

– Somos dois – ele me olhou, especulativo. – Vai mesmo me deixar sozinho aqui em meio a toda essa confusão? Seus pais não estão falando comigo e aparentemente Kallie está escondendo ainda mais coisas.

Dei um sorriso torto e concordei.

– Vou mesmo. Finalmente encontrei meu final feliz e vou me agarrar a ele.

Wheeler suspirou e virou para a porta.

– Vou sentir sua falta.

– Também vou sentir a sua. E estarei aqui em espírito se precisar.

Ele assentiu com veemência e foi embora. Não pude deixar de notar que, na saída, ele virou a cabeça e olhou demoradamente para a porta do apartamento em que minha tímida vizinha morava.

Aquela bagunça havia ficado ainda pior. Mas, pela primeira vez, eu entendia que não cabia a mim consertar as coisas. Eu queria que todo mundo que amava encontrasse a felicidade e vivesse do melhor modo possível, mas agora eu sabia que não devia conduzi-los pela mão. Cada um tinha que achar seu próprio caminho, assim como eu havia encontrado o meu e Church havia encontrado o dele. Isso não significava que eu não iluminaria mais a estrada para todas as coisas boas que eu sabia estarem reservadas. Essa era uma parte vital da minha identidade. Só estava cansada de segurar a tocha.

O sol estava a trilhões, bilhões, milhões de quilômetros distante da Terra, mas todos os dias sentíamos seu calor. Aquilo teria que ser verdade para todos os que eu amava também, enquanto vivia minha própria versão do conto de fadas com que sempre sonhara. Minha história não era perfeita, mas o final era, e só aquilo importava.

Coisas boas de fato aconteciam com aqueles que esperavam.

NOTA DA AUTORA

JÁ SEI QUE VOU RECEBER UMA ENXURRADA DE E-MAILS PERGUNTANDO como este pode ser um romance da série Saints of Denver e se passar no Mississípi. A verdade é que eu sempre soube que daria um livro a Church (no instante em que ele surgiu na história de Rome) e que ele seria baseado em seu retorno para casa. Sabia que seu passado, sua infância e sua juventude teriam um enorme impacto em seu presente, e, se é para ser honesta, queria mais personagens com o sotaque carregado do sul, porque é sexy pra caramba! ;)

Foi divertido colocar um pouco de Denver na estrada, e é verdade que é preciso seguir o coração quando ele está certo. Sacrificar seu próprio conforto e tudo o que lhe é familiar se for o melhor para a outra pessoa. Dixie seguiu o próprio coração ao decidir sair de Denver, em vez de ficar para consertar os problemas de Wheeler e Kallie. Dixie e Church precisaram partir, e para mim foi muito divertido acompanhá-los na estrada. Quem sabe? Talvez eu acabe voltando a Lowry. Gosto muito de Jules e algo me diz que Dalen tem uma história para contar… não que eu tenha tempo para isso no momento, haha!

Também quero aproveitar para dizer que, se você tiver uma Dixie ou conhecer uma Dixie, dê um abraço nessa pessoa. Reserve um segundo para dizer quão agradecido é a ela. Abra um sorriso e agradeça por ela iluminar um mundo que com muita frequência é sombrio. Todo segundo de todo dia somos inundados por ódio, vergonha, culpa, degradação, reclamações, discussões… é preciso uma pessoa muito maior e mais iluminada para se desligar disso e focar na parte boa. É preciso um tipo especial de pessoa para saber que as nuvens eventualmente irão se dissipar. Um sorriso e palavras carinhosas para quem não merece exigem uma alma forte e o coração de um guerreiro. As pessoas AMAM gritar tudo o que odeiam, e os sussurros alegres, bons, sobre aquilo que nos faz felizes, se perdem em meio ao barulho. Isso me deixa triste. Deveria ser mil vezes mais fácil compartilhar nossa animação com o que amamos do que a comiseração com o que desprezamos.

Para todas as Dixies lá fora… precisamos muito de vocês, então não deixem que o mundo roube sua luz. Se sorrir para mim, prometo que sempre vou fazer meu melhor para retribuir. ;)

PLAYLIST DE

Preso a você

"Out at Sea", Heartless Bastards
"You're Dreaming", The Cactus Blossoms
"Let No Grief", The Wild Reeds
"Forever Cold", Smooth Hound Smith
"The River Will", The Lowest Pair
"Mississippi", Bob Dylan
"Mississippi Queen", Mountain
"Jackson", Johnny Cash
"Back Down South", Kings of Leon
"Down South", Tom Petty
"Bullets & Rocks", Calexico
"The Weekend", Dave Rawlings Machine
"Black Is the Color", Rhiannon Giddens
"I Got You", The White Buffalo
"Shining in the Distance", The Stray Birds
"Dearly Departed", Shakey Graves
"No One's Gonna Love You", Band of Horses
"This Girl", Punch Brothers
"In the Dark", The Sea The Sea
"There is a Light", Lewis & Leigh

AGRADECIMENTOS

A TODOS OS MEUS AMIGOS ("LEITORES" PARECE FORMAL DEMAIS A ESTA altura), obrigada por terem trilhado mais esta jornada comigo. Obrigada por me confiar seu tempo. Obrigada por me apoiar e por amar estes personagens tanto quanto eu os amo. Vocês me encorajaram a melhorar, a mirar mais longe, a investir mais a cada romance. Suas palavras influenciaram minhas palavras, o que significa que por meio destes livros criamos um laço eterno. Deixar que minhas histórias entrem em sua vida, quando estamos todos sempre tão ocupados com nossas outras questões, é algo importante, e eu SEMPRE fico honrada que tenham escolhido passar um pouco do seu tempo comigo e meu pessoal. Obrigada por ter lido e por continuar lendo. Prometo que você sempre irá se divertir!

A cada blogueiro que já compartilhou um *post*, participou de uma turnê, pediu uma entrevista, escreveu uma resenha ou pediu que me envolvesse de alguma maneira com seus seguidores... OBRIGADA! Obrigada por compartilhar. Obrigada por se importar. Obrigada por amar livros e compartilhar esse amor com outras pessoas. Obrigada por fazer o que você faz, muitas vezes sem receber qualquer agradecimento em troca. Obrigada pelo tempo e pelo espaço, sei que são ambos muito valiosos!

Também preciso agradecer à minha colega, autora e amante dos cachorros (um oi para o Gus), Andie J. Christopher. Eu pedi a ela que lesse esta história logo no início a fim de me certificar de que estava tratando Church e sua identidade com o respeito que mereciam. O retorno dela foi brilhante, atencioso, tocante e muito útil, reforçando que os personagens que amamos devem representar pessoas de todos os tipos. Amor é amor, e não pode haver fórmula ou padrão para ele.

Preciso agradecer também ao meu pessoal: Cora, JLA, Heather, Stacey, Ali, Debbie, Kristen, Karina, Jen Mac, Tucker e Dee. Encontre sua tribo, porque ela de fato faz tudo ficar melhor. Todos precisamos de pessoas que nos obriguem a melhorar, mas também nos aceitem quando estamos em nosso pior.

Todas as pessoas que vão muito além para se certificar de que estes livros sejam o melhor que eles podem ser têm minha eterna gratidão. Dizem que não é trabalho quando você faz o que ama... mas é mentira, haha! Há muito esforço envolvido na tentativa de levar um bom livro ao leitor, mas vocês fazem com que pareça uma diversão, em vez de uma tarefa. Amanda, você mexe com as palavras de um jeito que me admira e intimida ao mesmo tempo. Você botou as expectativas lá no alto e, honestamente, achei que a esta altura já fosse estar cansada de tentar alcançá-las, mas de alguma forma você sempre me faz pular para ultrapassá-las. Stacey, você me acompanhou pelos altos e baixos sem ficar tonta. KP, você é uma bruxa e uma visionária e, sem dúvida, a mulher mais trabalhadora que já conheci. Mel, obrigada por ser uma adulta quando não consigo. Obrigada por ser minha parceira no crime e por se manter razoável quando não consigo mais. Você é o óleo que mantém a máquina funcionando, e estou bem consciente de que já teria quebrado e estaria parada no acostamento sem a sua ajuda. Ao restante da equipe da HarperCollins: obrigada por continuar acreditando em mim e me encorajando. Obrigada por dar um lar aos meus livros e tratá-los como se fossem da família.

Obrigada aos meus pais por serem radicais. Obrigada por não terem medo da aventura e do que quer que esteja esperando na virada da esquina. Obrigada pelo apoio sem fim, tanto por me segurarem pela mão quanto por me darem umas duras. Mãe, obrigada por abrir mão de um mês inteiro de sua vida porque eu queria ver o mundo e não faria isso com ninguém além de você. Obrigada por não me matar quando não consegui manter minha mala gigantesca abaixo dos trinta e dois quilos, por mais que tentasse!

Mike, obrigada por ser o cara que bota a mão na massa. Obrigada por sua criatividade e sua disponibilidade quando eu mais precisava. Você é o melhor braço direito que uma garota poderia ter… e não se esqueça de pegar um autógrafo no meu bonequinho do Opie na Comic-Con!

Para meus bichinhos: obrigada por inspirar um amor tão especial. Obrigada por inspirar implicitamente este livro. Obrigada por serem fofos e quentinhos independentemente do frio que faz.

Se você chegou até aqui e aproveitar para deixar uma resenha sobre este livro no site em que o tiver comprado, vou te amar pelo resto da vida!

E eu finamente tenho uma newsletter. Então, se quiser receber conteúdo exclusivo e um informativo mensal em inglês, é só acessar este link:

http://www.jaycrownover.com/#!subscribe/b7mto

Você também pode entrar em contato comigo através dos seguintes canais:

meu e-mail, JayCrownover@gmail.com;

meu site, www.jaycrownover.com;

https://www.facebook.com/jay.crownover;

https://www.facebook.com/AuthorJayCrownover.

Me siga no Twitter: @jaycrownover.

Me siga no Instagram: @jay.crownover.

https://www.goodreads.com/Crownover

http://www.donaghyliterary.com/jay-crownover.html

http://www.avonromance.com/book-author/jay-crownover

SUA OPINIÃO É MUITO IMPORTANTE

Mande um e-mail para **opiniao@vreditoras.com.br**
com o título deste livro no campo "Assunto".

1ª edição, jun. 2018

FONTE Dante MT Std Regular 11,25/16,1pt
Berthold Akzidenz Grotesk Light Condensed 14/30pt
Lucifer Judas Regular 72/35pt

PAPEL Lux Cream 60g/m²

IMPRESSÃO Lis Gráfica

LOTE L43234